归零

Going Zero

Anthony McCarten

[新西兰] 安东尼·麦卡滕 著

陈恬 译

上海译文出版社

献给詹妮弗·乔尔，一位伟大的编辑。

献给伊娃，一如既往。

目 录

“归零”前 7 天

● 马萨诸塞州，波士顿

大堂里有一面全身镜，让狭窄的门厅显得明亮宽敞些，它沾染了岁月的痕迹，锈蚀的污垢好似疮痂，划破了银色的镜面。不过，对于那些享受租约保护的住户——教师、底层公务员、面包店主以及六七个退休人员来说，电梯在大多数时候还能正常运行，就足以让他们庆幸了，这面镜子还是很好用的。他们可以在出门前暂时驻足，检查仪容，最后瞅一眼，确保裙子下摆没有卡进丝袜，裤子拉链完好，下巴没有牙膏，头发不显蓬乱，也没有卫生纸粘在鞋底，然后才走上街头，去接受市民的审视。

这面镜子在一天结束时也派上了用场。当住户们抖落寒风萧瑟的街道上席卷而来的凉意，解开外套，清空邮箱时，是这面老旧的镜子让他们先看到了一整天的风尘仆仆。

刚刚走进来的这个女人条件反射地瞥了一眼。镜子映出她的模样：三十多岁，黑色波波头，去年重返流行的大框眼镜，宽松长裤和运动鞋，还算体面的过季晚春外套里是一件熨得笔挺的黑色上衣，印有旋转花纹。衣如其人，她看起来像图书管理员，或是某人的秘书。扣紧的纽子显得学究气，细节又显得有主见：大吊坠项链，叮当作响的耳环，小指上的图章戒指。她可能是在去教堂烘焙义卖会的路上，也可能是去参加一个抗议活动，说不准。

她打开邮箱的锁，取出一沓信件，关上小门，听见锁扣的咔哒声。这时她发现邮箱的标签有点歪，于是把它摆正。

凯·戴
10号公寓

这个凯字很重要。不是凯特琳这个全名。只用简称来确定身份：所谓单身女人第273个小妙招。排在“走路回家时手持（改装成武器的）钥匙”之后。在邮箱或名址录上写凯特琳·戴，那是自找麻烦：每个路过的变态都会知道这栋楼里有个单身女人，就可能开始在周围闲荡，看看她是否该被拯救、嘲弄、跟踪、强奸、杀害。

她在回收桶上分拣信件。垃圾。垃圾。垃圾。账单。垃圾。账单。然后……哦，上帝。来了。它真的来了。

信封上印着“国土安全部”。背面甚至有一个见鬼的封印；她以为这种东西早就和都铎王朝一起退出历史舞台了。然而，

第一阶段

里面是一张粗劣的公函用笺，她还以为该有婚礼邀请函的质量呢。尽管如此，这的确是一封邀请函。

“归零 Beta 版测试”，信纸顶部印着这一行字，粗体，加了下划线。

亲爱的戴女士：

祝贺您被选为融合计划的归零 Beta 版测试的十名参与者之一，融合计划是世界共享公司与美国政府的合作项目。

根据指示，归零 Beta 版测试将于 5 月 1 日中午 12 时开始。届时，您和其他九名随机抽取的参与者，将通过你们填写在申请表上的号码，收到一条信息，通知你们：“归零！”

同一天下午 2 时，您的名字、照片和地址将被提供给华盛顿特区融合中心的融合计划联合工作组。

在测试期间，您可以在符合美国法律的情况下，自由地采取您认为必要的任何措施，以避免被融合中心派出的抓捕小组扣押。任何参加归零 Beta 版测试的人，如果在 5 月 31 日中午 12 时仍处于自由状态，将获得免税奖金三百万美元。

我们感谢您的爱国之举，感谢您在国家安全方面发挥的重要作用。

特别声明：在得到本办公室书面批准之前，您不得宣布、公告或声称自己是归零 Beta 版测试的参与者，否则将被取消资格。关于保密协议、法律责任和可能的处罚的更多详情，请参考您的申请表。

凯特琳抬起头，再次看见镜中的自己。她只是一个普通女人，泯然众人。但在接下来的五个星期里，她需要卓尔不群。

凯特琳·戴，你准备好做到完美了吗？她问自己。因为这正是当下所需。

她的倒影回以缄默。

上楼去，她告诉自己。检查一切。当“归零”的指令到来时，她必须做足准备，瞬间消失。抹掉自己。**不复存在**。

谁会这么做？不复存在？唔，确有其事。**她**比大多数人更清楚这一点。人们可能“噗”的一声，就消失了。

她需要休息。这可能是最后几个夜晚了，在此后很长一段时间内，她将不能在自己的床上安然入睡。当她考虑前景时，镜中倒影有片刻静止。然后它快速行动起来。

7天后，“归零”前20分钟

● 华盛顿特区，融合中心

5月1日，离正午还有二十分钟，贾斯汀·阿马里空着肚子，头发蓬乱，在融合中心外受到欢迎委员会的接待。融合中心是一个私人综合体，一年前，它以惊人的速度和神秘的色彩在麦克弗森广场附近崛起——“硅谷亿万富豪赛·巴克斯特购买了华盛顿市中心大楼，花更多时间待在城里，原因不明。”

在这些面孔中，贾斯汀看到了赛·巴克斯特的得力助手，几乎与他齐名的埃里卡·库根，两人一起创办了融合公司的母公司——世界共享。她也是个强人，只是作风含蓄。

“紧张吗？”贾斯汀走近问她。

这个问题让埃里卡惊讶地笑了。

“我对赛有信心，对我们正在做的事情有信心。”她说。她的声调低沉，惟余一丝得克萨斯韵味。“不过今天，我肯定是紧张的。这是大事。天大的事。”

与其他要员一起，他们穿过玻璃和金属装饰的大厅，通过两个高安全级别检查点，然后进入超安全区，即没有手机、笔记本电脑、运动手环和微型录音机，足迹不染数字尘埃的区域，它的中庭式中心和活动枢纽被称为“虚空”，底层配备了专属团队，高处有钢架系统俯瞰其下。

其规模之大，仍然让他感到震惊。洞心骇目。一个满是屏幕的广阔大厅，布满一排排办公桌，坐着绝顶聪明的工程师、数据科学家、情报员、程序员、黑客，以及来自私企和公共部门的无数分析员，他们是融合计划的步兵。一楼的讲台像《星际迷航》中柯克舰长的座位，赛·巴克斯特站在那里，神经紧绷，豪情满怀，俯视着他的杰作。

我才是应该紧张的人，贾斯汀想。此时此地，孤注一掷的是我。

所有的屏幕——台式电脑、平板电脑、手机，乃至后墙上的巨大屏幕——都是黑色的，正在沉睡，等待……等待……等待被唤醒。

贾斯汀看手表。还剩15分钟59秒……58秒……57秒……

有人招手叫他上前，贾斯汀走上讲台。赛等在那里，这一次他身着正装，大家终于不用看到他穿得像青少年或返工的退休老伯：运动鞋，宽松牛仔裤，T恤上印着“有何不可”之类的热血口号。

贾斯汀的上司，伯特·沃克博士也在等待，他是中情局负责科学和技术的副主任。他和赛站在那里，就好像他们刚刚发现了万物理论。和他们在一起的还有沃克的前任桑德拉·克利夫博士（现任某个威胁分析公司首席执行官），她没那么高兴，显然不太相信这一切是个好主意。

在贾斯汀看来，沃克像要准备剪彩。时代不同啦，伯特。这里没有彩带。启动这个至关紧要的Beta版测试，不过是点击一下鼠标，毫无吉祥意味，而它将使这个秘密试验中的十个候选人归零，消失。他们必须迅速消失，不留痕迹。但这并不容易：赛·巴克斯特和他的赛博侦探团队拥有人类历史上前所未有的装备，可以找到他们，迅速找到他们。

十名参与者——团队称他们为“零”——每人有且仅有两个小时，可以取得先机：启动他们的战略，无论是何种战略；随后，融合团队的追捕将正式开始。

“简单说几句，”赛的语气格外庄重——四十五岁的他仍然像个男孩，身体略微前倾，重心放在脚趾，仿佛随时要起跑，“然后就开始。首先，感谢我们在中情局的朋友们，感谢这种真正具有历史意义的公私合作关系。”他的目光越过贾斯汀，落在沃克博士和克利夫博士身上，向他们意味深长地点头致意。“当然，我也很感谢所有信任我们的投资者，他们中一些人今天就在现场。”他向听众前列一众西装革履的人点了点头，“但最主要的还是感谢融合团队的所有成员，感谢你们的不懈努力和天才创造。”

融合团队鼓起掌来。他们由各自领域的专家组成，配备了无数技术武器和广泛的管辖权力，他们在总部有近千人，在外地还有数千人，抓捕小组遍布各地，随时准备突袭。赛·巴克斯特对他们每一个人都强调，他们不仅要见证成功的**手段**，而且要见证成功的**速度**。

“我们有正经事要做。中情局一直资助政府情报机构与自由市场创造力的融合关系，未来三十天将决定这十年投入的命运。”他停顿了一下，似乎在仔细斟酌接下来的话。“你们所看到的一切……所有这些，”——他挥手环绕中庭，并指向其下的三层地下室，里面满是安置在空调机架上嗡嗡作响的服务器，九百三十二名遴选而出的人员（每个人都经过中情局严格的背景调查）驻扎在指挥室、VR 套房、无人机舱、科研场所、饮食区和办公室——“如果我们失败，一切化为乌有。对我个人而言，这个项目是我所参与的最重要的工作。就是这样。”

听众报以掌声。

“当第一次有人找到我，问我能不能设想一种公私合作伙伴关系，将这个国家的安全和监控能力提升到全新的、无与伦比的水平时，我看了看这位副主任……和克利夫博士，她可能记得我的反应……我想是这样的……对吧？……‘你一定是在耍我！’”

笑声响起。

“但我猜——我猜奥维尔·莱特[1]一定对他哥哥说过类似的话，对吗？或是奥本海默接到制造炸弹的命令时，又或是牛顿被要求界定‘哪边是朝上’时，也说过类似的话。”

笑声更响。

他咧嘴一笑，出奇地得意。“车到山前必有路。对吗？‘不可能’总是先于‘没问题’。但是，尽管我们有信心，这里的每个人也都付出了努力，但我们仍然不能百分百确定自己能做到。因此有了这个Beta版测试。那就让我们开始吧。点燃导火纸，看看结果如何。”

持续的掌声。赛爱这些人，他们也爱他，理由很充分。

贾斯汀一直盯着赛，暗自思忖，这家伙到底多有钱？没人能确定。他的生平是一团迷雾。细节缺失。究竟生于何处？即使在这一点上也存在混乱。赛说是芝加哥，但没有提供出生证明；有传言说他是一位斯洛伐克母亲的独生子，七岁时才被带来美国，他对此未作回应。最近，睿思拼图的人接洽了赛，

1　奥维尔·莱特（Orville Wright，1871—1948）和威尔伯·莱特（Wilbur Wright，1967—1912）是美国航空先驱，他们发明、制造并成功驾驶了世界上第一架机动飞机。

发布了以他为主题的一千片拼图——他双手叉腰站在贝佐斯火箭前，准备将“世界共享”安全卫星送入轨道；这时人们终于有机会齐聚一堂，用热切的手指和搜索的眼睛，去完成此前纯属精神层面的挑战：拼凑出这个人的清晰照片。

贾斯汀已经远距离研究过他，收集了一些事实。杂志介绍中无一例外都是奉承话，却披露了一个发育缓慢的人，他很晚才学会使用叉子，将 niche 这样的词读准确（赛：“nitch”）。不过智商有 168。一个孤独的孩子，经常被欺负，长得还算好看，虽然他的小眼睛有点儿不对称，手肘和小腿上长满了湿疹。他很早就开始接触计算机，然后赶上了科技浪潮。他在车库中创业，到二十六岁时，已经发展成价值一百二十亿美元的企业,蒸蒸日上。他做的事，最初是革命性的技术和社交网络。“世界共享”从一个小型的、友好的信息交流平台——“想交往吗？”“当然，何乐不为？”——发展成一个**全球**交友生态系统，然后迅速全面开花，将利润投入风险更高的项目，就像押注于敏捷的赛狗。

华尔街对这位预见未来的奇才一见倾心，为他的冒险输送资金：网络安全、家庭保护摄像头、警报和公共监控工具，甚至通信卫星。十年后他成为富豪，但从未向人炫耀（从不在巴黎时装周上拍照，没有好莱坞朋友，没有巨型游艇和私人飞机），他没有过度营销，悄悄地把赌注押在一个绿色的、健康的地球乃至星际的未来。现在他为美联储资助太阳能研究、电池寿命延长和透明加密货币，同时开掘模块化核反应堆，以便终结石油时代。一些人喜欢赛，感到他充满魅力，超越了他的才华和财富，因为本可以只是玩玩冲浪或是坐火箭上太空，但他似乎真的想利用自己的身份和所拥有的一切去帮助世界。

他不只是工作狂，还为自己的私人生活腾出时间：在独立四人乐队中弹奏低音吉他，每周两次在帕洛阿尔托当地的公共网球场挥汗如雨。除了埃里卡·库根，他从未与任何女性有过恋情。他告诉《男性健康》，他在冥想中找到了亟需的平衡。他可以保持莲花式打坐数小时，做平板支撑十五分钟以上。（当媒体对此质疑时，他以二十三分钟的直播来反驳。）最终，他成为一个受人崇拜的英雄：身心双重健康。

贾斯汀承认，在这个不爱赞美的时代，一个亿万富翁可以掌握如此之多的才能，取得如此之大的成就，却很少遭到贬损，这真是了不起的表演。他被迫得出结论，这进一步证明，无论你到底在做什么，保持低调行事，才能受益无穷。

“归零”前18分钟

● 马萨诸塞州，波士顿
马尔堡街89号，凯特琳·戴的公寓

钟似乎已经停了。时间在爬行，在坍塌，就在她确信有问题，确信在时间的编织中出现了褶皱时，秒针又滴答滴答向前走了。她蜷缩在沙发角落，膝盖上搭着一条毯子，手里拿着一本书，她甚至不记得是怎么拿起了这本久未翻阅的书。在堆积如山的茶几上，它和其他杂志——《大西洋》《纽约书评》《纽约客》——像地震后的地层一样相互缠绕，摇摇欲坠。

但她不是在阅读，而是在辩论：这是一个坏主意，这是一个绝妙的想法，这真是疯了。这是她最好的机会，也是她最后的机会。波浪般翻滚，冲撞，消退。

忘掉。记住。千头万绪在她脑中迸裂，转瞬即逝，难以捉摸。

背包

睡袋

登山靴

六件T恤

另带一条牛仔裤

《安娜·卡列尼娜》

呼吸，女人，她告诉自己。缓慢呼吸。记住你是谁。我是凯特琳·戴，她轻声说，就像一句咒语。三十五岁，9月21日出生，社会保险号码029122325。这些熟悉的事实就像精油、香膏、转经筒、抓在手中的系绳，终于，她能感觉到空气充满肺部，到达血液。

路线图

小帐篷

煤气炉

煮锅

面罩

电话K

电话J

指南针

罐头食品

餐具

混合干果

开罐器

卫生棉条

肥皂

牙膏

手电筒

电池

水壶

凯特琳·伊丽莎白·戴。在波士顿出生和长大。父母已去世。有两个兄弟——都已失去联系。他们喜欢运动，她喜欢书。他们在建筑业找到了工作，她成了一名图书管理员。他们对着电视大喊大叫，她给参议员写信。他们没有想象力，凯特琳的想象力很丰富。事实上，凯特琳的想象力太过丰富了。有时候，她的大脑转得太厉害，不得不用白色小药丸来调节。

她有一个计划。这个计划一定要成功。**必须**如此。这会很有趣，她告诉自己。这也会很可怕。

“归零”前 2 分钟

● 华盛顿特区，融合中心

“让我用一个想法来收尾。最后一个想法。”赛·巴克斯特停顿了一下，打量着他的听众。贾斯汀想，他多么擅长演讲，多么有控制力。有点笨拙，但很可爱，童年缺乏朋友的印记仍然可见，把太多时间花在写代码上，对远处操场上的尖叫声无动于衷，然后过了几年，银行里已经有了十万存款，舞会上却没有舞伴。

“今天不仅是一次概念验证试验，甚至不仅是一个向我们的合作伙伴展示的机会，”——他转身向同台的两位受人尊敬的中情局博士点头致意——“当然，我们还是会向诸位展示，当我们集中资源、共同努力时，我们能做些什么。但今天实际上是为了欢迎多年来的合作伙伴关系，将执法部门、军方和安全行业——国家安全局、中央情报局、联邦调查局、国土安全部——的综合资源整合在一起，首次将它们与黑客和社交媒体社区结合起来，这一切都是由世界共享公司的杰出人才协调完成的。”

来自公司区域的零星掌声。

“他们就在那儿，融合的母公司！……这一切结合在一起，形成了一个前沿的全方位智能数据共享矩阵，全世界史无前例。太酷了。”说到这里，他又瞥了一眼他的中情局老板们，带着友好的同事笑容，表示迄今为止一切都顺利得令人难以置信。“总而言之，我们看似荒谬的目标实际非常简单：使用我们所拥有的最好的技术，让坏人遭难，好人享福。我们当然关心隐私问题。我们在‘世界共享’所做的一半工作都是保护人们的隐私。但是，如果你没有做错任何事情——这涵盖了我们百分之九十九的人，那么你可能更愿意牺牲一点神圣的权利，来换取更大的安全、和平、法律和秩序。让我告诉你谁最在乎隐私保护：不法分子。他们需要隐私来藏身。‘9·11’事件迫使我们重新思考私人安全和公共安全之间的微妙平衡。当时，我们拥有防止那场灾难所需的所有数据，但我们缺乏汇总情报的意愿和手段。今天，在这座大楼里，我们以前所未有的方式将意愿和手段结合起来。”他的结语稍稍出人意料，仿佛在参加竞选：“愿上帝保佑美国和我们的军队！现在……让我们行动起来。”

说完这句话，他指着身后墙上的大型指针式时钟的数码显示屏，秒针不断攀升，仿佛要去和分针时针击掌，正午前的最后几秒钟结束了。

12点整，赛说出启动的指令：“归零”，与此同步，在大楼的某处，一个鼠标被点击，一条信息被发送到位于全美各地的十部手机上：简短两字，音韵铿然。在搜寻者出发之前，躲藏者有两个小时的时间。

零时

● **马萨诸塞州，波士顿**

马尔堡街89号，凯特琳·戴的公寓

嗡……嗡……嗡……

在她着急寻找手机时，手机掉到地板上，滑到了沙发底下，那里有一个没装弹簧的捕鼠器正在等候，绷紧神经，数月来渴望着有客到访。她搜寻的手指险些触发意外，随后却只是把这个装置扫到一边，然后摸到了振动的手机。她用颤抖的拇指点开了短信。内容如下：

归　零

她立即翻转手机，取出电池。

好戏上演。

七分钟后，她上了街，穿行于人流之中。现在必须赶紧走。要在两个小时内失去踪迹。她把脸埋在红袜队棒球帽下，戴着大墨镜和N95口罩。她做足了功课，对面部识别摄像头了如指掌，知道如何骗过它们。她还穿了很多衣服，甚至可能躲过任何人（或机器人）对瘦弱书生体型的搜寻。

此外，她阅读了关于步态识别技术的资料，知道她不能像自己平常那样走路，但也不能走得很反常，因为这本身就会引起计算机的怀疑。她必须做的——也是现在正努力做的，这需要她全神贯注——是**始终像另一个人一样**走路，创造一个独特的角色，并赋予这个角色自己的步态，一种她也能保持的独特的举止风格。她不能在第一个小时内，就让某个地方的电脑发出警报，说现在波士顿大街上有一个可疑的女人，走起路来像三个不同的人，要么因为她是个酒鬼，要么就是想骗过他们。因此，她正试图发明一个人，像她那样走路，X女士，也许是她的同龄人，但比她更自信，更快乐，更少负担，脚步更轻盈，臀部更摇摆。她以这位X女士的方式走在街上，但真做起来比她想象的要难，她踢出脚踝，摆动空闲的手臂，弓起背部，像T台模特一样迈步，应付着令人筋疲力尽的考验。

她到底在做什么？玩一个精心设计的捉迷藏游戏？凯特琳是图书管理员。一个图书管理员，老天，从现在开始的两小时内，他们对她的了解就会超过她自己——**远远**超过。了解她甚至没有意识到的习惯和模式。血型（有人知道自己的血型吗？）。星座（好吧，处女座）。情感关系（这方面没什么需要了解的）。银行账户号码,银行余额（没什么值得一提）。孩子（零，这个问题简单）。心理健康（脆弱，有病史可查）。见鬼，她正想着，膝盖打弯。走吧，X女士，融入角色。又及：走快点。

捕获窗口：剩余 29 天 22 小时 21 分钟

● 华盛顿特区，融合中心

在归零后 1 小时 39 分钟，融合小组在他们的岗位上，在一排排漆黑的屏幕前等待，他们服从命令，在规定的两小时准备时间结束之前，甚至连空格键都不能敲。距离他们职业生涯中风险最大的挑战，只剩下 21 分钟。滴答，滴答，滴答……

桑德拉·克利夫博士在他们中间等待着。她六十八岁，是一位身经百战的老将。她见多识广，击退过众多对手。早在 20 世纪 90 年代，桑德拉是第一个成功说动中情局与私营部门建立伙伴关系的人。她甚至亲自设计了一份提案，从科技巨头那里采购处于开发阶段的技术。他们因此给她颁发了中情局局长奖、国防情报局局长奖、中情局杰出情报奖、国家侦察员杰出服务奖和国家安全局杰出服务奖。她于 2005 年辞职，对自己的贡献感到满意。此后近十年来，她一直拒绝担任公职，直到 2014 年，新任（更友好的）总统让她成为了国家科学委员会和国家科学基金会的成员。下一任（更敌对的）总统对这个职位不予理会，随后其继任者（友好地）再次确认了这个职位，因此她今天以这一身份被派到这里，让总统办公室的人看到融合计划的总体情况，特别是看到她在中情局的继任者伯特伦（“伯特”）· 沃克博士，他是小布什总统任命的人。

桑德拉 · 克利夫最担心的是这个：当她第一次鼓励中情局与私营企业合作时，毫无疑问，中情局采购的资产将由中情局、国防部、国家地理空间情报局和 / 或更广泛的政府社区拥有及运营。这些资产明确规定，**不得**由一个未经选举产生、对股东以外的任何人都不曾宣誓的企业家共同拥有或全权经营。因此，她对这个项目心存疑虑，如果这次花费高昂的归零 Beta 版测试丢人现眼，彻底失败，她也不会哭天喊地。

当她转身看向伯特 · 沃克时，他露出了笑容；这么多闪烁的灯光和挤满数据的屏幕让他惊奇不已，他似乎比她更喜欢这一切。

融合计划是伯特的心血。他五十五岁。系十美元的领带，领带下扣子扣错了。脸上发热，就像被剃须师傅的毛巾烫过一样。**到目前为止**，融合计划是他作为副局长的最大赌注，也是他自己的一次尝试，使中情局在 21 世纪 20 年代实现克利夫博士曾在三十年前优雅而成功地实现的目标，即扩大中情局的活动并使其现代化。由于中情局在很大程度上被禁止在美国本土开展行动，且只能针对外国威胁开展行动，伯特在融合计划和赛 · 巴克斯特身上看到了一种方式，可以悄然扩大中情局在国内的行动，而不会在华盛顿引发一场声势浩大、经年累月、群情激愤的中情局越权之争。

因此，融合公司可以代表中情局，**非常谨慎地**做中情局不能直接做的事情。

伯特与赛·巴克斯特达成的幕后交易既简单又脆弱：如果这个测试取得成功，那么融合公司将与中情局签订年度合同，此后中情局将支付融合公司的所有账单，未来十年中每年大约九十亿美元。根据这一秘密章程，融合公司将有权从国家情报网络中获取中情局的所有**相关**情报数据，并在严格的指导下使用数据。作为回报，中情局有权不受限制（以及不公开）地访问融合公司庞大的私人信息库，这些信息涉及所有安装过“世界共享”的人：目前超过二十亿人。此外，融合公司将向中情局提供其遍布全球的优秀技术合作伙伴，以及他们的尖端监控资产，包括地面资产和太空资产，后者以“世界共享”的低轨道世界一号卫星群形式存在。

伯特说服他的老板和五角大楼，政府正面临一个生死攸关的选择：要么现在就与巴克斯特的“世界共享”建立合作关系，要么就承受落后于俄罗斯等网络武器赞助国的风险，通过这种方式，伯特达成了交易——其具体条款一直未向国会透露。

在五角大楼的一次机密审批听证会的质证环节，他被问到，像中情局这样强大而成熟的组织，情报收集能力怎么会远远落后于一个**社交网络**呢？

很简单，沃克回答。与中情局不同，“世界共享”没有面临宪法、法律或监管方面的限制。“近二十年来，这些科技巨头一直我行我素，基本上获得了窃取、管理、操纵和出售人类经验和个人数据的许可，而国会没有人真正表示不满。因此，他们现在几乎完全控制了世界信息的生产、组织和展示，这还有什么奇怪的吗？”

于是，世界第一超级大国最神秘的部门别无选择，只能让赛·巴克斯特上桌吃饭，他至少是一个中情局可以合作的人。

因此毫不奇怪，在测试开始前的最后几秒钟倒计时，赛·巴克斯特从一楼的钢架平台上微笑着走下来，就像在新船下水时高举香槟酒瓶的公主一样兴奋。他和他那一代人实际上在宣布今天的胜利：他所从事的年轻产业的胜利，曾经被认为是如此轻浮，现在却被委以重任。此外，这也是埃里卡和他的个人胜利，两人都因一场悲剧而伤痕累累，而这个项目在很大程度上是对那场悲剧的深刻回应。

如果归零 Beta 版测试成功——也许除了桑德拉·克利夫之外没人怀疑它会成功，便将开启全面信息化的新纪元，无论好坏；这一技术可以投入使用，令国家（和世界）变得更安全。

三。

赛双手握拳，高高举起……

二。

如果一切顺利，那该多好。人人受益。真的。

一。

除了坏人。

“好戏开场！”赛宣告。

随着这句话，在所有电脑和无数屏幕焕发生机的同一时刻，巨大液晶屏幕上的复古时钟投影黯淡了，取而代之的是硕大的倒计时数字时钟，老式的方块数字，耀眼的红色，宣告：

剩余 29 天，21 小时，59 分钟。

29天，21小时，59分钟

● 马萨诸塞州，波士顿

规则是这样的，候选人只有两个小时去“归零”。两个小时过得真快啊！在归零指令下达的两小时零一分钟后，凯特琳**知道**，聪明绝顶的追捕者肯定会得到她的地址、银行资料、手机信息、大部分生平、纳税申报、医疗记录、电子邮件和她的照片。她能**感到**，他们在她身上爬来爬去，检查她，扫描她，侵入她，就像物理搜身，从她的指甲缝里收集棉絮，扯下一缕头发来分解她的DNA。当她想到这些数字侵犯永无止境时，她退缩了。但现在还不是失去勇气的时候。她告诉自己，只需按计划行事。必要时可以调整，但要坚持执行计划。她知道这一切都冒着很大风险，她制定的首日小策略就是不要跑太多，也不要跑太远，只要在指定的时间慢慢走到当地的巴士站，然后从那里出发。她已经做了功课，也做了祷告。圣母马利亚，天主之母。祈祷**必须**发挥作用。她在脑海中回想着她母亲最喜欢的圣徒。她不是一个真正的信徒，但她需要所有神圣的助力。她想，应该多点几支蜡烛。请求一两个天使来保佑她。这能有什么坏处呢?

波士顿。家。但突然间这里成了敌人的地盘。到处都是眼睛。她在熟悉的街道上观察摄像头已经有一段时间了，但她觉得这些摄像头此刻都在盯着她。不知何故，摄像头似乎比以前多得多，在每个人行横道，出现在几乎每个骑车人的头盔上。这些摄像头，当你知道它们不是在找你时，它们不会干扰你；但当你知道它们在找你时，它们变得多么阴险啊。现在，每个人每件东西都有可能是告密者，她周围的整个世界都充满了敌意。

她现在的核心策略是聪明地做错事。打破他们的预期。他们期待竞争者的狡猾和诡计，聪明的策略和疯狂的误导。那么如果她不努力逃跑呢?过于努力也许反而会落入他们的圈套。

例如，规则中没有说不能飞往洪都拉斯或巴塔哥尼亚，但要那样做的话，沿途会遇到这个国家最严密的监控手段。试图把自己置于他们的视线之外，只会自取灭亡。因此，她决定了计划中不会有机场或边境检查站后，开始考虑，像凯特琳·戴这样的女人，可能会采取什么真正出人意料的行动。她要做什么才绝对不符合他们的预测模型?哪些行动会与她的个性特征和背景相冲突，从而无法预料?

她阅读了关于新监控社会所开发的行为模型的资料，这些模型是为了领先罪犯一步，在坏人行动之前就知道他们将要做什么，其依据是过去的行为和人类的真相：除了偶尔抽风或振作，人类从未**真正**改变。江山易改，本性难移。因此，他们现在肯定在做凯特琳的模型，从她的过往记录中随时可以推断出她下一步最有可能做什么。那么，如果她搅乱整个计划，阻挠他们的工作，会怎么样呢？如果她不仅像别人一样走路，而且像别人一样**思考**，像别人一样**行动**，像别人一样**反应**，**成为**别人呢？

走近银行，她现在的生活就像一场化装舞会，她仔细观察周围的人，他们都在进行自我和自身人设的表演：他们自己的小型化装舞会。他们中谁是间谍，冒牌货，骗子？他们中哪一个要来对付她？某个年轻男人走过来，就像所有手机不离手的当代人，走起路来和两百万年前的祖先能人一样弯腰驼背——他是敌人吗？另一个在使用手机的人呢？那是个女人，也许在发布她的 Twitter 更新，或者追踪她的步数，查看每块松饼的卡路里，或者收到她刚刚路过的咖啡店折扣券的通知，这一切都被数据集团、保险公司、政治竞选团队记录下来，重新排序，从中挖掘对消费者的洞察。那天沃伦向她解释过这一切，当他说完后，她当晚就注销了所有账户。砰！突然之间，其他人看起来都像疯了一样。他们的生活方式显然是彻底的疯狂。然而，他们却说凯特琳疯了！

凯特琳喜欢侦探小说，既读经典，也读新作；在她狭小的公寓里，满墙都是侦探小说，最显眼的地方放着爱伦·坡。现在，你可以忘记夏洛克·福尔摩斯。那个被无休止回收利用的反社会者**典范**，只不过是爱伦·坡《摩格街谋杀案》的主人公 C.奥古斯特·杜宾的廉价复制品。了不起的小说。对，就是那个有猩猩的故事。杜宾能读懂朋友们的心思，回应他们未说出的想法，让他们大吃一惊。在别人知道自己要做什么之前，他就先知道了。他渴求细节，善于观察、记忆和解释他所看到的东西。杜宾演绎，推断，推导，预测。当然，这只是一个虚构的故事，一个很酷的想法，但没有人能看到那么多，记住那么多，并在事情发生之前做出预测。直到现在。现在？现在，每个人的口袋里都装着一个小小的长方形的奥古斯特·杜宾；它分析他们的睡眠周期、心率；了解他们的日程安排、通勤情况；偷听他们的谈话；推断他们的下一步行动。这个微型侦探知道什么时候应该向你发出新闻提示，知道应该用哪句广告语击中你，以便在适当的时刻引导你走进适当的商店。

好了。好了。开始吧。

她走到银行，在心里请求沃伦祝她好运，然后站在自动取款机前排队等候。光天化日之下。帽子。墨镜。她的脸上一直戴着防新冠病毒口罩（人人习以为常，视若无睹）。但此刻，她反常地摘下口罩。深呼吸。轮到她了。万福马利亚，充满恩典。她迈步向前。按下故意泄露的密码，甚至抬头看了一眼，她确信那里有隐蔽的摄像头正在捕捉她，辨认她。她向这只看不见的眼睛显露她没有遮掩的脸，停在那里，从容、漂亮、静止。然后她拿起机器吐出的现金，再次拉上口罩，离开了。

29 天，21 小时，14 分钟

● 华盛顿特区，融合中心

到目前为止，一切顺利。

当第一个警报传来时，赛正在一楼科技感十足的办公室里。他的玻璃办公桌亮了起来。那个图书管理员，零 10 号。那个波士顿女孩。很好。他们在波士顿有一个抓捕小组。赛没有冲出办公室，而是闲庭信步。在过去十六分钟里，他一直在研究所有零号的身份信息，零 10 立即向他显示，她最能代表一个没有经验的公民，一个美丽的笨蛋，愉快地抱着妄想，以为在她生活的世界里，自己所做的一切仍然是隐私。

但他曾经希望，即使是图书管理员也能提供比这更大的挑战。她显然已经走到自动取款机前，使用她自己的借记卡。一点都不好玩。他当然希望，在这一切结束之前，他的技术，庞大而多样的技术，能得到更好的检验。为了让中情局留下深刻印象，从而批准一项为期十年、价值九十亿美元的计划，他需要中情局看到他的团队解决棘手的问题，真正投入难以解决的困境，深入挖掘普通人留下的数字垃圾，并展示不可思议的物理检测和捕获能力，因为未来的零号不是图书管理员，而是背后有国家支持的针对美国的网络敌人：精密部署、隐蔽而不屈不挠的俄罗斯等国的黑客团伙，朝鲜的加密货币犯罪分子，伊朗的勒索者，在真实的美国街道上游荡的匿名恐怖分子。

因此，在一小时内拿下零10号并不像看起来那么了不起。事实上，他对自己坚持不参与零号选拔程序感到后悔，这个程序主要是他的中情局伙伴们的工作，根据协议，他们的任务是招募五名有代表性的平民和五名专业人士。不过，一个图书管理员？有代表性？**当真**？一个**纸媒时代的人**？当世界上其他地方早在一代人之前就实现了数字化的时候，他的团队中的某个蠢货却选择了**一个纸媒时代的人**，一个老古董，来扩展融合。他在心里暗暗记下，一定要抱怨这次错失的学习机会，随后他意识到，模拟人（很久没有想起他们了）在现代监控世界其实是有优势的，他们的低级错误比较不容易触发数字警报，因此抓捕他们更依赖于传统手段。尽管如此，这只模拟蝴蝶还是过早地落入了他的闪电网。

他来到中央控制中心的高架走道上，俯视着大屏幕。

“图像呢？”赛向下喊道。

埃里卡在地面上。他挥挥手，她也挥手致意。

没有埃里卡，就没有这一切，他想。我欠她太多。有些关系会毁掉你。有些关系会成就你。鲜少有关系能激发这样的事物。俯视他在她的帮助下所建立的一切，他对自己也不吝赞美：对于一个在俄勒冈州波特兰市贫民区卖空汽水瓶赚取零用钱的单身母亲的儿子来说，这不太寒碜。他现在已经成为美国国内和外部安全机构的重要组成部分，他负责的设施也许在下一次奇怪的病毒刚开始爆发就能立即检测出来，在声波攻击美国大使馆员工的计划阶段就能捕捉到聊天内容，击退关闭重要服务的勒索软件，阻止另一个杰弗里·爱泼斯坦的脚步，更不用说迈克尔的遭遇了！可怜的迈克尔。今天想你了，伙计。他沉思着，目光朝上，向天花板和遥远的宇宙空间做世俗的祈祷。

从自动取款机上传来的低分辨率视频被投射在十英尺高的巨型屏幕上。这是他自己创造的一个程序，自动将视频定格于选定的一帧，在脸部平面上画出绿色线条，测量眼睛之间的距离，耳朵的形状，凯特琳·戴嘴唇的丰满弧度，然后与采访阶段拍摄视频的定格画面进行比对。完美匹配。现在他们有了从自动取款机上拍摄的不同角度的视频，可以在任何地方追踪她的脸。他看着零 10 号转身走出画面。赛瞥了一眼时间戳：五十三秒前。一个人，现在是地图上的一个脉冲。华盛顿街。她没有机会了。照这样的速度，他哀叹道，他们没有机会用上任何一个他们最得意的玩具。

“我们能用美杜莎对付她吗？”赛问道。他指的是超级无人机，它可以在两万五千英尺高空巡航，携带多个摄像头，并采用特殊的光学技术，使他们能获得零 10 号的完美特写，同时监视周围十五平方英里的情况。

埃里卡摇摇头。否决。

他明白了。波士顿是**那类**城市之一。你本以为在马拉松爆炸案[1]后，他们会吵着要一架美杜莎无人机在那里盘旋，但是没有。

埃里卡回头看向他。“但我们有小型无人机赶往现场，还有闭路电视。她正朝唐人街走。”

埃里卡正在监听下一代迷你无人机机群（每架都比一本平装书大不了多少）的操作员，此时赛从螺旋形楼梯上走下来。“抓捕小组在哪里？”他问道。

“在她的公寓。他们正准备进行初次搜索。还有四分钟。”

赛揉了揉肩膀，以缓解肩部和颈部积聚的压力。“把她接走之后，他们可以加入零 7 号和零 4 号的警戒小组。我今晚有瑜伽预约吗？”

“无人机在空中，有的，我们用飞机把久藏接过来了。”

1　波士顿马拉松爆炸案是 2013 年 4 月 15 日发生在波士顿科普里广场的爆炸事件，造成 3 人死亡，183 人受伤。

“没有你我该怎么办？”和她约会就像和一款可靠的软件约会。

赛在讲台上坐下来，再次成为柯克舰长，主屏幕分割成六个凯特琳从自动取款机走到街上的画面，其中三个来自固定的摄像头，现在加入了另外三个，距离更远但快速靠近，形成了一小组航拍镜头。

“谁在驾驶？”赛问道。

附近的三只手短暂地举起，然后他发出指令。

“你们中的一个人到她前面，把她的步幅输入步态分析，和静态摄像头交叉比对。”其实没有什么意义，她已经是囊中之物，但这可以训练算法，让“虚空”里的姑娘小伙子们保持警觉，直到抓捕小组出现。

屏幕上有一个镜头俯冲，旋转，这是有一架无人机加速超过了其它无人机，然后翻转过来。他想，在屏幕上跟随事件发展，同时能瞥见操作员的操控，就像在儿童乐园的旋转茶杯里摇摆。不过，这很流畅——摄像机的云台让一切变得很简单，而处理速度和5G网络使每个细节都顺畅无阻。赛倾身向前，从他自己屏幕的下拉菜单中选择了几个选项，这样他就能监视凯特琳动作的实时分析，她的臀部如何晃动，她的腿如何伸展，她的手臂如何摇摆，每一个都是人类常见动作，在这里却以冷冰冰的螺旋形数字线，代表一些亲密的、个人的、具体的东西。他在观察一台机器**思考**。这很美，人类的奥秘之一正在被编码，运动中的**直立人**。然后它停止了。六个屏幕上都没有凯特琳的身影。

他抬起头来。

“她在哪里？”

“她进了那里。”埃里卡说。其中一个无人机摄像头正在显示一个景况不佳的小酒馆。

“里面有闭路电视？”

“什么都没有。”专门负责零10号的一名小组成员叫道，“它们没有连接上。我们要等吗？”

赛呼出一口气，意识到他们实际上是在向他寻求答案。作为一名在战斗中的现役将军，他还有很多东西需要学习；此时此刻的感觉与主持董事会会议、签署年度报告，或是批准最新的软件更新相差甚远。“这间商店，有没有可能，有一个后门？”他突然想到这个问题。

其中一架无人机轻巧地掠过屋顶，直接下降到后巷，像蜂鸟一样悬停在那里，等待着。它捕捉到了一扇消防门，当时正在自动关闭。但巷子里空无一人。

赛转了转手指，飞行员让无人机极其缓慢地转了一圈：垃圾箱……消防通道……车库门……在那里！“车库！”

随着赛的一声令下，无人机震颤起来，然后稳住，像猎犬一样在巷子里飞奔，到达街上时，正好看到凯特琳·戴……钻进一辆出租车。

“跟我汇报！”赛喊道。突然间，他不再感到无聊了。

“两分钟后抓捕小组行动。我们已经确认了出租车的信息。”

屏幕上出现了出租车司机的驾驶执照和徽章号码，紧接着是关于这枚徽章的拥有者、签证逾期滞留的摩尔多瓦三子之父的几乎所有信息。

其他零号小组此时也在观看大屏幕，追逐的紧张刺激把他们从“虚空”和其他地方的工作中吸引过来。

捕捉到凯特琳上出租车的无人机飞行员仍在追赶，用他这一代人的游戏技能灵活地操纵手柄。他躲避着街头设施，绕过树木，从华盛顿立交桥下低飞穿过。然后，就在他的视线被挡住的那一刻，那辆出租车汇入其他出租车的车流，于是整个追捕小组此刻都在斯图尔特街的车道之间躲避，然后在查尔斯街往北，绕过一辆巴士，从人行道旁掉头，当第二架无人机从树下抄近路，从那些仰头张望的游客头顶掠过时（“应该立法禁用无人机”），刚好看到前方的出租车在喇叭声中向左急转。无人机颤动。做出反应。继续追击。

“在那儿！”赛大喊一声，出租车最终急停在公园街地铁站的楼梯旁，学生人潮涌下楼梯去搭地铁。他瞥见一个身材瘦小的黑发女人潜入了高大的青少年人群中。

就这样，她脱身了。无人机停在地铁入口处，徒呼奈何，而抓捕小组开着一辆黑色越野车呼啸而来，留下两人，其他人都拥到街上，穿着他们的黑色制服，不带标记的夹克。留下的两人把司机从出租车里拉出来，亮出他们的警徽。司机看起来并不太高兴见到他们。

当抓捕小组追赶时，赛微笑着拍打桌面，主要是赞赏图书管理员出人意料的技能，同时为她终究提出了一个像样的挑战而感到兴奋！这有多酷？当抓捕小组（当然是没有武器的）跌跌撞撞走下楼梯，在狭窄的自动扶梯上挤过孩子们身边时，他们的身体摄像头让赛看到了追捕的过程。

“车站里的面部识别一无所获，”零10号追捕组的一个成员说，“而且她没有在闸机上使用她的交通卡。”

当他们接入车站的闭路电视网络，屏幕上闪烁着车站内的各种图像。到处都是波士顿人。各种体型、胖瘦和肤色。所有的人都在移动，转向，交错混杂。赛咬着嘴唇。人太多了——太多的红袜队帽子和冬帽，翻起的大衣领子（即使是在五月），城市的喧嚣，他的面部识别算法奋力展开对人类多样性的惊人数学运算。公园街。两条地铁线，四个方向可供选择。盲点。柱子。在第一分钟里，他满怀希望，但第二分钟过后，他开始认为她已经离开了。她逃走了。

这值得再次报以赞赏的微笑。真想不到！“分头行动。一半人去她的住处，完成扫描，一半人留在原地，继续在市区的所有摄像头上做面部识别。见鬼。全城范围进行。”

他掉头回办公室，仍然面带微笑，古怪地想：跑吧，凯特琳。

29 天，20 小时，47 分钟

● 马萨诸塞州，波士顿

所以他们清楚我的脸，她想。几乎可以肯定。她独特的脸此时已经在国家数据库中得到认证：凯特琳 · 戴，零 10 号。因此，从现在起，她必须好好隐藏这张脸，无论她决定把它带到哪里。

面试过程中，在她签署了保密协议之后，融合团队的人没有采集指纹，甚至没要她的驾照复印件，这让她很吃惊。他们解释说，这都是融合团队为自己设定的挑战——即除了确定专业适配和心理健康所必需的信息之外，尽可能少地了解他们的猎物。他们需要覆盖不同的类型和能力，以检验他们是否做好了应对现实世界威胁的准备，但他们也想给自己增加难度。他们承诺将选择各种各样的候选人，拥有不同的世界观、视角和技能。她不得不假设，她被选中是为了测试他们的武器库，以对抗未来所有可能对国家安全构成威胁的单身、无子女、近视的女性书籍借阅员。

她沿着冬街广场匆忙走到市中心十字路口，在前往后湾的火车上拉着吊环扶手。她看到十几个戴着防新冠病毒口罩的人——对一些人来说，这可能会成为永久的习惯，无论未来如何，在他们的想象中，某种古老的对于病毒载量的困惑始终蠢蠢欲动，那是对他人构成的威胁的基本恐惧，一种必须自我保护的恐惧。她想，世界是多么迅速地变得充满敌意啊。也许她之所以有如此强烈的感受，只是因为世界上训练有素的人此刻确实要来抓她。不过长久以来，她也觉得自己不知不觉地堕落了，在社会结构中堕落了，她不仅是被追捕的人，也是不受欢迎的人，是一个不受欢迎的下层社会中的流亡者和叛逆者。

她改变了方向，走向府州街，拉起连帽衫，慢跑上楼梯，走上红砖路面，在一个报摊前停下来，买了一份《华盛顿邮报》。她告诉自己，不能出错。她必须保持警惕。这些路过的陌生人中谁可能构成威胁？那个朝她皱眉头的老妇人？那个穿着超大羽绒夹克的瘦削脸少年？他的头发竖起，荧光色的羽绒夹克把他瘦小的身躯衬得魁梧，他向她点头示意，仿佛他们有亲戚关系。是那个白发老头？他的脸冻成了粉色，感受到别人身上的危险就会立刻退缩。那些寻找凯特琳·戴的摄像头看到了什么，识别了什么？

当她经过议会街的闭路电视组时，她知道，在很远的地方，融合计划软件正在试图确认这个在地铁站大厅里穿着连帽衫的女人是否就是凯特琳·戴，她们是否匹配，此刻呈现在镜头前的这个人行动举止是否像凯特琳·戴。因此，她集中思想——她唯一的对抗武器——**不**让自己成为凯特琳·戴。**不是**凯特琳·戴。**不是**凯特琳·戴。不像她那样走路，不像她那样思考。在斜眼窥人的摄像头下经过时，她反复对自己念叨这句咒语。她不知道这个经过校准来探测她的隐形矩阵，是否能识别出她身上独特的东西，那个她永远无法掩盖、不可化约的东西，那是自我的标记。

光天化日之下，她走向汽车站——那是一个世纪以来，离家出走者、瘾君子、逃犯、穷人、末路之徒，以及所有将希望寄托在别处的人最喜欢的地方。她从行李寄存处（这是她预先计划中的一个关键因素）取回她的破旧背包，用现金从机器上买了一张车票。她的巴士已经在等待发车。这是一条经济线路，座椅破烂，车上没有摄像头。她换了上衣。把连帽衫塞进背包。深呼吸。感觉就像脱胎换骨。巴士驶出城市。

29天，20小时

● 华盛顿特区，融合中心

他们才刚开始两小时！

从追捕开始，刚过了120分钟。或7200秒。剩下的时间多得离谱，一整个银河系的时间：不少于30天，或者把它想成720小时，或是43200分钟，如此一来，索性把它想成325万次心跳。他们有心跳可以**消耗**。

回到办公室，赛在笔记本电脑上敲敲打打，平和的感觉立刻蔓延到四肢百骸。在他看来，技术比赞安诺[1]更能抚慰人心。只有当他的手指在键盘上舞动，当世界在他的触摸下骤然生动起来，他才感觉到这个世界真正**有序**。是的，他喜欢大自然，他自己也在以重要的方式帮助这个有限的星球（电动汽车，碳中和房屋，漂浮城市的开发，拨款用于阻止亚马逊、丹翠和刚果雨林的电锯砍伐，投资下一代小型模块化反应器），但真正让他开心、兴奋、激动的是人造世界，是艺术家制图桌上的智能产品。如果他能随性而为，宇宙就会散发出新车的味道。

归根结蒂，这都是为了控制。他承认，当他被剥夺控制权时，他会感到紧张不安。如何确保自己有控制权？靠的是卓越的表现，靠的是登上指挥的位置，这样你就可以按照你认为合适的方式来指挥世界。他相信成功——他无疑是赢家——只是真正了解自己和并发挥特殊天赋的副产品，那些敏锐的洞察，那些微小的天才粒子，每个人都在某种程度上都拥有，但很少有人能正确地加以提炼，并将其转化为一种赋权的同位素。赛**成就**了自己。他建立的东西，就是他自己。如今他已经不再是那个被霸凌者用手肘打掉一颗牙（幸好是乳牙）的操场上的小不点了。今年《福布斯》富豪榜上，他的排名下滑了 8 位，排在第 47 位——如果他没有那么大的梦想，没有在高风险项目中投入那么多现金，也没有低调地把那么多钱捐给慈善机构的话，他的排名还会更高。他希望像他这样野心勃勃的人，也同样成为一个好人。完美吗？当然不是。为完美而努力？是的，一次又一次。胜己者胜。

他相信，迈向人们应该享有的世界，融合计划就是下一步，也许是最后一步。当然，他知道所有反对它的论点，隐私一旦被牺牲就无法挽回，未来可能还会发生滥用，但他知道保护的好处远远超过这些担忧。他相信，在受到监控的情

1　Xanax，一种苯二氮平类药物，主要用于治疗焦虑症。

况下，人们会变得更加友善，一旦他们越界，就会得到迅速的反击。这是黑暗法西斯主义对警察国家的幻想吗？不，不是。他拒绝这个观点。想想一个更公平的世界，在这个世界上，作恶的冲动不再那么有吸引力。他还有更好的礼物可以馈赠世界吗？

赛对他们的功亏一篑感到好奇，转身回到笔记本电脑前，查看了正在生成的零10号档案。已经有一大堆材料了。有点儿意思。没什么惊喜。当然她是一种**类型**，以她自己的方式泯然众人：一个沮丧的人，不快乐的人，不是非常成功的人，不稳定（根据她的药物和精神健康史），孤独，发现世界是一个难以敲破的坚果。在书的世界里找到了避难所。对凯特琳·戴来说，逃进波士顿的犄角旮旯也救不了她，真是遗憾；赢得三百万肯定会改变她的命运。好吧，也许这一切结束后，他可以为她做些什么。

关于这个问题的第二份心理备忘录：为什么她会被选中？如果这是一场国际象棋比赛，那么这个来自波士顿的新手只是在所有可能的开局（根据《牛津国际象棋指南》，有1327种开局）中幸运地选择了一个经典开局（例如鲁伊·洛佩茨开局，先行的马，进攻的象），只有当你知道如何去发展后续棋路时，它才是一个好的开局。不小的成就。他想亲自再打击她一次。她现在让他感到好奇，这个无形棋盘上的幽灵。她被选中的原因是否比他所知的更神秘？不过，他的预测是：再走三步，将死。

他离开屏幕，向后靠，努力回想他上一次乘坐公共交通工具是什么时候。应该是“世界共享”初闯纽约的时候，当时他和埃里卡每天早上从威廉斯堡赶到市中心，试图向投资人解释他所做的事情。他们在外面待到很晚，用刷爆的信用卡喝高价的鸡尾酒，然后摇摇晃晃地回到出租房；他用能量饮料和阿德拉[1]醒酒，然后在埃里卡睡觉的时候写代码，直到天明。

埃里卡很快就学会了说投资人的语言。她为他翻译，又把他翻译给他们听，用街谈巷语解释数据草案和数字排放。她向他们展示了“世界共享”的热心用户在流连于数字仙境时所创造的大量信息，他们的喜好和愿望、食谱和编织花纹、阴谋论、性偏好。他们接触、看见、搜索和分享的一切，都创造了一个数字航迹，她可以对此做出解释。她会解释说，这段航迹或遗踪，可以被打包，甚至作为商品进行交易。你可以根据目标受众的品味来定制广告，从而大大增加销售机会。这一招果然奏效。

埃里卡很快就忙得不可开交，无法兼顾技术方面的事情；

1　Adderall，主要用于治疗注意力缺陷多动障碍（ADHD）和发作性嗜睡病的药物。

她抽身出来，只学习使用重要的词汇，除此之外，她专注于雇用合适的人去做细化工作。她雇用了律师、金融分析师、公关人员、一个时尚而极客化的销售团队，而赛则做他最擅长的事情，把他们的数据金山转换成对未来购买模式或政治倾向的预测，从而产生改变世界的影响。嘿，无伤大雅，他争辩说，只是为你发现受众。他们会问，你是怎么得到这些个人信息的？很简单。我们找到了温和的方法，让普通人主动把信息提供给我们。点击，完成。没有人会去看那些小字。结果，他们付出了高昂的代价，进入了赛开设的令人上瘾的游戏场，包括看似无害的友邻小组，有地理标记的照片、视频和新闻分享，面部识别，进入了这个记录公众对事件的反应和不断变化的习俗的庞大信息库。当然，利用这个信息库，可以使人悲伤、愤怒、希冀、绝望、贪婪。由于个人电脑上的手指太过急切，人类的心理露出裂缝，暴露自己供人审视。结果证明，我们并不像我们以为的那么复杂。我们只是假装复杂。实际上，我们是一群人。现在“世界共享”用牛鞭、马镫和卷舌口哨，合法地驾驭这群人。咦嗬——！

“赛？”

埃里卡的声音响起。她是唯一有权限和他直接通话的人。“VR 小组已经在零 5 号的公寓里准备就绪。想操作吗？”

十五分钟后，他戴着 VR 头盔，站在（或似乎站在）爱达荷州博伊西郊区的一间普通客厅里。零 5 号抓捕小组已经进入了真正的房子，为了让赛在融合中心看得清楚，他们正在扫描大厅和卧室：超大尺寸的电视，略显寒酸的沙发，垫子上的食物污渍，堆满儿童玩具的地板。而赛就在那里，东张西望。

“她的详细情况如何？”赛一边问，一边在数百英里外的同一个房间的幻影里走来走去，VR 头盔遮住了他的眼睛。

埃里卡的声音在他的耳机里回答。“零 5 号。罗丝 · 杨。单身母亲。两个孩子。”

这能解释四下散乱的东西。赛穿过虚幻的沙发，来到虚幻的壁炉架前。查看虚幻的家庭照片。他想，这是第二种平民类型，表面上看没有独特的才能；那么，是什么内在的复杂性使她得以入选？好吧，也许有某种神秘性被发现了，某些非典型的东西，标志着她比街上的普通人更难读懂，所以，最终，她成了在这个庞大的捉迷藏游戏中的合适对手。

VR 界面并不像赛希望的那样好用，图像闪烁，解析，再次闪烁。首先，头盔比想象中要重，造成一种错误的本体感知，因为你的身体会试图弄清楚，为什么头突然变得太大，而且不平衡。工程部门现在应该已经解决了这个问题。它需要平衡配重，用更薄的玻璃。他抬起手，手腕上的传感器将他的手指复制到罗丝 · 杨的模拟客厅里，以防止他的潜意识受到惊吓。它有点粗糙，是一团蓝色气泡，但足以让他的大脑确认“好吧，现在这是我的手”，并进行自我定位。

“你知道如何分辨自己是否在做梦吗？”他问离得最近的融合员工，引得那人心潮澎湃，一张虚拟的脸转向他，为这位伟人几乎算是当面问话而激动不已。

“不知道，长官。我……”

“看看你的手。在梦中，我们的大脑发现手很难描画。你的手掌看起来会很奇怪；你可能有多余的手指。如果你看一下你的脚，它们经常够不到地面。”

赛向下看，助手也向下看。他们的脚可能是蓝色的绒毛，却稳稳地踩在地毯上。

“需要改进，但至少我们比一般的梦境做得好。”

好吧。干正事。

壁炉架上的照片有一半是孩子们的。一个男孩和一个女孩。当他聚焦时，照片旁边的空气中浮现出他们的名字和年龄。分别是七岁和五岁。他用手指在空中拖动，进入更深层的情报。这个新界面运行良好。优秀的学校成绩单。女孩需要戴牙套。

然后他看向一张罗丝的照片，是在酒吧里和几个女朋友一起拍的，她们举杯对着镜头。另外两个女人的信息立即悬浮在照片上方。两人都是罗丝在“世界共享”网站上的朋友，所以在追捕的第一时间，她们就被抓取了数据。一个已婚，一个单身。两人都没有孩子。两人和罗丝在当地同一家数据录入公司工作。

下一张照片。一对年长的亚裔夫妇，罗丝在他们中间。妈妈和爸爸。当地人。妈妈经常上“世界共享”。在过去几天，她发帖没有平时多，这或许会告诉分析员一些信息。但是，他们随后发现了明显值得注意的东西——这个细节在空气中呈现为橙色脉冲，一面琥珀色信号旗，相当于算法暂停了一下，并说“嗯，有趣”——那是妈妈的杂货店账单。上周比平时花费高。高了很多。而且她星期二晚上没有去编织兴趣小组。数据上的橙色斜线正在增加。目前还没有触发自动红旗警报。爸爸的情况如何？爸爸是一个数字灰色空间。他和妻子共用一个电子邮件账户，没有社交媒体。没有智能手机。这样的人确实存在。赛观察着这个男人的财务数据处理过程，寻找标志重要性的橙色闪光。他从空中拿起文件，卷起来揉成一团，用他的虚拟手指把它们抛过肩头。杨爸爸喜欢优惠券。每次给汽车加油都能获得积分。算法高亮显示了最近的三个条目。这不是通常每周一次的加油。他每天早上都会去，把他的福特车的油箱加到满满当当。

“家庭地址，”他说，“给我看。”

地图悬浮在房间中央，上面有一个闪烁的红点。

“从这里出发的路线。”

一条整齐的红线，从房子 A 到房子 B。

赛有他的假设。“父母。”

过了一会儿，他听到耳边说：“我们找到了她爷爷的车。”

“怎么找到的？”

“从他的注册信息中，我们追踪了汽车的车载电脑，并侵入了电子控制器。现在正在追踪。”

一张新地图，上面有一个闪烁的小点，是汽车的电子控制器发出的。84 号公路。“他是一个人在车里吗？”

“我们推测是的。”

“为什么？”

“他在听约翰·丹佛的歌。音量很大。你想知道是哪首歌吗？”

“当然。”

“《乡村之路》。”

赛开始对他的团队唱起歌来：“西弗吉尼亚，仿若天堂；蓝岭山脉，香纳多河。”

拉克希米·帕特尔加入合唱，她从前是联邦调查局特工，很早就被派到融合公司，这个三十多岁、有黑色烫发的女人吟唱：“那里的生活古老，比树木更久远——”

不知何故，不好玩了。

赛打断她："我们能派一架当地无人机去找他吗？"

"已经部署好了。"

"保持距离。不要惊动他。他在带我们去找他们。"

爱达荷州的梅里迪安，距离博伊西十英里。那是杨老头带领融合小组去的地方。十五分钟后，他到达那里。当他把车停到大老爹烧烤店后面时，他们从上面看着他。融合小组查阅了这家餐厅的历史，可以追溯到很多年前。找到了一个链接。妻子那边的表亲的前夫是餐厅的经理。杨家显然认为这个关系足够遥远了。错。

抓捕小组发现罗丝和两个孩子躲在储藏室里。她的计划很快将被揭穿，那就是让老爹来这里接他们，然后去莫利·纳尔逊蛇河猛禽国家保护区。露营一阵子。这个计划还不错——要在那里找到他们会很困难，但是他们没有走那么远。

当一家人跟在抓捕小组后面，从大老爹烧烤店后面鱼贯而出时，其中一个女孩停下脚步，向盘旋在头顶的无人机挥手。身在华盛顿的赛往下看，发现自己也在挥手致意。可爱的孩子。

"干得好，赛，"埃里卡说，"命中一个。"

赛把 VR 头盔放回架子上，拉开尼龙搭扣，解除手腕上的传感器。不知道罗丝在哪里犯了第一个错误。也许她本打算把孩子们留给家人，但最终没能做到。赛的妈妈总是很乐意在外出旅行时，把他留给一个她不大认识的保姆。罗丝妈妈应该向她学习。赛第一次真正有归属感是在库根家。他们家和这间房子一样，东西扔得到处都是。他在那里度过了无数个夜晚，埃里卡在桌前学习，赛和迈克尔谈论代码。很久以前的事了。是啊。家人嘛，就会潜移默化。

命中一个。还剩九个。

28 天，5 小时

● 威斯康星州，密尔沃基

当第二个归零日接近尾声时——在每个玩家的心理时钟上，正午取代了午夜——雷·约翰逊，零 1 号，突然感受到了自己的年龄，就好像年龄迫降在他身上。他能闻到自己皮肤上僵硬衰老的失败气息。他的身体仍然硬朗，每天早上能跑半小时，喜欢和伙伴们一起打高尔夫（能打 185 码），他比大多数大腹便便、满面沟壑、弯腰驼背的同龄人保养得更好。退休之后他培养了很多爱好，他和妻子发现，只要他们每个工作日至少分开五小时，他们就仍然拥有美满的婚姻。少于五小时呢？别问。

他一直不愿意报名参加这个疯狂的冒险，但是那种熟悉的责任感啊，好家伙。他们说，他们需要像他这样的人，从来没有想过在“世界共享”上分享照片，不相信电子邮件，一个仍然——上帝啊，现在他想起来，他们一定费了很大的劲才找到像他这样的人——使用支票的人。**支票！**一个喜欢亲自去银行办理业务的人，他认得柜台对面的人，对面的人知道他的名字、他的孩子、他开的车。这就是他想让某些信任的人了解的个人数据。他需要这种数据共享。这让他的生命（每小时4500次心跳）变得有意义。

马乔里，他的四十三岁正当盛年的妻子，正和她姐姐住在一起，直到这一切结束。感谢上帝。值得称道的是，她一开始就接受了这是他的职责，并且知道不要指望从他那里听到任何消息：在经历了四十三轮“友谊地久天长”之后，双方都不会感到有什么大不了的困难。

他对赢得大奖不抱太大希望。他承认，现代国家的监控能力对他来说是个谜，所以他认为自己没有什么机会采取有效的对策。他太沉浸于自己的老派做法了。他依赖妻子告诉他孩子们在做什么，他们的朋友怎么样，提醒他过生日。直到他去参加融合公司的面试后，他才注意到，她现在是通过手机而不是电脑获取信息。他已经学会了如何使用维基百科（他猜测维基百科已经差不多扼杀了《大英百科全书》），但感觉太迅速，太熟练，自从知道任何孩子一旦学会操作就可以修改条目，他就不信任它了。你没法对《大英百科全书》做这种佛头着粪的事。

老实说，融合公司还没有把他接走，这让他很意外。他没想到自己能坚持几个小时。归零警报在他的侏罗纪手机（他的孙子们这么叫它）响起的正午，他正在家得宝超市的停车场。他本想在警报开始前回到家里，但高速公路上的一起事故导致交通拥堵。他离开汽车，记得把他那部破旧手机的电池取了出来——这是他妻子的主意，她在一部纪录片中看到的，然后搭上一辆巴士，来到城市中央。乔装打扮。也算不上什么伪装。一顶毛线小帽低低地压在眼睛上方，一副老花眼镜模糊了他的视线，他不得不把它拉低，架在鼻子上，从镜框之上看出去。当他们通知他入围决赛时，他就不再刮胡子了。嘿，这很重要。

在汽车站已经有一天多了，他拿着一张去佛罗里达的车票（不需要身份证），一直在角落里断断续续地打盹，像个无业游民。当不时有人问他是否还好时，他什么也不说，只是出示车票，他们就不再搭理他了。流浪汉的希尔顿。

佛罗里达州住着几个海军老战友。他们打算把船员召集起来，把这个融合项目作为最高机密。他们告诉他，如果雷能不被抓到，赶到奥兰多，他们就会从那里接手。“连魔鬼都找不到你，向你保证，伙计。”斯库特·麦克莱尼大笑着说。

好吧，那么，到目前为止，一切都顺利，雷想，当巴士驶上州际公路，摇摇晃晃地向南驶去，前方不仅有太阳，也许，只是也许，还有三百万。他想象自己穿着短裤和棉布衬衫，懒洋洋地躺在泳池边，喝着啤酒，看着美人美景在眼前飘过，和伙伴们一起享用牛排大餐……

28 天，1 小时

● 华盛顿特区，融合中心

负责抓捕雷·约翰逊的小组行动迅速。他过去和现在的已知关联人物的蛛网图谱已经完整陈列，分布在美国的不同地区，但在佛罗里达州明显集中。具体来说是奥兰多。地图上突出显示的是他的三个假定密友的居住地。他们的模型很好；国家安全局的一个年轻人想出了绘制海军战友图像的好办法，根据他们在一起服役的年限，以及军事档案中提到的共同行动来为他们赋予权重，以揭示雷最有可能联系的人。他的首选：一等士官斯库特·麦克莱尼，已退役。

与这一切相互参照的是，当他妻子的健身记录显示她正在上水中健身课时，她的手机却在搜索“佛罗里达州养老院”。糟了。零 1 号小组现在可以给出 73% 的概率，预测雷会在行动第一周的某个时间点，搭上前往阳光之州的火车或巴士——最可能是巴士，因此建议他们现在就把抓捕小组从芝加哥调来，一旦面部和步态识别算法提示匹配，就可以在短时间内赶到密尔沃基的火车站和巴士站。步态分析已经在扫描每条大街小巷，每家商店和各处人行道。交通摄像头已经成为他们的“私有物”。除此之外，一些聪明人还在 2016 年后生产的汽车的尾部安装了碰撞警报摄像头。算法迅速穿过泛滥的视频数据洪流，吞噬了人群，摒弃了大步流星者、蹑手蹑脚者、曳步而行者、弯腰驼背者（很可能是办公室一族）、大力摆臂者（显然是个足球妈妈）。

赛是个好老板，说着称许的话，足以让手下的小脸发亮。然后砰一声。

步态识别有了一个嫌疑人。密尔沃基中央汽车站。九十分钟前拍到的。

赛回到办公室，看着他的团队成员大展身手，从各种渠道收集图像，几乎瞬间就将雷 · 约翰逊定位在 9 点 35 分经纳什维尔前往奥兰多的巴士上。按计划，他们将在 7 个小时后到达纳什维尔之前停车休息和加油。各小组争先恐后。

对于负责优先处理雷 · 约翰逊直至将其抓获的零 1 号小组来说，这几个小时在不断攀升的体育比赛般的兴奋中流逝。时间到了，赛来到他办公室的墙边，俯视屏幕上的雷，在绚丽的高清色彩中，他下了车，伸展着他的老骨头。其他小组也围了过来，为即将到来的抓捕行动默默加油。

车站边上的一家咖啡店将监控摄像头连上了无线局域网，

以便经理们不在店里也能监视员工。这些视频会与许多相关方共享，从而为购买者提供不错的折扣，并为保险公司、食品制造商和客户行为分析师提供非常便利的数据集，帮助他们改进销售技巧，更不用说美国的安全机构了。国家感谢你，玉米面包咖啡店。

融合中心的人看着雷坐进一个卡座，挪动屁股找到舒适位置，然后给自己点了纳什维尔最好的辣炸鸡。

“我们现在该去接他了吗？”埃里卡问赛。

“等等。我喜欢这家伙。等等。”

女服务员用蓝牙把雷的订单传到厨房，与此同时，也传给了在华盛顿的那帮录音天使。今晚雷没有顾忌胆固醇。辣炸鸡，炸薯条，苹果派配掼奶油，浇了巧克力酱和核桃碎的冰淇淋——根据他妻子的借记卡记录，这与他在家吃的沙拉和烤鱼大相径庭。这个点单得到了融合团队的热烈掌声。大家都喜欢这个人。

“现在呢？”埃里卡问道。

赛仍然摇头。“让他吃吧。”

埃里卡笑了。正是这样的时刻，让她想起她为什么爱上赛。她试图将这种确定性存档，以备下次需要时调取。

27天，17小时

● 田纳西州，纳什维尔，玉米面包咖啡店

雷开始享用他的甜点。他品尝完最后一勺，把碗刮得干干净净。一分钟后，田纳西小组的组长本森走进咖啡馆，让这个老伙计知道自己功败垂成。本森在他对面的卡座坐下，亮出警徽。

“晚上好，约翰逊先生。辣炸鸡好吃吗？”

本森的随身摄像头拍到了雷，传回给本部，雷看起来并不震惊。事实上，他点点头，似乎已有预感。

“你怎么找到我的？我付的是现金。”

本森大笑。“你做得很好。”

“我很难找吗？”

“还行。”

“但我不是第一个被抓的，对吗？”

“嗯，是第二个。”

“见鬼。好吧。你们能做什么？”

“不太多，先生。”

“这么说，结束了？”

“差不多。”

女服务员给雷端来咖啡，但他摇摇头。他从一个可口可乐样式的复古抽纸盒里抽出一张餐巾纸，仔细擦拭手指。

“那现在怎么办？”

“我们会把你送回家。”然后本森用手扶住他的耳机。有一个问题传来。“先生，总部有一个问题。我们想核实一下我们对你未来行为的预测。演练期间，你打算留在奥兰多吗？”

“差不多是这个计划，对。那里有要好的老朋友。”

“我们知道。”

“你们当然知道。”

本森的 iPad 上有一份简单的文件，要求雷确认他已被抓获，并遵守保密协议。雷小心翼翼地签字，习惯真正的墨水和纸张的手握着数码笔，滑溜溜的，很不习惯。然后他清了清嗓子，看着本森，眼角潮湿，充满恳求。

“我也有一个问题要问你，孩子。我们……我们是不是非得告诉我妻子，这个小演练已经结束了？”

27 天，13 小时

● 纽约州，尤蒂卡

“到尤蒂卡的乘客，到尤蒂卡的乘客！”司机的麦克风发出噼里啪啦的杂音，醒来的乘客有不同的反应：那些已经到达目的地的乘客发出顺从的呻吟，那些还得忍受几个小时的污浊空气、昏暗灯光和坚硬座椅的乘客则打着怨恨的呵欠。

坐在 14A 的女人揉了揉肩膀。她离开波士顿已经四个小时了。没有睡过觉。大部分时间，她断断续续地处于半清醒状态，被别人的屏幕光染成蓝色，头靠在冰冷的窗户上，眼睛被路过的车灯扫射着。她读过肾上腺素过多对人体的影响。这不是好事。它给心脏和头脑带来“战或逃”的刺激；一百万年前，它可以让狩猎者爬上树，跳出鳄鱼出没的河流，逃离狮子之口，或远离挥舞大棒的大块头，但现代人体内的肾上腺素，却一次又一次地被手机的嗡嗡声和叮咚声所触发，积时累日。可的松和多巴胺的持续输送，最终会腐蚀你的关节，过度兴奋的大脑中，接头嘶嘶作响，直到膨胀，最终断裂。这就是现代生活。

如果你对以下问题的回答是肯定的，那么你将获得三倍分数：你目前是否正在被社交媒体巨头和地球上最强大、资源最丰富的政府联合追捕？

但这是值得的，对吗？她问自己。一遍又一遍。是的，值得。这是她唯一能做的事。她会少活几年？那又如何？她的大脑会比同时代人更早糊涂？好吧。她的心会早一点疲惫不堪？随便吧。当然，这是一个沉重的代价，但如果她不这么做，更多的时间又能给她带来什么好处？谁还需要她一直过的那种生活？她的生活需要一场爆炸。好，她来了，活在爆炸后的碎片中。

她看看表。归零的第三天已经过了十一个小时，是时候进行下一阶段的计划了。

看着第一批同车乘客下车，她打开脚边的背包，拿出手机。她重新插上电池，打开设备，小小的屏幕亮了起来。几秒钟后，它就找到了一个强烈信号。她重新联网了。

27 天，11 小时

● 华盛顿特区，乔治敦市，伏尔塔广场西北区

凌晨 1 点，赛的手表只发出轻微的警报声，所以他在睡眠中错过了新闻：在收到来自纽约州北部某地的零 10 号的手机信号后，抓捕小组已经出动了。凌晨 5 点，他醒来查看，看到这条消息，咕哝了一声。凯特琳？凯特琳？他想。哦，**那个**凯特琳。

翻身下床，推开一千支高密度、无化学成分的床单，这是世界共享公司为他在华盛顿租下的豪华公寓（带游泳池、花园、健身房、家庭影院）。埃里卡还睡着，优雅，低调。他伸展四肢，触摸脚趾，为新的一天做好准备。埃里卡说，他每天早上真正需要的，是有人来转动他背上那把机械钥匙，必须把钥匙拧得很紧，才能完成作为赛 · 巴克斯特这项具有挑战性的每日任务。

他转身看她。他喜欢在她睡觉时审视她。即使是她睡眠中的样子，也可以发 Instagram，头发呈柔软的波浪状，双手合十枕着脸颊，仿佛在祈祷。有时，有点太像《城乡》杂志风

格了。他很少怀疑自己是否爱她。他现在在怀疑吗？不，他没有。他们非常般配，甚至是灵魂伴侣。他们的性生活，当然比以前少了，但仍然很好。笑口常开。但他的婚姻恐惧症依然存在，这是他们之间的障碍。他认为，灵魂不一定要在法律意义上结婚。为什么灵魂不能只在周一、周三和周六晚上结婚？此外，爱情在他的优先事项清单上排在很靠后的位置；他 90% 的成就感来自工作。因此，除了结婚这件事，他们还是很好的，作为替代，他至少可以给她地球上最好的床单。

当他从淋浴房出来，热气蒸腾，带着香薰和药物的味道，穿上熨烫整齐、低调奢华的衣服时，抓捕小组已经盯上了零 10 号乘坐的巴士。小组成员已计划在下一个预定站点拦截它，时间就在十分钟之内。很好。完美。精彩。他很高兴她能坚持到第三天。不过，让她退出也许是对的；一个图书管理员在逃太久，可不是什么好事。

赛召来汽车，放松地坐进了凉爽的豪装后座。他设置了按摩功能，缓解那些淋浴和拉伸都无法触及的结节，他开始在心里盘算，将要交给伯特 · 沃克下一份闪闪发光的进展报告。

但是，当他踏入融合中心时，被告知出了问题：他们最终没有抓到零 10 号。

图书管理员不在巴士上。在车站等待的抓捕小组发现她的手机卡在座位之间，显然是故意留下的，以便误导他们。事实上，零 10 号可能已经在尤蒂卡下了车，或者在旅程中某个更早的地点就下了车。进一步分析该路线上每个下车点的监控录像，没有得出结论。司机对这位乘客或她的离开没有清晰的印象。当时天色已晚，车上满员，他从不清点人数。“这不是校车，伙计。”

“十二岁孩子都会玩的把戏。”赛告诉他召集到一楼办公室的这群愁眉苦脸的人。他们站着。他坐了下来，仔细端详零 10 号小组成员的脸。他们的外表反映了内心——他们在后半夜逐渐获知如毒药般滴落的坏消息，现在为自己的未来感到忧惧。他们让他失望了。他们知道，他们**感觉**得到。而且，老实说，他希望他们感觉到这一点。为这一刻捏把汗。通常，每个人都想吸引赛的目光，多点个头，多联络一下，但不是今天。没有人愿意看他。

“好吧，”他叹了口气，“还有什么问题？”

“我们错过了一些东西，”零 10 号小组组长扎克·巴斯说，“就在昨天。说回波士顿。我们调取了凯特琳·戴的手机在过去六周的历史追踪数据，然后与商店的监控录像和现金收据交叉比对，我们现在相信她……呃，她在波士顿市中心三家不同的商店购买了至少八部不同的手机。这些手机确实在网上注册了，她的名字拼写略有错误。”他清了清嗓子，“其中七部手机还活着，在移动，分散在各处。有一部死了。电池没电了。”

此时赛站了起来。他在早上洗澡，精心打扮，喷了香水，来这里的路上在车上做了按摩，所有这些好处都打了折扣，他的情绪突然暴露了。并不是说图书管理员的足智多谋不再让他感到有趣——她确实很聪明，但他在任何时候都不喜欢自己这方的疏忽大意。他感到怒火一点点升腾，并认为在早期阶段向这个团队展示他的怒火是有价值的。

“好吧。她消失在地铁里的那一刻，你们就应该认为她比你们之前估计的更聪明。你们现在掌握的关于额外手机的信息，应该是在昨天下午收集的。昨天。**下午**。”

他戏剧性地背对着他们，让他们感受到他的不悦，故意让他们羞愧不安，而他则聚精会神地欣赏办公室远处墙壁上生长的美丽红杉林的自然奇迹，在一英寸1200像素的分辨率下，色彩完美。最后，他转过身来面对他们。

“这个女人是谁？这是一个简单的问题。在融合，我们需要能够问自己这个问题，**并且**，以人类历史上前所未有的速度**回答它**。这就是我们要做的。仅此而已。没别的了。这就是你们的工作。**这个人是谁**？现在，你们谁有答案？来一个人说说。”他在等待，看着一张害怕的面孔，再看另一张。“没人？好的。放松。每个人都要放松。从简单的问题开始：**她在搞什么么**？”

“干扰我们。”一个女人的声音。

他注视着她。她是新来的。

“你叫什么名字？”赛问道。

“索尼娅·杜瓦尔。”

“怎么说？”

索尼娅很漂亮。二十七岁左右。东海岸私立学校出身。九十五磅的野心包裹在纤细的骨架里，他想，还有一颗冰冷的心。

她继续说道：“她不希望我们马上找到那些手机，但她确实希望我们在弄清情况后，就把手机和她联系起来。所以才有拼写错误。”

“好。还有吗？”

胡子长得像条形码的扎克·巴斯，想提供一些有价值的东西，但他口拙。

索尼娅抢了先：“我，呃，我检查了从零10号下出租车的那一刻起，一小时内市中心使用的所有交通卡。”

扎克只能冷笑，并试图驳倒：“她为什么要用记名卡？”

赛看着这个即将**不再**担任组长的人，让他闭嘴，然后把注意力转向索尼娅。“继续说。”

“她不会的。但我想我可能会看到一些算法忽略的东西。我做到了。我是说，找到了。在我们跟丢她的三分钟后，有一张卡通过了市中心十字站的闸机，登记的名字是……”

“是？”

“是……赛·巴克斯特，关联的电子邮件账户是……”

“什么？”赛问道。

“赛·巴克斯特知道你在哪里@gmail.com。”

十五秒的沉默。赛正试图消化这个消息。然后他笑了。图书管理员在玩弄他。耍弄他。操弄他。“真想不到。”

索尼娅再次插话。“所以这个女人显然很聪明。还很有趣。”

她的语气里带着一丝钦佩，赛再也说不出这种语气了，他的大脑停滞了片刻：这样的事情几乎从未发生过。他背上的机械钥匙——埃里卡的玩笑——显然需要转一圈。他向索尼娅点点头。“她买的手机，在哪儿？”

索尼娅看向掌握这一信息的队友。

“有五个在波士顿地区，”队友说，低头看了看手中的平板电脑，“一个关机了，没有电池。一个从上周五起就在纽约，一个在英国，在伦敦市中心。不管是谁带着那个手机，我们怀疑他并不知情，昨晚去看了音乐剧《狮子王》，目前是在……在大英博物馆的埃及展厅，没错。”他停顿了一下，“正在看托特的雕像，写作之神。”

“精彩。结论是什么？”

索尼娅是唯一敢于冒险回答的人。“我怀疑她一直在偷偷摸摸地把这些手机放进别人的包里，这样就能制造一个声东击西的数据云。”

“她在……哪儿？”

“我猜她和那部没有电池的手机在同一个地方，”索尼娅回答，“留一部以备不时之需。”

赛用手指敲击桌面。他的大脑又找到了节奏。“一等奖给索尼娅！看来这群人里有一个爱开玩笑的人。她可真棒。遴选小组可真棒。我想知道为什么她会被选中。显然，他们知道些什么，看到些什么。无论如何，这就是我们想要的。对吗？因此，让我们在这个人身上加倍努力吧。我们已经扫描并记录了她的公寓吗？”

“是的。”索尼娅说。

“我想查看一下。准备好 VR。至于这些假电话，分头去收集。审讯伦敦方面的线索，看看是否与我们的零号之前有联系。让我们平息事态。总之，**简单**地说，做好你们的工作。哦，对了，索尼娅……”

“什么事？”

“干得好。”

索尼娅容光焕发。

27 天，5 小时

● 路易斯安那州，什里夫波特

在他这个年纪突然回归单身，感觉就像失重。弗雷迪·丹尼尔斯，零 4 号，四十六岁，昔日英俊的脸庞显示了他所遭受的打击，他感到头晕目眩，脚步虚浮，脑袋空空。工作中的失误就是从那时开始的，而且是代价高昂的失误。他在建筑公司的合伙人敦促他好好休息。他照做了。他花了几周时间看电视，看够了五花八门的节目，但是没有改善。然后，一个联邦调查局的朋友向他提到这件奇怪的事情：融合，归零——如果他能对抗“深层政府”的势力，潜伏三十天，就可以获得三百万。他想，妈的，这能有多难？

这个藏身之处的主意来自一部电影。不记得名字了，但他很喜欢。讲的是一个孤独的反叛者对系统的破坏。也许是丹泽尔演的。或者另一个家伙，叫什么来着，他在……操，无所谓了。总之，当他看到确认入选的公函时，他就知道他要怎么做了。找来木材、油漆和石膏，碰碰运气。当“归零”的短信送达时，他已经准备好了。

第一天激动人心。听着抓捕小组在房子里走来走去，听到他们谈话的零星片段，而他就在咫尺之遥，完全隐身在他自己推入的带轮子的假墙后面，这堵假墙就像墓穴上的石门，然后用五百个螺丝强力固定在地板上，那真像看“超级碗”一样刺激。在此之前，他把整个房间重新粉刷了一遍，这样新漆和旧漆就不会显得格格不入。轮子避免了在地板上留下刮痕。几乎什么都想到了。随着时间的推移，他越来越有信心，他想，瞧，如果他们现在还没有发现，他们就不会发现。所以这只是一个等待的游戏。

他从来没有坐过牢，但他听过太多的故事，知道被关起来是什么样子。他已经做好了准备。在一个极其封闭的空间里，进行严格的锻炼和活动。墙上贴着家人和朋友的照片。三本崭新的素描本和一台老式调幅收音机，使用耳机以便静音。现在是第三天，他还在坚持。大部分时间。罐头食品是他的口粮。他的小冰箱里有水果、果汁和三十罐啤酒。在喝完的果汁瓶里小便，在便携马桶里大便，那是他让一个酒友从大买家超市挑选的。晚上，当他打开啤酒庆祝时，收音机对他低语。为三百万干杯。

十万一天——想到奖金，他就能坚持。钱，钱，钱。每天晚上喝啤酒的时候，他都会想一想，要用这笔钱做什么。回到简妮身边，请她再给他一次机会。也许用手提箱装些现金拿给她，说:“这一半给你，宝贝。”做出承诺。不再酗酒。保证一年两次度假。如果别无他法，甚至同意做她一直想要的试管婴儿。给她两个孩子，尽管他害怕这个想法。还有，她一直想要的婚礼，第一次他拒绝了她，选择在法院草草了事，然后在她父母家后院开派对，只有挂在晾衣绳上的小彩灯、烤肉和冰淇淋。这一次，她会穿礼服，他会穿西装，他们将在酒店里举行婚礼，吃小点心，喝香槟酒，还有一个真正的摄影师，而不是镜头失准的简妮表弟。剩下的钱？蜜月之后，买一栋超大的新房子，一辆更好的厢型车。名片像吐司一样厚实，也许还有一个接待员，在电脑上为他安排预约，发送账单，称呼他“丹尼尔斯先生”，而不用他事事亲力亲为。

说话声。

他一定是打瞌睡了。他没有听到前门打开的声音，但现在有两个人在说话，就在附近。在这种时候，他屏住呼吸，确保马桶盖关紧，小冰箱关闭，消除它轻柔的嗡嗡声。

“我看没有人。”一个低沉的声音，就像那位著名的演员。

“是的，已经确认了。”第二个嗓门更高，听起来更年轻，几乎像青春期变声之前，“不过，有什么东西一直在耗电……”

弗雷迪在黑暗中摸着小冰箱。同意安装智能电表已经是个大失误。不过，他还是在这个小隔间里偷了电，好让他们永远找不到他的接入点。他很小心，但也许从现在开始不能再喝冰啤酒了。

“好吧。”另一个人说。

长时间停顿。弗雷迪的心跳加快。

说话声。

低沉的声音：“嗯，我这里有情况。这是刚从融合中心发来的。来自无人机。”

高昂的声音：“告诉我。让我看看。”

黑暗中的弗雷迪想：是什么？

除了“好吧”“那就在这里？”和“看起来是这样”这些听起来不祥的话，弗雷迪没有再听到那两人的声音。

那两个声音来到他的假墙前，贴着墙说话，很近，很近……

低沉的声音：“丹尼尔斯先生？你在里面吗？丹尼尔斯先生？”

啊，该死。这声音听起来如此之近，就好像那该死的家伙正坐在弗雷迪的腿上。但弗雷迪没有回答。没有放弃。要是他不开口呢？

“丹尼尔斯先生？如果你在里面，听我说。你可以投降，不然我们可以打破这堵墙。你做决定。丹尼尔斯先生？你能听到我说话吗？”

不，弗雷迪还是不说话。

“好。那我们就只能打破这堵墙了。你决定吧，丹尼尔斯先生。”

高昂的声音：“我在打电话汇报，切斯特。设置警戒线。要不你先做个热扫描，确定他是否在后面。”

“哦，他就在后面。”

弗雷迪缩成一团，懊悔不已。这真是个糟糕的选择，不应该这么做。至少应该建一条逃生通道，在地板上开个口，那么现在就可以从房子底下爬出去，逃之夭夭，而不是像个傻子一样坐在这里，等着大锤子抡进来。

几分钟后，出现更多的声音，新的声音，其中一个警告他：“丹尼尔斯先生？把头低下，遮住眼睛，我们要进去了。”

26天，18小时

● 华盛顿特区，融合中心

啪。

赛把笔记本电脑移到一边，触摸玻璃桌面：很神奇，桌面变得不透明，然后出现了美国地图，还不止如此。

洛杉矶有红色闪烁，闪烁……

他点击桌面，滚动，选择。他们刚刚结束了零4号的抓捕任务——一架带有特殊摄像头的无人机，通过使用地面穿透雷达（由以色列人开发，用于寻找哈马斯的地道），从高空识别出弗雷迪在墙后的隐蔽空间。现在零3号也有可能被发现了——玛丽亚·陈，来自香港，最近到了美国。这是个很酷的选择。鉴于她多年来一直在躲避逮捕，这是一个专业的挑战。这个年轻女人是行家里手，知道把她的常用手机留在家里，用一次性手机代替，更换SIM卡，从不重复使用手机，因为每个手机都有独一无二的国际移动设备身份号码，会被追踪；她还会切换不同的VPN——可以掩盖用户位置的虚拟私人网络，用现金或不可追踪的预付费信用卡支付，只有在万不得已的情况下才拨打语音电话。

赛想，对于如此精明的人来说，现在失手为时过早。为什么玛丽亚这么快就被发现了？他了解到，正如人们预期的那样，她的所有设备都在“归零”的正午时分停止工作，但零 3 号小组绘制了她的交友网络，并确定了她过去几个月在洛杉矶与之共度时光的一个男人，他的手机也**在同一时间**下线了。如果这两个人真的结伴而行，这对任何间谍网络来说都是好消息；两名嫌疑人意味着出现纰漏的可能性翻番。赛想，这家伙本来应该把自己的手机开着，不过考虑周全确实很难。

然后小组又去追查这个人的交友网络。当他们三个人在韩国城的一家星巴克见面时，融合中心正在监听，街对面的一位专家通过一种新的声波技术记录下了他们散漫的谈话。这种技术像激光笔一样瞄准某个物体，比如一个塑料咖啡杯（例如当时用来喝加双份奶油的星冰乐的杯子），就能神奇地把这个物体变成了一个真正的麦克风。语言翻译软件提供了一份压低嗓门但难掩兴奋的聊天记录，其中透露了玛丽亚逃跑计划的细节，并证实了她与男性同伴的合作。融合中心通过洛杉矶的交通摄像头追踪了男孩的车辆：他开到圣伯纳迪诺，然后停了车。

赛对着他的耳麦说话：“我们盯住了吗？”

前联邦调查局员工拉克希米正在处理此事：“洛杉矶的监

控无人机已经升空。”

没过多久，赛在他的办公桌上收到了圣马努埃尔保护区的大片绿色图像，画质很差，却是实时的。“她在那里有朋友？”

回答：“我们另一个目标的姐夫驾驶一架轻型飞机，通用航空，飞出了圣伯纳迪诺。他刚刚提交了一份飞往西雅图的飞行计划。”

“那么她是要去机场吗？”

“我们预测是这样，长官。”

“叫我赛。”政府人员真是拘谨。

“看来是这样，赛。”

他面前的地图绘制了玛丽亚位置周围三英里半径的范围，在其边缘处显示了圣伯纳迪诺机场。

赛：“行动报告？”

被告知：“我们已经通知了机场保安，拘留了飞行员，并扣押了飞机。”

“干得好。”赛起身走到玻璃墙前，俯视着各小组和大屏幕，大屏幕巨细靡遗地揭示了玛丽亚的秘密生活，现在和过去，这份私密而生动的记录，连她自己都无法收集齐全，所有的一切都被解剖，研究，分析。他们在这里制造了多么可怕的武器啊，赛沉思，它的潜力迄今尚未被挖掘。他比任何人都更清楚其中的危险：一个生命被打开，他想，就好比开胸手术，乳房被切割，肋骨被撑开，活生生的内容暴露出来，然后被逐项分析，处理。但是，无论有什么不雅的侵犯感，他知道——**确定**——他们在这里努力追求的更大的道德利益，足以抵消这种侵犯。如果这个世界更温和，那么他们所做的事情也许是错的。但是，这个世界总是不那么温和的，证据无处不在，因此，外科医生必须做好准备，将自己的手臂深深插入血肉之中。如果他们不这样做，病人就会生病死亡。

他从耳机中听到“美杜莎视觉画面现在开始”，巨幅屏幕的右侧刷新为从高空拍摄但纤毫毕现的房屋、运动场、小溪的图像，直到屏幕随着镜头拉近并重新对焦而闪烁，再次闪烁，放大，重新对焦，赛从两万英尺高空俯视一个男人和一个女人的画面，他们正沿着干涸的河床跑步。这架超级无人机是他的投资者花费巨资研制的，它配备了多个摄像头和卓越的光学工程，因此能够拍出玛丽亚·陈和同伴的完美特写，同时还能监视周围十五平方英里的范围。

“声音。”赛要求。

有了这句话，玛丽亚汗津津的手上拿着的无辜的蓝色水瓶，就变成了（由高空激光器提供的）声波间谍。

玛丽亚·陈沉重的呼吸声清晰可闻，几乎能听到她的心跳声。**难以置信**。甚至是最简短的对话。

男声：“好吗？”

女声："嗯。"

赛微笑着走出办公室，走到扶手处，俯视下面所有的社会改进活动。"离拦截还有多久？"

"二十分钟。他们会在机场门口等她。"

就这样，他想。监控效果达到极致。而且是美国式的，不是那种一刀切什么都拍的模式，不，不：在美国，像这样庞大的技术**只有**在需要时才会被部署，它始终尊重公民的隐私权，直到公民的明显攻击性行为剥夺他们的权利，就像萦绕在赛的心头，并将永远纠缠他的案件——在很多方面，所有这一切都源于那个案件。爱你，迈克尔，他想。爱你，兄弟……

看着倒计时的时钟。三天过去了，三个零号倒下了，还有七个。然后呢？勇敢的新世界，宝贝。勇敢的新世界。

26 天，16 小时

● 纽约州，麋鹿河平原

夕阳西下，在她成功逃亡的第四天——此时她不得不承认，她有点怀疑自己已经出错了。零 10 号绝对确定的只有一件事：尽管她遵照所有的指示，成功地把 A 杆插入 B 槽，帐篷的暗绿色布料仍然松垮下垂。她坐在铝箔内衬的格子呢野餐毯上，瞪着这个可悲的装置，直到她意识到，在整整一分钟里，她其实完全没有思考。

树林如此安静，她知道自己会听到头顶上无人机的嗡嗡声，或者发动机攀爬林木线[1]的咆哮声，甚至远足者的脚步声，然后他们才会真正发现她在这里，独辟蹊径。她在野外露营。在两英里之外，她扔下了在尤蒂卡买的小越野摩托车。她很想留着那辆小车，就像骑着一只愤怒的大黄蜂在山路上飞驰。但她现在距离老福吉村的凯斯煎饼屋已经千里迢迢，她最后一顿真正的早餐就是在那里吃的。对凯特琳·戴来说，很长一段时间内吃不到煎饼了。

一个月前她留在灌木丛中的锁箱还没有被人动过，所以她拿到了生存帐篷、口粮（冻干通心粉和维生素），以及净水片，那是为距离营地半英里外山坡下的溪水准备的。还有一本《安娜·卡列尼娜》。嗜书成癖，令人汗颜。她从大衣口袋里掏出笔记本。与其说是笔记本，不如说是剪贴簿：她的脑洞记录。后面夹着一张说明书，介绍了帐篷的简易安装。

她又看了一遍，看到1型杆和2型杆之间颜色各异的接口零件，不禁翻了个白眼。她合上笔记本，放在旁边的毯子上，开始起身，这时她听到一个比平时更大的声音在脑海里响起：*规则是什么？*这个声音说。（男人的声音。很清晰。并非不友好。）*快说，规则是什么？*她拿起笔记本，大声回答："始终随身携带笔记本。始终随身携带现金。夜里生火。白天贴暖宝宝。在任何地方逗留不超过三晚。"

为什么？

"第一天被注意，第二天被怀疑，第三天被举报。"

你脑袋里的声音会点头吗？会的，如果这个声音属于沃伦。*专心，宝贝。否则你坚持不到中途。保持警觉。*

"好的。"

---

1 tree line，生态学、环境学和地理学的一个概念，指分隔植物因气候、环境等因素能否生长的界限。在该线以内，植物可如常生长；一旦逾越该线，大部分植物均因风力、水源、土壤以及其他气候原因无法生长。

真棒！

把笔记本放进工装裤的大腿口袋，她又回到与帐篷杆的殊死搏斗中。

最后帐篷支起来了，但地面很硬，而且事实证明，化学加热的通心粉和奶酪并不适合她的肠胃。

她在半明半暗的灰色中醒来，不安宁的一夜使她倍感耗竭。“我的身体变软了。”她大声说。感觉就像有人把她和一个八十岁的老奶奶交换了身体。一个在外酗酒的老奶奶。她放弃了继续睡觉的念头。从睡袋里坐起来，头发乱蓬蓬的。

现在外面天亮了，她翻阅了在汽车站买的几本户外生存杂志，做了一些笔记，喝完了水。想起波士顿的书架。海明威全集。她决定不喜欢海明威，那家伙把这些树林、荒野、“大双心河”之类的东西都写得浪漫无比。诸如上升与出走，典型的美国故事。去他妈的。感谢上帝，感谢工业革命。内燃机万岁。在这一刻，她崇拜聪明的迈克尔·法拉第，礼赞中央暖气、洗衣机、咖啡机带来的解放。送货上门？优步！外卖！赞美吧，赞美吧！

但她必须遵守纪律。

我知道，沃伦，我知道。我可以听到你低沉的声音，你温柔的训斥和建议，遵守纪律，放慢速度，顺应自然，与万物融为一体，因为在最深的本性中，我们都只是比复杂的野兽略胜一筹。你以前跟我说的那句花哨的拉丁文是什么？啊，是的，我想起来了：Homo homini lupus est. 人对人如狼。太对了，宝贝，我们对彼此像狼，自己也是狼，这解释了为什么你现在不在我身边。你被弱肉强食的残忍生物围困，他们漠视你甚于漠视动物。活下去，宝贝，活下去。

就这样，她的思绪又回到了现在：她将如何度过这一天？明天呢？后天呢？她要做什么？她将如何处理她的头脑，她的狂想？

唯一明智的答案是：什么都不做。如果她可以的话。吃喝拉撒睡，也许挖个小茅坑。今天，她的计划所要求的，以及她决心要实现的，就是什么都不做。

24天，17小时

● 华盛顿特区，融合中心

下午5点，他们再次把他叫到了VR套房。手腕上的传感器拧紧，头盔像潜水面罩一样拉低。当系统追踪赛的眼球时，一圈针孔光使它们与软件同步，然后豁然开朗，就像踏入墙上的一幅画，他来到了一间书盈四壁的公寓。

他环顾四周。原来这就是波士顿图书管理员的生活。又是一张铺着格子呢薄毯、堆满东西的沙发。赛走到窗前。注意到风景：窗户和防火梯之外，雨开始落下，东方的天空变得灰蒙蒙。

“惬意。”他身后的一个声音说。

埃里卡加入了会话。VR程序根据她的在场情况，在赛的旁边绘制了一个人形的蓝点云，近似于她身体大小。这意味着他们可以在冲动的时候指着公寓里的东西，而不会在融合中心撞到对方，当你在价值八百万美元的个人全息甲板上玩耍时，冲撞最容易让人感觉自己是个失败者。

赛几乎要感受到波士顿的潮湿寒气了，他不得不提醒自己，他是在一个数字复制品中。他走进厨房。晾干架上放着不配套的旧货店瓷器。一个麦片碗，一个咖啡杯。

埃里卡问："你认为她是一吃完就洗呢，还是在收到归零警报时洗的？如果是后者，那她就是个冷静的消费者，没有一丝恐慌和急迫。"

"警报一响，她就准备出发了。"赛轻蔑地说。

典型的埃里卡，赛想，她是这个世界上最了解我的人，在我因为手机惨败而有点失态之后，她现在正试图让我振作起来。她还知道治我这毛病的最佳方法，了解我的情况，并随时为我排忧解难。祝福这个好女人。

赛像幽灵一样穿墙而过。他的身体渐渐习惯了这种状态，潜意识对于以令人窒息的速度穿越固体时的本能惊恐尖叫，现在已经减弱为温和的抱怨和杏仁体的抽搐。床铺很整洁：拼接的床罩，玫瑰花蕾和格纹方块。目前看来，这是一个独居的女人，而且已经独居了很长时间。凯特琳可能是自己做的床罩；不平整的针脚看起来很业余。爱好手工的时髦人士，廉价的衣服和有机的食品，坚持自己做东西，做得很差，也很贵（可能是浪费）——袜子、裙子、无穷无尽的针织品、蜂蜡蜡烛，这让他猛然想起自己节衣缩食的母亲，她是唯一养家糊口的人，不得不采取类似的救济措施，不是为了拯救地球或她自己的健康，而是为了生存和养育儿子。他母亲的手艺和家务活一点也不时髦，然而，从一个打开电灯开关都未必有电的贫民之家，却走出了像他这样的人。非同凡响。爱你，妈妈。

赛眨了眨眼睛，试图阻止自己走上典型的精神岔路。穿过墙壁走回主厅，埃里卡的蓝云正在研究书架，上面摆满了多种语言的书籍：波德莱尔的原著，拉丁文的维吉尔，几种语言的旅行指南。他想，这个地方正合埃里卡的心意。尽管她和他一样忙，但她仍然能找到时间看小说。她的边桌上总是堆满了小说，书页折角标记，刚看了一小部分，就有更多从网上订购的图书又送到了。他经常开玩笑说，她当初投资亚马逊会比投资“世界共享”更好，但这只是个无力的玩笑；她的净资产使她在福布斯“最富有的白手起家女性”排行榜上名列第28位。

墙上的零星空间摆脱了书籍的杂乱，它们被裱在中型画框里的艺术海报填满。凌乱的粉彩勾勒出硕大夸张的花朵，茂密的森林里卡通老虎在树叶间窥视。那幅烟斗的画，下面写着“这不是一个烟斗”。全是胡扯。超现实主义者让他恼火的程度不亚于手工艺人。赛的这部分性格，他的焦虑、不耐烦、脾气急躁和说话尖酸的一面，在压力过大时会失控。在这些罕见的时刻，他的公关人员，甚至是埃里卡都无能为力。仿佛有什么东西占据了他的身体，内心有一个充满复仇欲望的小孩，被迫去解决一些历史性的错误。他感到一种冲动，想在屋顶上大喊

"面对现实！面对现实！"，与之相应的是一种伤害的欲望，想要毁掉那些精心建构的东西——有时他很难在自己体内找到终止开关。但他也知道，当务之急是找到这个开关，掌握这些破坏性的情绪，尤其是现在这些情绪对市场产生了实际的影响。在任何一天，如果华尔街得到风声说他情绪失控，行为不端，或者只是感觉有点不对劲，"世界共享"的股票就有可能在收盘前下挫10到20点。他的情绪对经济的影响是确切的。见鬼，它可以**上个保险**。

不仅如此，他还注意到，国家的安全现在也很容易受到他的情绪影响，中情局知道这一点，国家安全局和军方也知道，在某种程度上，国会也知道。他在聚光灯下生活，受到严密监控，但他仍然很难意识到自己的重要性所带来的后果。他现在必须控制住自己的这些情绪，不仅是为了保护他的股票价格，而且是为了国家的利益，**确实如此**，因为麻烦在于——这是他的总体规划中的致命缺陷——正如他**就是**"世界共享"，他现在**就是**融合。没有他，一切不复存在。他精心打造的网络非常先进，拥有无数前所未有的功能，但系统中存在一个漏洞，一个已知的漏洞，那就是他自己。

"赛？"她的声音小心翼翼。她清楚地知道他走神了。

"对不起，宝贝。我只是……我们必须把这件事办好。"他不仅需要这个女人，而且知道自己永远不会**不**需要她。"我知道我有点紧张。我只是需要它奏效。”

“会成功的，赛。它正在奏效。”

“你仍然相信我们可以做到，对吗？”

“我相信，赛。是的。绝对相信。”

他对此表示感谢。“我不希望其他人经历……**我们**所经历的事情。”他说。代表她手掌的蓝云靠近，他感受到了它在现实世界中的触碰，真实的埃里卡的触感。“这是迈克尔的遗产。”

她回答时声音微颤：“我知道，赛。”

“没有你我做不到。”他说。

“我哪儿也不去。你知道的。”当她动情时，她的音调更低沉了。

墙壁会让赛产生幽闭恐惧，即使这里的虚拟墙壁也不例外。你不能长时间使用 VR 这种东西。你会感到恶心。他必须尽快离开这里，但他还有事没完成。

她的电视比笔记本电脑还小，有一根真正的天线。没有有线电视。一个唱片机。爵士乐唱片。凯特琳当然听爵士乐了。这地方很脏。

即使身体并不真正在这里，赛仍有反应。他想咳嗽，皮肤发痒，他想戴上手套，戴上口罩。

“告诉我她的情况。告诉我一切。”

24 天，16 小时

● 纽约州，麋鹿河平原

露营两天后，她的饮用水已经喝完。没什么大不了的，她早就计划好了。

她试着走动一下，在坚硬的地面上睡了三晚后，她需要舒缓僵硬的骨头。她蹲下身爬出帐篷，来到阳光普照的天空下，然后穿过树叶覆盖层，走向小溪，手里拿着空水壶。

寂静开始让她感到害怕。荒野的孤独是一种挑战。她从山上飞跑而下，来到小溪旁，蹲在水边洗手，冷水的刺激让她清醒了一些。她掬起一捧水，将她所见过的最纯净的水泼在脸上，想起很久以前和沃伦的另一次旅行。

他也不喜欢露营。哦，他总是**说**他喜欢户外活动，他也确实愿意做一些徒步，晚上游会儿泳，但他在旅行中最喜欢的是晚上回到小屋，有火炉、苏格兰威士忌和毛毯。当他们有了钱后，就喜欢一点奢侈的感觉。

不要想这些，她告诉自己。集中精力。她抬起头，环顾四周。树林茂密，春意盎然。还没有太阳的踪影。她把瓶子装满，扔进一片净水片，摇一摇，然后开始返回营地。这种安静让她的脑袋嗡嗡作响，一种耳鸣的感觉。抑或是她的血液在跟她说话？她的心脏？以她的心态来说，这是个艰苦的地方，但她还能做什么呢？如同监狱服刑犯倒数着天数、小时、分钟……也许她应该去拉斯维加斯看场演出。不，不。**纪律**，女士。回到营地，抓紧时间，制定一个日程表——她喜欢日程表：什么时候吃饭，睡觉，运动，阅读，点燃露营炉，做饭，刷锅，洗衣服，睡觉，如果睡得着的话。这种例行程序给她带来了一丝振奋，填补了一些空白，降低了心理威胁程度。如果她想获胜，就必须调整心态，保持秩序。

到达坡顶后，她沿着自己在腐土上留下的脚印，向营地走去。她的路径与早先留下的越野摩托车轮痕迹交叉。显然，与她分享这片森林的不仅有松鼠、鹿、鸟和成群的昆虫，还有在这片人迹罕至的偏僻林区寻欢作乐的青少年飞车党。

要留意，她提醒自己。当心。她绝不能让任何人看到她。把越野车的痕迹甩在身后，她很快就走到了只有她到过的地方。她大声说："'黄树林里岔开两条路 / 可惜我不能同时涉足 / 身为旅人……'"啊，她曾经能背诵整首诗。不过她在所有的选项中，选择了"人迹更少的那条路"，这才是重点。是的，她肯定是在那条路上。至少现在是这样。在世界消失的这一刻，她所想的就是：我在这里很安全，我很安全。

噗。火光熄灭。在此之后，一片漆黑。

24天，16小时

● 华盛顿特区，融合中心

“公共图书管理员，”埃里卡把她提炼的概要告诉赛，“在这间公寓里住了五年。享受租约保护。在图书馆里与人见面。完全不在社交媒体上露面。”

“还能这样吗？”

“这位女士完全对谷歌免疫。没有搜索到任何东西。完全在现实中过日子。”

“嗯。”

“有心理健康问题的记录。”

“情节越来越复杂了。”埃里卡松散的蓝色身影走向书架，“她是侦探小说和惊悚小说的狂热粉丝，你也看到了……也许电话的灵感就来自小说。不过目前正在读《安娜·卡列尼娜》。”

“你怎么知道？”

“她借了这本书，但它不在家里，所以我们猜她随身带着。”

“她为什么要带书？”

“我们假设是为了消遣。”

“我们来分析一下这本书。看看它可能激发她做什么。”

“卧轨？”

“什么？”

“安娜卧轨自杀了。在书里。结尾的时候。我几年前读过，记得吗？”

“在那之前发生了什么？”

“她为了情人离开了丈夫。”

“凯特琳有情人吗？”

“据我们所知没有。”

“回到精神健康问题上。”

“她在十几岁时被诊断为双相情感障碍，住过两次院，从那时起就时好时坏。一年前，她光着脚出现在机场，抱怨自己弄丢了机票，还说总统在她的公寓里。看起来她现在又停药了。最后一张处方是六个月前开的。药量是四周。”

“我以为他们应该排除了疯子的。”

“根据设计，遴选小组选择了多种类型。可能他们觉得我们需要为疯狂做好准备。我们的敌人偶尔也会发疯。”

赛耸耸肩。“你说得对。”他打量着图书管理员满满当当的书架。还以为她在白天上班时看够了书呢。他看到很多橙色和绿色的封面，年深日久，边缘磨损；经典英美小说的平装版；还有他偶尔会添加进“我在读”列表，但从未真正读过的俄罗斯大部头。书脊开裂，粗糙不平。相比之下，赛工作繁忙，时间有限，只在健身时以1.5倍速听书的精简版——没有一本是小说。这样效率更高，而且他能理解要旨。

这里的VR再现效果很完美。你几乎相信自己可以伸手拿起一本，翻开书页。

“还有什么？”

赛再次穿过沙发，寻找家庭照片，寻找任何可以反向图像搜索人物和地点的东西。一无所获。只有更多的艺术明信片。当然，这个房间已经进行过数据挖掘。书籍被编目，印刷品被鉴定，任何可以充实叛逆书虫凯特琳的档案的东西，他们都没有遗漏。

“她聪明得很，”埃里克说，“我们有她的学籍档案，大学成绩单。她的智商高得离谱，这可能是她最终被选中的原因。”

赛点点头。这就更合理了。她是个博学之士。但是，为什么这样一个天才会把时间浪费在图书馆里呢？

零10号小组有了新情报，他们准备传输给埃里卡。“赛，联邦调查局的人刚刚找到了凯特琳的诱饵手机的一个携带者。他们可以对现场进行VR呈现。想加入吗？”

“是什么人？”

“一个女人，她同意带着八部一次性手机中的一部。认识凯特琳。”

“当然，拉过来。”

就这样，凯特琳在波士顿的朋友温迪·哈默贝克以全息影像的形式，在像素的颤动和光晕中，从她自己的次级位置，以数字的方式进入了这个主要模拟场景，一个世界中的世界的窗口。温迪看起来很慌张，担心自己做错了什么。她大概四十岁，正在手提包里翻找东西。她的灰发鬈曲，一半压在彩虹色的羊毛帽下。

“是的，”当抓捕特工（他的随身摄像头提供了这些实时图像）翻出他的联邦调查局徽章给她看时，她说，“这是凯特琳几周前给我的。她只是问我能不能帮她保管。玩玩糖果消消乐，或时不时地拍张照片。她说有人可能会出现，从我这里拿走它。”

“你不觉得奇怪吗？”那位不在画面里的特工问道。

女人笑了，声音浑厚洪亮，使她瞬间显得年轻了。

“当然，这很奇怪，但凯特琳**就是**怪人！”她摇了摇头，“我是说，她很可爱。在我丈夫化疗期间，她隔天会帮我照看孩子。而且不只是让他们对着屏幕。她教他们做千层面，带他们在后院露营。她喜欢这些事情。但她有一些奇怪的想法。比如——”她的表情有点尴尬，“白宫的事情。”

“你让这个女人照看你的孩子？”

温迪被激怒了；她的眉头皱了起来，直视着佩戴随身摄像头的人，双肩后挺。她的资料出现在屏幕上：已婚，两个孩子，建筑师。“世界共享”上有很多她参加抗议活动的照片。

“她情绪稳定，吃了药。坦率地说，先生，很多人都相信奇奇怪怪的事情。听着，凯特琳让我帮她一个小忙。我很乐意帮她。”

“女士，”特工停顿了一下后说，“你的电话记录显示你最近没有和戴女士联系过。你见过她本人吗？”

“没有。她有几个星期没来图书馆了。你怎么会有我的电话记录？这没经我允许。”

数据很快就会证实，温迪支持的抗议团体中有一半人在凯特琳的图书馆聚会。

“我们需要拿走戴女士给你的手机，女士。这是国土安全行动的一部分。”

温迪拿出手机，但当特工把他厚实的手掌放在上面时，她没有松手。

“先生，我希望你明白，我把手机给你，是因为凯特琳让我把它交给任何向我要手机的人。否则，我就需要看到搜查令。当她要求我保管时，我当然担心她的病情正在发作，所以我记着要留意她。从那以后，我每次和她说话，她都很正常。”

她的目光下移，直直望进特工的随身摄像头，看着赛，看着埃里卡，看着“虚空”中那些在大屏幕前观看的年轻人，“现在你来到我面前，带着徽章和摄像头，还有我的电话记录，所以在我看来，凯特琳终究没有患妄想症。”

赛已经看够了。他切断了信号。“其他的诱饵手机呢？在谁手里？”

“没有实时图像，但我可以给你详细资料。”

“让我们看看。”

信息再次出现在空中。他看了其他几个手机持有者的简短摘要。他们要么是朋友或邻居，要么是通过凯特琳开办的读书会或在图书馆聚会的社会行动小组认识的。类似的故事还发生在那个伦敦的手机持有者身上。赛浏览完数据。**他们**彼此之间的联系无处不在，实时交汇，有多个交汇点，无论是图书馆还是他们的“世界共享”页面、家长会群组、聊天群、Twitter、Instagram。但凯特琳不在这些平台上。哪儿都没有她。一个生活在现实世界的人。多么奇怪啊。

24天，15小时

● 纽约州，麋鹿河平原

冷。寒意和阴影。她在做梦。然后是像鸣笛一样尖锐的疼痛。一声颤抖的高音将她撕入完全明亮的意识状态中。这他妈是怎么回事？我在哪里，到底发生了什么？她强迫自己深呼吸，直到疼痛和第一波恐慌稍稍退却。

我是凯特琳·戴。我躲在树林里。

我是凯特琳·戴。我躲在树林里。

确实有用。

她的眼睛里有东西。她眨眼，揉搓。她的大脑花了很长时间来想明白她在哪里，而她并不喜欢这个答案。她在一个洞里。一个深洞。字面含义。她呻吟着，转移重心，疼痛从脚踝蹿上了她的腿，她眼冒金星，仿佛看到独立日的焰火。

“现在你完蛋了”，火花拼出文字。

看着它，宝贝，她脑海中的那个声音对她说。很坚定。

她在想象中编织画面：动脉鲜血喷涌，碎裂的股骨刺穿皮肤。不，如果那样的话，她就不会有意识了。

看一看。

她看了。她倾身向前，拉起工装裤的裤腿。没有白森森的骨头，没有黑乎乎的血迹。只是皮肤开始变得红肿。好。在接下去十分钟内因失血过多而死亡的危险极小。除非她落在了一个尖刺上，还没注意到。那是有可能发生的。

她为什么在一个洞里，这是一个什么样的洞？她小心翼翼地站了起来，紧贴着土墙，尽量不把重量压在摔伤的脚踝上。毫无疑问，这个洞是人造的——似乎是砖砌的，像是地窖或冰室。

搞什么鬼啊？

这个区域直径大约有十英尺，像一个烟囱。她依稀记得，在研究这片树林时，有人提到过一个旧矿井。显然，自从矿工离开后，大自然一直在发挥作用，树根在墙壁上探索、寻路，被它们挤走的大量砖块散落在底部。她抬头看。

她向前迈了一步，脚踝让她发出嘶嘶声，但至少疼痛的第一波冲击已经消退。空气潮湿而寒冷。有堆肥的味道。在她跌倒处的对面，侧墙的一部分已经塌陷，挡住了通往矿井其他地方的路。没问题，她不是来探险的。她敲了敲脚下阴影里的东西，离她落脚的地方大概有一英尺远。是一块生锈的金属焊接网。没错。这是他们在烟囱顶部安装的格栅，目的也许是防止在政府 / 科技巨头联合追捕下逃亡的患妄想症的图书管理员掉下来。她想到某个家伙用砂浆把它固定好，然后大摇大摆地离开，以为大功告成，完全没有考虑到水和时间会腐蚀接缝，直到他们精细的安全措施变成一个完美的陷阱，只待某人无意中把自己的体重托付给扭曲的钢网。

天哪，要是她跌落在那上面就惨了！她不寒而栗，再次检查墙壁和头顶那圈灰白的光亮。她能爬上破损的砖墙吗？她伸手到口袋里找水壶。什么也没有。她检查了其他口袋，后颈开始冒汗。什么也没有。她再次抬头，挡住眼睛。它就在那里，就挂在烟囱的边缘。好。好。没问题。只要从洞里爬出去，女人。一切都会好起来的；这只是个小故障而已。她把没受伤的脚伸进砖块之间的裂缝，配合右手把自己拉了上去。两块砖头一感觉到她的重量，就从土墙里蹦了出来。它们只是惯常地待在那里，却没有东西把它们固定住。她滑倒了，跌跌撞撞，后背着地。她喘不过气，然后完全屏住了呼吸。她的手距离格栅扭曲的金属尖刺只有半英寸。距离失血、坏疽和破伤风只有半英寸。她闭上了眼睛。第一项任务：那玩意儿必须扔掉。

她三次试图爬上去，三次摔了回来，在寂静中祈求帮助。她的喉咙发干，头痛欲裂。然后，她拼命向高处的水壶扔石头，试图把水壶打下来，与她会合。但没有成功。她想到自己可能会死在这里。几个月，甚至几年后才被发现。

“对不起，亲爱的。”她对着活死人墓里的空墙说道。也许是疲惫，也许是恐惧，也许是上次摔倒后她就头昏眼花，但她发誓，那是沃伦真实的声音在对她说话。

没事的，宝贝。保存体力。这可能要花点时间。

只有当她做了什么真正惹恼他的事，他才会叫她的名字。其余时间，“宝贝”这个词强调的是有趣，责备，爱，热情，惊讶，轻微的气恼，恳求，询问。

她从口袋里拿出手机。还有电池。她最后一次抬起头，以防最后一刻出现百万分之一的奇迹，一只狐狸嘴里叼着绳梯，一只乌鸦拖着金线，某个童话里的动物帮她走出这个妖精洞。但这不是妖精洞。这也不是童话森林。

“我让你失望了。”

做生存所需的事。别担心我。

她叹了口气，仿佛能感觉到他的手抚在她肩上，安慰她。她知道她现在必须做什么。放弃。一切都结束了。她泪盈于睫。结束了。再说一遍……

结束了。

结束了。

结束了。

她承认，生存是她现在的首要问题，她正要装进电池，打开手机。

但她犹豫了。她在脑海中抗拒沃伦，与他进行了一番辩论。

就这样，她**又**扔了两个小时的石头，做了六次愈发徒劳的爬出尝试，所有这些都让她越来越虚弱，越来越沮丧。

最后，她迅速将电池插入手机，动作很快，以免再次改变主意，就像别人在帮她做一样。

啪嗒。好了。完成。手机开机了。在她的掌心，她盯着它。屏幕闪烁着光芒，低沉的唤醒声听起来好似丧钟敲响。然后。无事发生。没有信号。她难以置信地盯了一会儿，然后开始大笑。这里没有信号。当然。经过那么多的戏剧性的挣扎和辩论，这见鬼的玩意儿却死了。没有信号！当然没有信号。没有信号。没办法被抓到，也就意味着没办法被**发现**。她从这个世界上消失了。一个零。实际上，她已经赢得了比赛。

当然，最后只剩下一件事可以尝试，不必成为名侦探杜宾先生，也能想出是什么事。

她挣扎着站起来，后背紧贴着墙壁，扭伤的脚踝让她的脊柱如遭雷击，直到她摆出一个痛苦的姿势，至少可以让她完全摆动右臂。让自己平静下来。准备。烟囱的高度？大约十五英尺。大差不差。她能做到。必须做到。她的投掷臂力不错。

如果她失败了，那就是失败了。

第一次：差很远。手机只飞了一半，撞到泥墙上，又掉了回来。幸好她接住了。那就再试一次。你能做到。你必须做到。

第二次，好一些：手机几乎一直往上飞，但角度不对，手机在洞口边缘下方的墙壁上弹了一下，反弹力让手机在空中飞舞，从她伸出的手中滑脱，跌落到泥浆中。她把手机弄坏了吗？它脸朝下，像一具小小的尸体躺在那里。她擦掉污泥，手指颤抖。还在发光，它还活着。

她的第三次尝试不如第二次。她的腿现在非常疼。妈的。想哭。她的手臂已经酸软得像煮过头的意面。她很快就会虚脱。接下来的几次尝试将是她最后也是最好的机会。第四次尝试，不行。上帝保佑。第五次，好些。第六次，更糟。天色越来越暗。每一次，她都觉得自己会把手机摔碎，断送最后的希望。要找到正确的角度和必要的距离，让手机顺利飞出洞口，落在地面上，这实在是太难了，几乎不容出错，而每一次她都冒着把手机砸到墙上的风险。总算她还向水壶徒劳地投掷过石块，有一些经验。她手臂的肌肉在抽搐、烧灼，她的心跳也开始加速。她不相信上帝。不是真的相信。不像她小时候那样相信。还不如相信狐狸会叼来绳梯。但她还是祈祷。然后再扔一次。这一次，它没有掉下来。

它没有掉下来，她在脑海里重复。她起初不相信这个想法。她用手检查脚下的泥土。在黑暗中，她用手指摸索湿泥。它不在那儿。不，它在上面的**某个地方**。它是飞出洞口了，抑或只是在中途找到了一个小小的落脚处，待在那里，随时会掉落在她头上？所以，在她饥渴而死之前，她一定会被逼疯的。最后，她尖叫起来。尖叫声从井底传出，传入空中，突然之间乌云散开，一束银色的月光射入她的墓穴的三分之一处，映照出手机的金属光泽——就在洞口。它就在那里，在矿井边缘，那是她最后一条脆弱的、摇摇欲坠的生命线。她得救了吗？没有答案。**如果**手机没有损坏，**如果**手机找到了信号，那么现在至少还有一线希望，她的猎人很快就会到来。

24天，7小时

● 亚利桑那州，凤凰城

零6号凯瑟琳·索耶斯很恼火。应该有人告诉她的。他们告诉了她很多别的事：警察的职业生涯会破坏家庭；一旦当上中尉，你实际上就成了政客；作为女人，她的效率必须是同级别男人的3.5倍，尽管每个人都表现得好像她的军衔只是为了装点市长的门面。他们甚至警告过她，薪水很低。这一点倒是说对了。

但没有人告诉过她，有一天，宇宙会打开一个开关，你会从聪明而有野心的新秀变成了衰老苦闷的过气人物，四十多岁还在车贷和财产税中做困兽之斗，不知道自己每次出汗是否是更年期提前的征兆，是否是滑入破产和淘汰之前的顶峰。另外，他们还忘了说，随着世界变得越来越灰暗和复杂，在垃圾日把垃圾桶推出门外这样的小事，逐渐给她带来了如同破获大案一般的成就感，而她在阿罕布拉抓获的一些重罪犯和恶棍最终会住进天堂谷漂亮的郊区豪宅，院子里绿树成荫，车道上停着崭新的越野车。就像眼前这一个。正义？在哪里？**哪里**？

乔治·里维拉让她等了五天，说他想考虑一下她的提议——用一百万奖金交换，他帮助她藏匿三十天。他让她一直等待，在17号州际公路边的一家酒店里看无聊的电视，汗流浃背地与制冰机搏斗，直到她的一次性手机收到短信。

“过来吧，”他吩咐道，“随时欢迎。”

混蛋。

一小时后，她来了。乔治·里维拉的住宅门前有一个装饰泳池。还有一根旗杆，飘扬着“旧日荣光”旗帜。泳池周围种满了粉色和红色的花朵。这是犯罪的成果。

凯瑟琳按下门铃，等待。她听到乔治在门里嘘一条乱吠的狗，当他打开门时，怀里抱着狗。那是一蓬白色绒毛，有一双凶恶的黑眼睛。让凯瑟琳想起了她的前嫂子。

“中尉。欢迎来我家。”

她走了进去，在标有欢迎字样的垫子上擦了擦她的户外靴，然后跟着他穿过一条粉红色大理石铺就的走廊，进入一个可以看到后花园的开放式厨房。更多的装饰性植物。庭院里有一个露天烧烤坑，远处有一个游泳池。

乔治把狗放在地板上，它一溜烟地跑进了屋里。他拿出冰箱里的水壶给她倒柠檬水。

味道不错。

“谁说犯罪没有回报，对吧？”

“中尉，我每天都感谢上帝，尽管我早年犯过轻罪，但我能够尽我所能发挥创业才能，为我的家人创造美国梦。”

换句话说，就是毒品。还有偷车。出狱之后，经营脱衣舞俱乐部和酒吧，然后从事建筑和慈善工作，在交响音乐厅有了座位，两个孩子上了私立学校。凯瑟琳喝完了柠檬水。

别再无礼，她告诉自己。你需要他。“那么，我们成交了吗？”

他耸耸肩，从吧台凳上站起来，把胳膊肘靠在花岗岩岛台上。他的衬衫是亮白色的，上面有一条细细的红色条纹。她走到他身旁，坐上吧台凳，把手机放在台面上。他的目光落在手机上。

“显然，我不会做任何违法的事情，索耶斯女士，”他说，“不过鉴于我们长期的合作关系，而且你保证你参与的这个秘密‘项目’是为了国家利益，那么是的，我愿意听取你的提议。”

“不是因为那一百万？”

他笑了。“嗯，有这个原因。我说过，我是个企业家。”他拿过她的手机，“这是？”

“一次性手机。刚买的。我知道我在做什么。紧急情况才用。”她回答。

“第一课。从罪犯到警察。”

她注意到他轻蔑的眼神，那眼神告诉她，他认为她在这方面是外行。

“问题不在于**你的**手机，而在于你给谁**打电话**。”

他的表情告诉她，他希望她认可这个犯罪教程，她配合地点点头。

他继续说：“他们进入了你**所有**联系人的手机。所有人。把它扔掉。你现在在我的世界里。听我说，他们在窃听你见过的每一个混蛋。”

“你和我从来没有见过面。”

“哦，你曾经每天都和我在一起，警官。七年中的每一天。”

他的眼中流露出复仇的神情，这是她预料之中的，但仍然不欣赏。在七年的时间里，他横跨八个州偷车。到最后有六百多辆汽车被盗。即使在她开始怀疑乔治之后，她也花了四年时间才弄清他是如何做到的，并将他的罪名证实。这是她破过的最棘手的案子。在很长的时间里，她都无法破解这个骗局，直到最后豁然开朗。骗局分为两部分。第一部分，任何有头脑的犯罪分子都能想到——从租车公司租车，然后换上车牌，在二手车市场上把那些热销车卖给毫无戒心的私人现金买家。但第二部分——**那**才独出心裁，让他的盗窃行为长期不被发现——标志着乔治是一个黑暗天才。在完成这个骗局的前半部分后，他会从新的私人车主的车道或车库里偷回同一辆车，然后换回**原来的**车牌，在租期还没过的时候就把车还给租车公司！租车公司？无知而快乐。私人车主和警察们抓耳挠腮，谁会想到那些失踪的汽车端端正正躺在赫兹和安飞士两家租车公司的车队中呢？很好。太棒了。

“第二课，”他一边告诉她，一边从玻璃壶给她倒咖啡，把杯子推给她，“思考。像你的对手那样思考，然后换个角度思考。他们看不到，因为他们不会换位思考。我们的思维都有模式。跳出那个模式，你就可以远离雷达。”

虽然她很反感他高高在上的语气，但这正是她来这里的原因，她选择他的原因，她来面对这个被她下狱的男人的原因：很少有人像他一样知道如何躲避侦查。

“一百万？”他确认。

“现金。一天四万。等于每天一辆新越野车。三天一个新泳池。”

“只要把你藏起来？”

“对。”

“你惹麻烦了？”

“我不这么认为。没有。”

最后，他耸耸肩。“好吧。你的钱你说了算。但你最好按我说的做。”

“不然呢，你把麻袋套在我头上？”

“现在？先把咖啡喝完。我找了些帮手。我的朋友。”

“好吧。我什么时候能见到这些朋友？他们会把我藏在哪里？”

“你会看到的。”准备就绪，他从口袋里拿出一条佩斯利头巾，“事实上，你不会看到。绑上这个。第三课。你不能知道你要去哪里。这些人很迷信，他们有充分的理由迷信。对了，你怎么开车来的？租车？天哪。”

她举起手来拒绝头巾。“没门。去你妈的。我借了辆车。”

“从朋友那借的？”

凯瑟琳刚想说不是，但想想还是算了。“关系很远。非常远。”

他摇摇头，不以为然。“你还自称警察？这太草率了，凯瑟琳。”

“别紧张。我已经二十年没有和这个人说过话了。”

“那你是怎么搞到这辆车的？”

“我跟踪她回家。然后偷了车。”

“你偷的？你说你借的。”

“我偷的。所以我们没有实时联系。没有线索。”

“但你开着一辆偷来的车？”

“我换了车牌。第一课。所以没有线索。”

“总是有线索的。总是有的。监狱里到处都是自以为没有留下线索的人。戴上它。否则免谈。”

她等待，直到他耸耸肩，给了她一个别无他法的明确眼神。直到这时，她才不再反对，将头巾绑在眼睛上。

“系紧。”他嘱咐道。

她系紧，然后打结。所有光线都被遮住了。

“很好。”她听到他说，转瞬之间，她感觉到自己的双手被扭到身后并绑在一起，她猜用的是尼龙扎带，她还没来得及阻止，这个动作就发生了。她恼羞成怒，奋力挣扎。“不，不，不。不行。我需要双手。放开我。这是什么鬼东西？乔治？”

“感觉怎么样？被铐起来。不过我比较温柔。你们把我面朝下铐在路上，我的孩子在旁边看着，一只靴子踩在我的背上，用枪指着我的太阳穴。你还记得吗？你记得吗，凯瑟琳？”

“别激动，乔治。剪断绑带。否则我们就没得谈了。”

“当着我孩子的面。为了我的孩子，我请你把我放进巡逻车，我会平静地跟你们走。”

“这是什么意思，乔治？”

“我做了些调查。”

“乔治？”

“在我已经尽力摆脱这一切之后，你还要把联邦调查局的注意力引到我身上，是吗？我女儿在茱莉亚音乐学院读书！”

"乔治。我给你一百万。"

"一天四万，对吗？其实不是，我算过了，那是一天四十……算上我关在监狱，而不是陪伴孩子们的日子。没那么多。"

"乔治，偷车是你的主意。"

"一天四十，凯瑟琳。所以你就能拿走**两百万**？"

在她试图挽救这笔交易之前，凯瑟琳听到了大型车辆驶近和减速的声音。

"你不可能成功的，"他告诉她，"恕我冒昧，你缺乏犯罪头脑。这不是你的专长。还有，郑重声明，我不再为一百万起床了。"

"你出卖了我？"

"不，他们早就料到了。他们在你之前给我打了电话。据说是某个算法预料到了这一切。鬼才知道。而你却以为，仅仅因为你是七年前逮捕我的警官，他们就不会把我们联系在一起。他们现在很聪明。太聪明了。告诉你吧，这不是当罪犯的时代了。"

凯瑟琳听到敲门声和说话声。

"顺便说一句，你看起来气色不错，"他补充道，"伙计，很高兴见到你。"

24天，5小时

● 纽约州，麋鹿河平原

这一夜比她经历过的任何夜晚都要寒冷、黑暗，她还看到了一些奇怪的东西。她在黎明时分醒来，口干舌燥，不辨方向。生死攸关的时刻。她深呼吸，让胸中的恐慌泡沫破裂，消散。电话还在上面，但肯定没有信号，否则现在应该已经有人出现了，所以她又回到了原点。

她把口袋里的东西都掏了出来。有笔记本，钱，一条蜂蜜燕麦能量棒，还有一个求生手环。手环是最后一刻才买的。她在购买露营装备时，看到收银台旁一个盒子里有一堆荧光色手环，她想都没想就把它放进了购物车。十美元。她甚至没有看过它的说明书，只是在“归零”时把它塞进了口袋，然后就忘了。

她把手环拆开来。一段彩色绳子；一根钓鱼线和一个装在邮票大小的钢制信封里的钩子；一个粗短的钥匙状的东西，她想这可以用来点火，如果她没有在锁箱里放上那盒漂亮的防水火柴的话；一小片聚乙烯，卷在绳子中间；还有一把锋利的刮刀。她坐下来想了想。绳子太劣质，也太短，根本无法把她从这里救出去。鱼钩太小，抓不牢。刀片呢？这倒是个办法。但首先要有水。

她沿着墙壁，寻找潮湿的地方，然后化身矿工，用刮刀挖土，直到找到泥土中开始积水的地方。她在泥土中开辟出一条通道，将水滴导入一个水池，水池用倒塌的砖块砌成，用塑料布垫底。

当水开始汇集时，她目不转睛。水深一英寸时，她弯下腰喝水。水里有堆肥的味道。这是又活了一天的味道。是人生受挫的味道。当她看完，等完，喝完三遍之后，她意识到她可以再想想洞外的事情了。她想到了沃伦。想到无数受苦受难者的命运。世界的苦难常常困扰凯特琳·戴。波士顿老姑娘。图书管理员，聪明绝顶的傻瓜。这些忧虑已经缩小，并遵循透视法则，排列整齐，被水、空气、食物的迫切需求所掩盖，被呼吸的本能和熬过一天的必要所遮蔽。她吃掉了半条燕麦棒，回想起她去河边的那条小路。那些轮胎印。那些痕迹的制造者。尖叫没有用。倾听人类的声音也没有用。电话不能用。她没有信鸽，也没有传讯鼓[1]。烟雾信号呢？

1　talking drum，西非一种沙漏形状的鼓，其音高可以调节以模仿人声的音调和节奏。两个鼓面通过皮革张力绳连接，演奏者可以通过在手臂和身体之间摩擦绳索来改变鼓的音调。在18世纪，传讯鼓的鼓手使用音调在四至五英里的距离内传播仪式和命令等信息。

也许这并不是一个疯狂的想法。在别无他法的情况下，她用刀片锯断树根，从笔记本撕了几页纸当火种。两个小时后，她累得发抖，终于有了第一缕微弱的火苗。烟雾阵阵冒起，让她咳嗽，反胃，但她能看到烟雾在做她做不到的事情：螺旋上升，去她去不了的地方。这就是她现在的工作，只要她还能做到，就要让这团火继续燃烧下去。我是女人。火焰的守护者。她又喝了水，吃掉剩下的能量棒。

早晨。第七天。七天中有三天在这里度过。在地狱里。因寒冷、脱水、饥饿而颤抖。她像囚犯一样，把这些日子的痕迹刻在石头上。当他们找到她的时候，这就是她的记录和日记，**如果**他们能找到她的话。

她的耳边传来呜呜声。她费力地辨别着。这是她体内又一部分程序关闭的声音吗？不。当声音越来越近时，她想到了发出这种声音的东西——自从她掉进这里后第一次听到工业之声，**越野摩托车**的声音——于是她站了起来，大声呼救，竭尽全力地呼喊。尽可能地大声。如果来的是她的猎人，那也没关系，她想。她停顿，倾听，听到一辆，然后是两辆越野摩托车发出刺耳的轰鸣，穿过森林，经过井口附近。然后走了。呜呜声渐渐小了，最后归于寂静。这种离去令人心碎。

但接着，第三台引擎的声音越来越大，一个掉队者，这次比其他引擎的声音更大。它靠近，没有扬长而去，而是短促震颤了一声，然后怠速运转。

凯特琳大喊："救命！"

终于，一颗青少年脑袋从井沿上露了出来，是一个戴头盔的年轻人："哇靠？"

22天，5小时

● 纽约州，迦太基

“嗨？你能听见我说话吗？能告诉我你的名字吗，亲爱的？”

半睁开眼睛。她在一间狭小的病房里，与一位五十多岁、满脸关切的妇女在一起。一切又浮现在眼前：那个背着安全带的男人像天神降临（她不记得倒在他身上之前曾喃喃自语“你比狐狸好”）；上去之后，她记得关掉电话，取出电池，感谢上帝，上面也没有信号；然后坐上救护车前往迦太基，人们问她的名字。她没有提供，仿佛她丢了舌头，被猫叼了去。

“我在哪里？”

“你在医院，亲爱的。”

“哪里？”

“在迦太基。现在轮到我提问。我需要知道你的名字。”

“我在这里多久了？”

“一整晚。我们想尽快把你转到病房。只需办理相关手续。”

跟她说话的女人穿着碎花手术服，拿着一个 iPad，或者类似的东西。凯特琳现在才发现自己被接上了静脉注射器。生理盐水、葡萄糖。她浑身酸痛，但她不在洞里了。她瞥见自己的衣服搭在椅子上。

“疼。”

“你撞到了脚踝，有些划口和挫伤，但没有骨折。”

“是啊。感觉像是……”她试着移动脚踝，皱着眉头，发现能做到，“是……ATF。”

“ATF？”

“距腓前韧带。”

“嗯，”护士说，“我们一直在给你输液，清理伤口。你的零碎物品都在储物柜里。带着一大笔现金，对吧？”

“我想买一辆露营车。”这是她很久以前想出来的台词。

“嗯哼。但如果需要联系其他服务，请告诉我。”

“不用。”

“你需要帮助吗，亲爱的？”

“不用。”

“确定吗？”

“嗯。不过他们……他们应该把那些废弃矿井封起来。”

护士的手指在键盘上游移。“那么，名字呢？”

她感觉骨头松散，像杏仁蛋白软糖。她的眼皮沉重，思绪缓缓落下，就像再次看到水从土墙上滴落。

“你不是本地人吧？”

“在度假。”

护士点点头。等待。无比耐心。

就在她的舌尖上：凯特琳·戴。说出来吧。这样你就能在睡觉前回到波士顿的公寓。“O……K。”

“什么 OK？”

“O-撇号-K-E-E-F-F-E。欧姬芙。”

“欧姬芙。是你的姓？”

“对。”

“你的名呢？”

凯特琳的眼睛盯着靠在墙上的两根拐杖。

22天，4小时

● 华盛顿特区，融合中心

一周的时间里，测试阶段的节奏被打破，有疾风骤雨，也有沉闷停滞，有成功，也有挫折，这使赛的神经备受煎熬。也许只是因为需要持续的投入，他对于看到自己的所有技术最终应用于现实世界场景而深感兴奋，就像被卷入一部持续七天的惊险电影中，丝毫不能松懈：汽车追逐、巧妙脱逃、甜蜜的人性时刻、撞击奇观，然后又是汽车追逐——直到最后，连踢踢腿都让人筋疲力尽。

他已经习惯了高强度的工作周期——几天或几周几乎不睡觉，对着屏幕，喝能量饮料，直到代码突然变得像几何形状的蛛网一样美丽。不过近来他习惯了努力完成一笔交易，然后躺在私人海滩上享受胜利的喜悦：无咖啡因鸡尾酒，边缘装饰着水果切片；私人厨师提供无麸质、无肉类的美食；瑜伽；偶尔接接欣喜若狂的投资者的电话。

而零10号，现在已经完全失联，几天来没有任何新消息……虽然他仍对她印象深刻，但这已经有点过分了，不是吗？一个图书管理员？

至少他可以和埃里卡分享这段经历。与其说融合公司是他的孩子，不如说是她的。在迈克尔的遭遇之后，怎么**不是**这样呢？

赛第一次见到埃里卡是在大学假期，他的大一室友迈克尔邀请他去家里做客。作为迈克尔新的编程伙伴，他被介绍给这家人。赛十八岁——笨拙，满脸痘痘，埃里卡二十二岁。此后，他们三人亲密无间，很多时候都在一起，男孩们只是粗鲁的小孩，她则是他们的保护者和捍卫者。事实上，从弟弟四岁起，她就一直在为他打掩护，当时他为了弄清 CD 机的工作原理，把祖父的 CD 机拆开弄坏了。她很自然地照顾着这两个数码呆子，因为他们贪婪地想用数字创造世界，却忘记了吃饭，或者为某个无名聊天室里的网络战争而焦虑不安。后来，当他们开始创造有价值的资产时，她的职责是确保他们了解版权和知识产权法。就这样，三人一起奠定了“世界共享”的基础。由于买不起香槟，他们在第一个网站上线时开了啤酒。酒瓶叮当作响。迈克尔点燃了一支大麻烟卷。每个人都说这仅仅是开始。埃里卡骄傲地哭了。

然后，二十六岁的迈克尔在亚利桑那州弗拉格斯塔夫发生的大规模枪击案中丧生——这一事件是如此可怕，人们手机里拍下的画面，像倒钩一样在美国人的脑海中定格了三个星期。现在网上已经看不到了：赛确保它被下架清除。他仍然对此保持警惕，有一个搜索和清除代码在不断巡逻，这样埃里卡就再也不会（除了在噩梦中）眼睁睁地看着她死去的弟弟复活，然后再次死去，再次死去……

那天自弗拉格斯塔夫发生**第一起**枪击后到迈克尔被杀前，过了二十三分钟。整整二十三分钟——足够打断暴行了。凶手甚至记录下了他的犯罪过程，杀人、发帖、杀人、发帖。警察花了三十分钟才赶到现场并与枪手交火。在这半小时内，有十一人丧生，如果警方有更好的侦查和预测能力，迈克尔本可以逃过一劫。

赛向埃里卡保证，在融合的领导下，这种事情不可能发生。在他们**共同**创造的未来中，那个枪手永远不会被允许使用半自动手枪，因为他有一个未执行的家庭虐待逮捕令，即使是现行的枪支法律也应该阻止他。他的一举一动和购买行为都应该被追踪，一旦出现非法购买行为，或是他在枪击案发生前几天发布的可怕帖子，警钟就会立即敲响。如果当时就有融合存在，它可以挽救迈克尔和其他人的生命，赛对此深信不疑。从那以后，融合就寄托了埃里卡的激情。她帮助赛构想它，让赛忠实于它，推动赛优先考虑它——事实上，她的激情现在可能超过了他。

“赛？”听筒里传来埃里卡的声音，“我们有新发现。”

“什么发现？”赛从瞌睡中惊醒，坐了起来，揉揉眼睛。

“有一个女人在纽约州麋鹿河平原休闲区徒步旅行时发生意外，被人救起。她说她叫乔治亚·欧姬芙。我们认为……”

赛没听明白，他讨厌自己不明白。

他抬起头，玻璃桌面上出现了图像：凯特琳·戴公寓里海报上的硕大红花。

“零 10 号墙上的海报，”埃里卡说，“艺术家的名字……”

“乔治亚·欧姬芙。”听起来确实有点耳熟。“唔，你可真行，”他说着，桌上的图像变了，“这是什么？”

“一份来自当地消防部门的事故报告，现在是两个骑越野摩托车的孩子的现场直播，在讲他们如何救出一名掉进树林中废弃矿井的徒步旅行者。”

“你认为……？”

“瞧着吧。”埃里卡说。

当他低头看自己的办公桌时，关键词弹了出来：露营、树林、独行的女人，它们被标记并提炼为口令：孤身、女性、偏远地区。屏幕上显示了一个地点，距离他们推测的零 10 号下车地点七十英里。赛看到融合的员工和机器实时将这些信息整合在一起。然后他们收到医院闭路电视的实时链接。

埃里卡说：“抓捕小组快到医院了。”

就这样，他们进入了容留凯特琳·戴的医院。

22 天，3 小时

● 纽约州，迦太基

这位名叫塔比莎的护士小跑着带领两名抓捕小组的特工，朝着拉上的帘子赶去。她知道这个可怜的女人遇到了某种麻烦，她早就知道。塔比莎穿着新运动鞋，踩在油毡地板上啾啾作响，把平板电脑紧紧抱在胸前。塔比莎告诉这些陌生人，像那样的女人应该买份保险。她的衣服质量很好，虽然她的头发没洗，凌乱不堪，还散发着一股木头燃烧的味道，但塔比莎一眼就看出，那是在沙龙剪染的。就在她与值班护士讨论乔治亚·欧姬芙可能正在躲避家暴的伴侣时，特工们出现了。她再次查看了电子病历。特拉弗斯医生用矫形靴固定了她的脚踝（严重扭伤），指示她留院观察一晚，以防内伤或脑震荡，并确保她得到了适当的补液。塔比莎还注意到，她拒绝使用止痛药。

“我希望她没有做错什么。”塔比莎说，这话没有引起他们的反应。然后，她带领特工们慢慢走向病人的房间。“她一直很有礼貌，只是有点孤僻。”

塔比莎抓住隐私帘的边缘，突然感到焦虑不安。乔治亚会尖叫、哭泣、把特工们当成救世主吗？她以魔术师在舞台上的那种热情拉开了帘子。

床是空的。皱巴巴的床单上放着一件病号服，补液袋下晃动着输液管。塔比莎瞪大眼睛，然后检查了床边的私人储物柜。受过烟熏火燎的衣服不见了。其中一名特工畏缩了一下，仿佛刚刚有人对他大吼。另一名特工开始对着腕上的麦克风发号施令。塔比莎听到了诸如“封锁”和“全面搜查”之类的字眼。

她呼叫其他护士：“伙计们！有人看到我的病人吗？”

她们从手机和屏幕前抬头。摇头。

她转向领头的特工：“我得叫保安。”

他像看白痴一样看着她，然后对他的同事说话。“A 组从医院出发，用辐射状队形。派遣 B 组到森林事故现场，找到她的营地。”

他经过塔比莎身旁，并不粗鲁，只是装作她不在那里，把手机举到柜子上的水杯前。手机在塑料杯上投下淡绿色的光。它闪烁着奇异的光芒，让塔比莎眨了眨眼睛。咔嚓一声，光芒消失，特工研究了一会儿屏幕，然后再次对着他的手腕说话。

“指纹匹配。”

21天，18小时

● 华盛顿特区，乔治敦市，伏尔塔广场西北区

在埃里卡的建议下，赛同意离开融合几个小时，以便“养精蓄锐”。（当她不苟言笑地说话时，他通常会照办。）她告诉他，他太投入了，需要放松一下，不可能连续三十天都这样。她还提醒他，**他**不是被追捕的人，不是在逃亡。只有零号们（以及融合本身）才不能安眠。还有一件事：她想让他知道，她喜欢看到他这种兴奋的样子。真的。他已经有一阵——事实上是很久——没有表现出这么大的热情和专注了，而且对她来说，引发这一切的是这座纪念迈克尔的纪念碑，这一点意义重大。

感动之余，他发现自己只能说：“这没什么。”捏了捏她的手。

回家后，他打网球。独自一人。面对机器吐出的旋转的球，他猛力回击，没有对手。每个人都应该这样打网球：根本不在乎球打在界内还是界外，只把你积蓄的能量全部倾注在毛茸茸的黄色小球上，让它们像高速子弹一样，从球网或后方围

栏上弹射出去！

正手！击中四个零号，还有六个！

反手！零10号。这个女人到底为什么让我着迷？她身上的不可思议之处吗？

正手！图书管理员三十天，融合之爱。

反手！两小时。我的智囊团花了两小时，用波士顿的步态分析法，在迦太基的每一个监控摄像头中搜索图书管理员的图像，然后才有聪明人意识到，嘿，也许她刚刚伤了脚踝，偷了一根拐杖，让这种方法变得不可靠。

扣球！九十分钟后，抓捕小组找到了零10号的营地，并记录了该地区的数据。他们只发现了一个装满东西的背包，几本杂志，她吃过脱水芝士通心粉的证据，以及凯特琳不擅长搭帐篷的证据。嗯，这一百亿花得真值。

正手！三分半钟。在这段时间里，我高声快速地向所有小组解释，他们不能再低估剩下的平民候选人凯特琳·戴，她表现出了非凡的适应力和智谋。错误是意料之中的，但现在必须杜绝。他要求更好、更多、更快。如果没有达到投资人的期望，包括他在内的任何人的职位都不是永久的。

反手！极短的时间内——刚完成这番激烈演说，埃里卡就无奈地亲吻了一下我的脸颊，告诉我去休息一下，回家，“养精蓄锐”。

天快黑了，赛走到一边，让接下来的六个球弹跳着停下来，他不再击打。嗒。嗒。嗒。当他离开时，球场的灯自动亮起，机器继续独自工作，直到吐完全部的球，然后在夜晚凉爽的空气里闷闷不乐。

21 天，16 小时

● 纽约州，奥斯威格市，湖街，赖特登陆码头

当最后一缕曙光消逝时，一位老人正在码头完成他的仪式。他在木制双桅帆船的甲板上整齐地盘好缆绳，咔哒一声将挂锁锁在舱门上，把手放在船舱顶上休息片刻，然后拿起燃料罐，踏上木板铺就的浮桥。他的双桅帆船是密歇根湖区一家造船厂于 1954 年建造的，和今年停靠在一旁的快艇和玻璃纤维游艇相比，这艘船看起来就像博物馆里的展品，但他知道，每一个真正的水手到此都会驻足，对涂着厚厚清漆的甲板、黄铜配件和失传的工艺垂涎不已。

他朝船棚走去，那是他的业务基地，他在那里向周末水手和锡拉丘兹的一日游游客出租各种类型的船只。夏天的脚步越来越近，这意味着白昼更长，气温更暖。明天是星期三，他应该花一天时间为周末的船客们做好准备，但如果是像今天这样的日子——艳阳高照，微风徐徐，他可能会再次逃班，自己出去捞扇贝，顺潮水漂流，开几瓶夏布利酒。今天这样的好运应该庆祝。他咯咯笑。

他沉浸在自己的计划中，以至于那两个穿着黑色防风夹克和工装裤的男人几乎走到他面前时，他才注意到他们。天色已晚，西三街上的门廊灯亮了起来，天空呈现粉色、紫色和金色，晚星发出第一道微光。

“斯坦兹维克先生？拉塞·斯坦兹维克？”一个人说。

“也许是吧。”

那个人向拉塞亮了一下徽章，他瞥见了政府的标志。

“你是不是拉塞·斯坦兹维克？”

拉塞放下燃料罐。“有什么事吗？”

那人从口袋里掏出手机，给他看了一张女人的照片。她在微笑。纯白的背景。

“你认识这个女人吗？”

拉塞揉了揉鼻翼。该死。“那艘船的文件都很齐全。在我店里。法律规定必须在五个工作日内归档。这活儿归我老婆干，她在我们女儿家，明晚才回来。还有什么需要我帮忙的吗？”

21天，14小时

● 华盛顿特区，融合中心

当赛大步走进融合中心，坐上柯克舰长的椅子，戴上耳机，将图像显示在大屏幕上时，他注意到了人们的侧目。

“告诉我详情。”他说。

“两小时前，小组与这位先生谈了话，”一个穿着休闲裤的年轻人兴奋地回答，“所以我们在美国海岸警卫队第九分队的支持下，在安大略湖的上空布下了眼线。”

“你们是怎么找到**他**的？”赛看着屏幕上拉塞·斯坦兹维克皱着眉头的照片问道，“这眉毛不错。”

聪明的新手索尼娅——那个发现凯特琳在波士顿地铁上使用了一张以赛·巴克斯特名义登记的交通卡的同辈佼佼者——回答了这个问题。“在抓捕小组从零10号营地发现的《户外》杂志里，大多数指纹集中在分类广告中的一页。我们猜度，这一页上引起她兴趣的东西，可能会出现在她的未来计划中。所以我们派特工去找了所有刊登广告的商家。”

赛点点头，表示赞同。他不喜欢“大多数”这个词，也不喜欢“猜度”。她以为她是谁，艾米莉·狄金森？“不错。干得好。”然后，正当整个团队因为赛的鼓励而释放多巴胺时，他问道：“那么现在怎么办？”

那个不如索尼娅聪明的休闲裤小伙开口了：“我们已经定位到一艘驶向加拿大的船，它没有发出任何信号——没有可追踪装置、电话或其他任何活跃设备，什么都没有。所以我们的热成像无人机正跟着它。这艘船将在七分钟内越过边境，离开我们地面部队的管辖范围，长官。我们需要派人去加拿大吗？”

不，赛的表情说。“跟紧她。我们与加拿大共享领空。无人机还要多久能联系上？”

休闲裤小伙结结巴巴地说：“但是，赛，呃，我们的地面部队可以过去？有权限吗？”

赛默不作声，给了他一个“老兄，拜托”的表情。“在抓到本·拉登之前，我们告诉巴基斯坦人了吗？”

“呃……”

赛捏了捏鼻梁。“听着……你叫什么名字？”

“利奥。”

“边境终结了，利奥。国家终结了。在全球百大金融实体中，有四十九个是国家，五十一个是跨国公司。跨越国界不仅符合测试版的规定，也是对真实世界场景的一次绝佳模拟。零号去哪里，我们就去哪里。开始行动。”

三分钟后，从布法罗飞越密歇根湖的追捕直升机开始传来夜视图像。与此同时，一个地面小组抵达加拿大边境。距离零10号到达边境还有三分钟，赛已经坐不住了。

“地面小组呢？”

“此刻正到达边境，”索尼娅报告，她手持平板电脑，在办公桌间穿梭，“追捕逃犯的请求已预先发给边境哨所。”

赛神经紧绷，注视着小船的光点靠近海岸，而直升机拉近了它们之间的距离，抓捕小组进入加拿大，并朝着可能的登陆点移动。

赛的心思在凯特琳·戴身上。他非常欣赏她。这个女人掉进了**矿井**，却坚持了下来！她快到加拿大了，可能正想象自己是未来的奖金获得者，一个富有的女人，仍然逃亡在外。她还面临着心理健康问题？理论上，她本应是第一个被抓的。这说明：永远不要以貌取人。他几乎希望——如果有可能的话——两个都能赢，凯特琳和他自己。

“估计抓捕小组距离预测登陆点还有二十五分钟，”索尼娅说，“直升机追捕小组，还有十二分钟。长官，来自兰利[1]的

---

1 Langley，美国弗吉尼亚州费尔法克斯县的一个非法人社区，因为该社区是美国中央情报局总部乔治·布什情报中心的所在地，因此兰利常被作为中情局的代称。

无人机热成像现在上线。图像已上传。”

她就在那里。她的热成像，黑暗中一个温暖的模糊影像，出现在冷却的土地和寒凉的湖水之间。房间里的所有人都在注视着她靠岸，将船固定在码头上。他们注意到她上岸时步履蹒跚，那是扭伤的脚踝。他们感受到了她的疼痛。

“用夜视仪，”赛命令道，“她要去哪儿？预测地图。”

离开热能世界后，屏幕上出现了如同猫眼所见的世界，图像增强，昏暗的星光已经足够，而黎明的曙光照亮了一个身影，她穿过黑暗，向着四幢建筑物的明亮灯光走去。

“可能是去其中的一幢房子。”

屏幕的角落里弹出了图像和资料，加拿大房主的身份，他们的照片，关于他们的一切信息。在融合的数据库中寻找与凯特琳·戴有联系的加拿大人时，坚固的边境没有构成障碍。

数据循环尚未得出结果，目标人物的路径却偏离了房屋，到达一座桥，穿过火车轨道，向北走去。很明显，她走得很慢，行动很困难。这时，地图上的脉冲点也显示直升机和地面小组正在稳步逼近她，之前的预测因而作废。此情此景颇具戏剧性，就像在自然纪录片里，一只小鹿无知地吃着草，看不见的狼群正在聚集。

当夜视仪在林木线下失去零 10 号的踪迹时，热成像技术再次发挥了作用。一片开阔的林地上，伐木痕迹纵横交错。

“地面小组正在最后接近。”索尼娅欢快地说道，此时赛的眼睛捕捉到一个模糊的动态。

“那是什么？”

“什么？”索尼娅问。

“在路上，看夜视仪。在她前方半英里的轨道上。”赛指向主屏幕，“放大并解析图像。”

主屏幕上的图像破碎、模糊，然后重新聚焦。绿色阴影。一辆车。小汽车。

“品牌和型号，”索尼娅发出指示，声音里没有了快乐的语调，“找到角度看清车牌。”

“2005 年的迷你库珀。等待登记。”

零 10 号正一瘸一拐地靠近那辆车，但他们能看出这段路需多少努力，那种缓慢而拖沓的挣扎。他们甚至可以分辨出金属拐杖的微光，和夹紧她右脚的超大号医用靴子。老天。还有两百码。

“抓住那辆车，控制它，”赛大声喊道，“进入车载系统。远程关闭。”

“型号太老了，”索尼娅报告，“没有车载系统。没有 GPS。没有防盗追踪。车是离线的。”

另一名队员说：“抓捕小组距离拦截还有七分钟。”

所有人都注视着路上的身影，她停顿了一下，转过身（也许是为了倾听），似乎听到了什么，然后加快了步伐，肯定是痛苦地连跑带走。拐杖一闪一闪。

在另一个屏幕上，出现了部分车牌。

索尼娅：“推断出缺失的字符！”

话音刚落，屏幕上的字符就像挂锁一样，在各种可能性中旋转，直至找到唯一的组合。索尼娅报告：“汽车登记在马萨诸塞州波士顿的布里奥妮·帕克名下。看起来她住在灯塔山。可能的联系……波士顿公共图书馆，常客。”

“常客，”赛重复道，“了不起。有逾期书籍吗？”

“她三周前去了加拿大，待了四十八小时。”

所有人都注视着零10号到达这辆车旁，在后轮处蹲下，大概找到了隐藏的钥匙，打开车门。上车。热成像显示排气管在发热。

“三分钟后拦截。”

“别跟丢了，”赛就像两次加时赛中的球迷一样大喊大叫，“兰利派出的是什么类型的无人机？”

“掠食者，长官。”

“所以它有武器？”当二十几个人猛地转头看他时，他举起一只手补充道：“只是问问。”

埃里卡就在这时走进了“虚空”。她没听到刚才那句话，这可能是件好事。

“掠食者上还有什么？”

“激光。”

迷你库珀冲出画面，钻进树丛。无人机的摄像头及时调整了方向，看到汽车飞速转向另一条小路。几秒钟后，抓捕小组的第一辆车错过了那个转弯。

“用激光标记她的车，”赛厉声命令，“把实时坐标发给小组。叫他们学会开他妈的车。”

两分钟过去了。然后三分钟，然后五分钟……

无人机的夜视仪必须不断扩大视野，才能同时捕捉到迷你库珀和追捕车辆，因为汽车从小道向东行驶，地图软件甚至无法识别，然后它颠簸着上了一条向北行驶的碎石路。地面小组的第一辆越野车停在了树林里。

“怎么了？”赛大喊。

“路太窄，车辆无法通过。”

“掠食者锁定目标。”

“赛，零10号现在离安大略401号公路最多只有一英里。”索尼娅通知他，“正在接近英雄公路，401号。”

“这个……401号有多堵？”

“北美最拥挤的公路。”

“那么……”

她猜到了赛的想法：“一旦她的汽车融入密集的车流，任何形式的无人机干预都将变得不可能。”

撇开玩笑不谈，赛在这一瞬间可以想象军事无人机飞行员在执行国外任务时的激动心情，他们被赋予发射火箭的权力，火箭不知从何处飞来，划破长空而又消失，在屏幕上的一缕烟雾中，抹去一个毫无防备的目标，一个威胁，许多生命。这是一种多么可怕的力量，它的正义迅捷如神。

赛站在钢架上，严厉的表情没有加密，他的员工也无需解码，因为在屏幕上，凯特琳的老爷车已经驶上高速公路，汇入了车流。

索尼娅：“长官？加拿大空中交通管制中心。要求说明进入加拿大领空的原因。”

埃里卡：“赛？”

所有的目光都集中在赛身上。

“继续无人机追捕。”他最后说。

更多惊愕的目光。

索尼娅：“沃克副局长也打来电话。长官？紧急呼叫。”

“我会给他回电。”

21天，13小时

● 加拿大，安大略省，401号公路

她那该死的心跳就是慢不下来。从她听到多辆汽车驶近的那一刻起，脑子里就一直有一个想法：她失败了，她既没有力气也没有策略继续下去。当她蹒跚地走向汽车时，包裹脚踝的矫形靴减少了她的疼痛，但在最后那段绝望的冲刺之后，剧痛几乎让她昏厥过去。

为了转移对痛苦的注意力，她告诉自己，凯特琳，你有这些朋友真是非常非常幸运。图书馆的布里奥妮很乐意把迷你库珀借给她一个月。然后，当她问布里奥妮，是否愿意把车开到另一个国家，并停在这片荒芜之地中的一个精确坐标，再次得到了同意。把钥匙藏在驾驶座侧后轮上？好吧，布里奥妮说，她会利用周末的时间，和丈夫结伴同去，然后留下车子，坐着丈夫的敞篷车去卡沃萨湖群观光。没错，凯特琳给了布里奥妮一个信封，里面装着很多张簇新的百元大钞，总额超过汽车的价值，足够支付旅馆的费用，再加上布里奥妮和她丈夫在湖畔酒店享用晚餐时喝的那两瓶上好的白葡萄酒。但无论如

何，凯特琳有这些朋友们确实很幸运。

上了高速公路，她稍稍放松了对方向盘的控制，让肌肉记忆接管她的工作，解放她的大脑，去分析追捕行动是多么迫在眉睫。不管现在融合团队掌握着什么技术，其速度和范围都是可怕的。个人信息如今太容易获取了。Facebook、“世界共享”和谷歌上就已经够多了。但医院里的面部识别系统呢？护士是否给她拍过一张照片，用于她的电子病历？她不记得了。那船呢？在凯特琳的公寓里，没有任何东西能让他们认为她对水上活动有信心。她的结论是，那本刊登老式广告的杂志一定是她的失误，她没有带走那本杂志。她原本的计划是烧掉它。现在，它可能成为她失败的原因。

她累了，注意力分散，痛苦不堪。人为错误正在悄然滋生。而当她衰弱时，她的对手却保持强大，也许——随着不断收集信息——变得更加强大。天平越来越倾向于他们。然而，如果算上在波士顿的那次戏弄，她已经三次以计取胜，这一定也让他们三思。解决的办法很明显：为了弥补体力的下降，她必须增强决心。越是危险，越是困难，她就越要相信自己在做正确的事。这样她就还有机会。

直升机螺旋桨沉闷的拍打声扰乱了她的思绪。她毫不迟疑地断定飞行员正在跟踪她。她握紧了方向盘。螺旋桨的啪啪声越来越响。非常响。然后，聚光灯打在她身上。她急转弯，强光在一瞬间使她眼盲，但她恢复了控制力。开着迷你库珀是跑不过直升机的。幸运的是，她有个计划。根据她刚刚经过的路标，从 401 号公路到机场不到十英里。十英里。她踩下油门，迷你库珀就像撒开绳子的小狗一样向前蹿去。不错，小家伙。看看我们能做些什么，好吗?

在距离佩尔莫公园岔道口半英里处，凯特琳从下穿通道消失，她踩了刹车。然后，她横穿三条车道，驶入路肩，紧贴着慢车道上的一辆巴士。当巴士、迷你库珀和其他两条车道的车辆从拥堵的下穿通道另一侧驶出时，她紧紧地贴着巴士的一侧，利用它来阻挡空中的视线。她看到直升机在她前方几百米远的地方，机上的灯光正在搜寻她的迷你库珀。路肩很窄，迷你库珀没问题，对其他车来说则未必。她加足马力开上路肩，从第一个匝道离开。她还能听到直升机的声音，但已经看不到它了。

● 华盛顿特区，融合中心

赛和团队在屏幕上目睹了零 10 号愚弄底特律直升机队的过程，他们的心情越来越痛苦。然而，他们的无人机在发现并追踪迷你库珀方面没有任何问题；它正将这辆车目前的行踪信息反馈给直升机飞行员，几分钟后，直升机飞行员用探照灯对准了迷你库珀，此时它正接近融合的预测工具认为最有可能的目的地：机场。

每个人都聚精会神地盯着屏幕，很少有人注意到沃克副局长的特别助理贾斯汀·阿马里悄无声息地来到了操作室，他剥了条口香糖，靠在门口，抱着手臂。

“但她为什么要去机场呢？”埃里卡盯着一连串的灯光、警报和图像，问任何可能知道答案的人，“她真的认为我们会让她**登机**吗？”

答案很快就揭晓了，因为直升机飞行员接到了自己指挥官的命令，要求他在机场禁飞区外围中止追捕，因为侵犯禁飞区会危及商用飞机。同样的规定也适用于融合的无人机。

“啊，真聪明，”埃里卡说，“我们不能在商用机场附近跟踪她。”

“无人机小组，跟紧她，”赛命令道，他兴奋地盯着无人机图像，完全沉浸在追逐之中，“跟着她，只用无人机。”

“赛，”埃里卡抗议，“我们不能。”她一直喜欢他最为投入的样子，但这次太过分了。

“没事的。只是无人机。”

“赛！那不可能。有飞机起降。”

他的声音陡然提高。“我的决定。**我的**决定。派无人机跟着她。”

埃里卡摘下耳机，走过去私下对他说话。她用更小的音量，但更强烈的语气告诉他："我们**不能**这样做。"

但还没等他回答，无人机提供的图像就开始闪烁不定。几秒钟后，无人机定位器无法识别它的存在。那个飞行器消失了。

"无人机坠毁。"有人宣布。

"发生了什么？"赛懊恼地喊。

索尼娅知道答案："加拿大空中交通管制部门很可能用反无人机技术击落了它。他们干扰了我们，切断了它的引擎。"

赛把目光从屏幕上移开，环顾四周，这才意识到"虚空"中的所有人都在盯着他，从他的一举一动中读出了许多内容。

他们期待他开口。

"好。告诉他们……原地待命。告诉他们原地待命。"

直到这时，他才转过身来，看到嚼着口香糖的贾斯汀·阿马里，这让他有些警觉。两人对视。没有微笑。没有友好的手势。

他仍然盯着贾斯汀，指示道："遵守机场航空规则。但是，要派……地面抓捕小组搜查机场。还有，伙计们，监控**每一架**飞机上的每一位乘客。"

赛走出控制中心，与埃里卡擦肩而过。她也注意到了贾斯汀。

“该死。”他轻声嘀咕，经过她身边时，他把耳机调成了静音。然后，他在通往钢架的阶梯上解除了静音，并宣布：“零 10 号**不能**离开机场。”

当他走到自己的办公室时，埃里卡终于向贾斯汀点了点头，贾斯汀经过深思熟虑后，也点了点头，表示可能要尽快进行一次对话，谈一谈刚刚发生的事情。

21天，4小时

● 华盛顿特区，融合中心

多年来，埃里卡经历了与赛并肩工作的漫长岁月。她见过他行为不端，也见过他无数越轨的小动作，但只有在他承受巨大压力时，他才会变成这副样子，因为他害怕自己会让他俩失望，会浪费他们辛辛苦苦换来的一切。当他陷入这种状态，开始想象末日的场景，变得不理智、无礼或急躁时，埃里卡就会扮演她最重要的事业角色，重新校准她的伴侣。在这种时候，即使他乱发脾气，说出一些应受谴责的话，她也不会评判他。对于这样的特殊人物，必须给予宽容。你不能既要这种级别的天才，又抱怨他们有时表现得异于常人。

不过，即使考虑到这一切，他下令让无人机飞进繁忙的商用机场空域——而且是在外国领空——还是件新鲜事，她知道这不寻常。这实在是……非常怪异，完全不按常理出牌，即使对赛这样不知餍足、一心想赢的人来说也是如此。当然她出面处理了，像往常一样收拾残局，安抚对无人机非常不满的加拿大民航运输部代表，然后安抚伯特·沃克（直接找他总比让贾斯汀·阿马里先找他好），说一些半真半假的话，捏造其他的细节——这和她当年处理CD机事件的手法几乎一样；但她现在面临的真正挑战，可能是搞清楚她的伴侣、她交往最久也是唯一的真朋友身上发生了什么，以确保这种事不会再次发生。

埃里卡在露天门厅一边啜饮着早晨的咖啡，一边查看她的平板电脑。平板电脑显示，赛仍在他们租住的豪宅中，可能正在睡觉。她在落地LED屏幕旁的长椅上坐了一分钟，屏幕上显示一棵数字银桦在中庭加速生长，九十秒的冬天，同样长度的春天，树叶、蝴蝶和鸟儿的生命虽然被缩短，却是短暂的绚烂。接下来，她看着人们在果汁吧和咖啡吧之间来来往往，开始他们漫长的一天。聪明的年轻人。埃里卡通过发掘和培养年轻人才，帮赛赚了数百万美元。她看到一个女孩，瘦得过分，头发染成蓝色。女孩注意到埃里卡在看着自己，停了下来。

"你还好吗？"埃里卡招呼。

女孩小心翼翼地走过来。连帽衫。牛仔裤。Allbirds运动鞋。

"是的，谢谢。"她用手拨了拨头发，"那个……"

"接着说。"

"我想我可能找到了一种方法，可以更好地跟踪个人用户的数据，如果他们使用的是一次性手机的话。”

她看起来还有更多的话要说，但又低头盯着自己的运动鞋。

埃里卡鼓励地点了点头。“很棒。干得好。”

“但是，这样可以吗……这样做对吗？我是说，如果他们从来没有同意过，就去跟踪他们？”

埃里卡顿了一下，似乎在思考。但她无需思考。这些问题她已经面对过无数次了。她抬起头，凝视着快速生长的数字树（速度：每秒一天），树叶在聚光灯下摇曳；又看了看中庭的玻璃屋顶，外面是清晨的红日。她先给出圆滑的回答。“如果网络上的其他用户同意，条款和条件适用，那么是的，我们是在法律允许的范围内行事。不过……你叫什么名字？”

“乔西。”

埃里卡仿佛看到这个女孩像数字银桦一样迅速成长，她的脑袋里装着的东西，是这样年轻的脑袋所应该承载的两倍，在一个加速的世界里，与古老的是非观念、更大的善、个人自由之于整体安全问题进行着激烈的斗争。见鬼，三千年前，苏格拉底就因为问了太多这样的问题而被灌了毒酒。

“世上之事本无好坏之分，不过是思想使然。[1]”埃里卡引

1　出自莎士比亚《哈姆雷特》第二幕第二场。

用名言。

女孩把重心从一只脚移到另一只脚，对这句话困惑不解。“对不起，我不明白您的意思。”

“抱歉，乔西。来，坐一会儿。”

女孩答应了。

她们落座。埃里卡说：“你可能知道这些事情对我来说很私人吧？”

叮。iPad 上传来赛的短信，五个字：今天很抱歉。埃里卡放下平板电脑。

“是的，您弟弟的事我很遗憾，”乔西说，“我……我无法想象。”

“谢谢你。那时我们就决定尝试用技术来阻止类似的事情发生，至少减轻后果。如果我们能让融合变得像我们想象的那样强大，像它需要的那样强大，如果赛能让他在脑海中看到的东西成为现实,那么下一个枪手甚至没有机会走出他的车道。”

埃里卡无数次在脑海中重现假设的情景：迈克尔还活着，现在已经当了爸爸，埃里卡在周末宠着她的侄儿和侄女。她几乎可以看到他们的脸，来自某个平行宇宙的微光如此遥远，但完全可以想见，几乎是活生生的。

“我也失去了亲人。”乔西说。

“你？”

“我的一个表弟。学校枪击案。”

“这已经像万圣节一样成为美国标志了。”

“所以我才想在这里工作。”

“你很棒。”是时候放走乔西了，“不过这件事真的很复杂。我们对隐私的关注是真实的。如果你看到你不喜欢的事情，提出来。每次都要提。我们也需要不同的声音。现在去见艾丹吧。他是伦理委员会的负责人。告诉他是我让你去的。永远不要害怕站出来。我们就是这样的人。”

乔西起身，十分感激。“埃里卡，谢谢。”

她走到庞大建筑中的某个小隔间，新的决心使她挺直了腰板。

埃里卡想，所有的工作都是值得的，只要考虑到可能实现的目标，即使融合会犯错误，也是值得的。

乔西走后，她看了看表。早上8:25。天哪。她突然想回家，当赛醒来时和他在一起，甚至跟他和好。但她还是回到了室内，回到了忙于间谍活动的“虚空”中，看了一眼大钟，又看了一眼仍然失踪的零号们的画像，然后走向她的办公室。

20 天，22 小时

● 得克萨斯州，达拉斯

对于二十六岁的零 2 号詹姆斯·肯纳来说，三百万奖金无关紧要。反正他的身价已经远远超过这个数字了。这位资深隐私设计师答应加入这个项目的专家选手组，原因在于他有机会击败高手，从而向自己和投资者证明他的全新掩码技术的有效性，这种技术可以让你制作在线化名（或假面），让你在线操作时永远不会暴露身份：你是机器中的幽灵。你可以用化名、掩码信用卡、掩码电话和掩码邮件账号，长驱直入过去被称为万维网的世界，确保所有想了解你的人都不知道你的存在，把权力交还给你。

简而言之：如果赛·巴克斯特之流可以通过骗取人们的私人数据来赚钱，那么他的目标就是通过保护私人数据来发大财。

隆重介绍：MaskIt。

经过八年的开发，MaskIt 使用了 AES256 和行级加密来处理超敏感数据、信息最小化和主机防托管（甚至连 MaskIt

的工程师也无法发现您的密码和真实身份）——这款向“世界共享”、谷歌、Facebook 和 Twitter 无耻收集隐私信息行为公然叫板的产品，已经准备好接受考验。还有什么比对抗政府自己最先进的测试版更好的考验（和商机）呢？

颤抖吧，赛·巴克斯特。

是的，当然，融合——它的测试版和与之有关的一切——在完成后将被封锁消息，他的参与永远是受制于保密协议的秘密，但他打算打破这个承诺。告我吧，这只会让 MaskIt 更受关注。当他赢得这场小小的比赛，三十天期满，他将从藏身之处现身，与华尔街和风险投资人分享他的故事。

到目前为止，一切顺利。

消失的第一天令他兴奋。接到归零的指令，利用两个小时的窗口时间搬到他的小坟墓，一个用他的 MaskIt 信用卡和 MaskIt 化名支付的工业仓储间，多么刺激。仓储间里有什么？应有尽有。带脸盆和马桶的小浴室。床。一个储藏充足的冰箱，还有许多罐头食品，以防紧急情况或停电。不过，他主要是在外卖平台上放心大胆地订购新鲜食品，然后像其他人一样点击“放在门口”。娱乐？他用埃杰克·乌莱特这个名字（实在忍不住孩子气）订阅了电视频道。晚上，当他打开香槟庆祝时，他的电脑会播放他最喜欢的歌曲和电影。MaskIt 不需要限制奢侈享受。关键是要证明，一个人可以完全正常地在网上生活，并且不被追踪。

为了健身，詹姆斯买了一辆室内自行车（用迈克·利托里斯这个名字）。他希望在这个月之后能以一生中最好的状态出现，这样他就可以成为美国生活中的变身英雄、白衣骑士，将科技巨头逐出领地，并在此过程中赚取与科技巨头同等规模的金钱。

可以肯定的是，融合公司会加倍努力破解他的加密技术，将他视为对其霸权的威胁而加以摧毁，但 MaskIt 的突破性在于，该程序每次使用都会随机生成新的密码，就像当代版本的恩尼格玛密码机[1]，循环生成新的密码排列组合，因此你需要大约 20 的 600 次方个破译程序，才能定位电子邮件的发件人或收件人。

因此，随着时间一天天过去，一小时一小时地流逝，他的信心不断增强。他对自己的隐蔽性很有把握，这只是一个等待游戏。他几乎赢定了。

1　Enigma machine，20 世纪早期至中期开发和使用的密码设备，用于保护商业、外交和军事通信。第二次世界大战期间，纳粹德国在所有军事部门中广泛使用了该设备。

20天，6小时

● 华盛顿特区，融合中心

当他进来时，“虚空”中到处都在击掌道早安。

赛抬头看了看大屏幕。不到十天的时间，已经有五名零号落网，其中包括一名职业选手，来自香港的女孩。只有詹姆斯·肯纳、布拉德·威廉姆斯、珍·梅和唐·怀特还在逃——他们都是安全方面的专业人士，要拿下他们绝非易事；当然，这位出人意料的图书管理员也是如此。他现在确信，他可以再好好表现几个星期，避免失控，做埃里卡坚持要他做的好孩子，以确保他所需要的政府资金。然后，也只有到那时，他才能放飞自我，回到加利福尼亚，回到他真正的生活。

他在“虚空”的楼层走来走去，对他的员工微笑，拍拍几个人的背，甚至匆匆捏了捏那个休闲裤小伙的肩部肌肉。“继续干。”他鼓励道，然后转身走上玻璃楼梯，来到高处的办公室。在那里，他俯视着这些才华横溢的年轻人，他们所代表的是漫长的求学和刻苦的工作，他惊叹于他们愿意全力以赴，向他证明他们的个人价值——向他，赛·巴克斯特，曾经在球队分组时总是最后被选中的人。他通过艰苦奋斗，已经攀升至更高的位置，如果说他现在站在众人之上，那也是出于一种服务精神，而不是出于虚荣心，或是为了报复昔日球场上的屈辱。他与过去无怨，只与未来有仇。挡在他面前的只有五个人，他们的名字都很平凡：

詹姆斯，

布拉德，

珍，

唐，

凯特琳。

19天，23小时

● 加拿大，安大略省，雷弗鲁

她向房东太太介绍自己，名为杰米玛·雷诺兹。她从图书馆的失物招领处拿了一本写着这个名字的驾照，藏在贴身腰包里。

女房东是个六十多岁的漂亮女人，欧洲口音，宽松上衣印着异国鸟类的图案，她戴着老花镜，仔细地看了看驾照，然后在皮革装订的访客日志上写下了详细信息。

这家民宿以老派风格自居，木制的“空房/满房”牌子挂在一块写着“庐舍”的大牌子下面。但真正吸引凯特琳目光的——“归零”之前她在网上搜索该地区时就注意到了——是门上写着“别问了，抱歉，本店没WiFi”的牌子。她从一辆大众高尔夫上爬下来，车上坐着三个二十多岁的漂亮小伙子，正要去参加黎明时分的漂流，他们是加拿大人，很乐意从机场的停车楼载她一程。由于停车楼上方是限制空域，所以不在镜头内，直升机也无法跟踪，她抛弃了迷你库珀，上了高尔夫。然后，在这个小镇的中央，商店一开门，她就用现金买了一个新背包，一套干净的衣服，又一个水壶和指南针，还有一个求生手环（再也不会出门不戴求生手环了，永远不会），然后去看看那家没有 WiFi 的民宿是否有空房间。

经过一番客套寒暄——女房东喜欢徒步，她丈夫不喜欢——凯特琳躲回自己的房间，直到晚餐时分：一锅炖菜，搭配自制面包和沙拉，她一个人坐在小花房里吃。然后她开始走回自己的房间。

“你需要的东西都够吗？”女房东从家庭活动室伸出头来问，“你房间里有茶和咖啡，我还放了一些饼干。今天下午刚做的，很新鲜。”

一想到自制的饼干，她就有点想哭，同时又有点恶心。

“谢谢。”

“你早上要走吗？”

“我还没决定，夫人。这里太美了。”

听她这么说，女人显得羞涩而自豪。

“我能明天告诉你吗？”

“没问题，绝对可以，肯定，当然。”

凯特琳爬上楼梯，力倦神疲，心想要不然就待在这里，低调行事，碰碰运气。旅店是私人的。与世隔绝。只要她独来独往，一个人吃饭，阅读旅店书架上的所有书籍，他们怎么可能找到她呢？即使是融合也需要线索。

但这当然不是她的计划。不可能是她的计划。如果她只是想赢得那三百万，或许这倒可行。

她的房间很小，装饰着六种撞色印花布，让她想起了外婆家。不过即便是外婆家也没有这么多耶稣像。她躺在床上，吃了一块饼干，然后拿出笔记本，从封底摸出沃伦的照片。她可以允许自己这么做。这是对她机场逃生的奖励。她想把这一切告诉沃伦。也许最初就是沃伦告诉她禁飞区的。当然，他对这种事情了如指掌。安全措施方面的百科全书。这是他的专长，不是她的。但他不可能知道，这个小知识会让她在未来某个时刻保住性命，或者不那么夸张地说，是保住她的（如果深想的话，也是他的）机会，让她在没有人注意的情况下将迷你库珀丢弃在地下停车场，然后在三个体面的年轻人的帮助下搭车离开机场区域。

“嘿，亲爱的。”她对照片说，语气中同时混合着睡意、糖分刺激的亢奋和恐惧，但又相当，相当舒服。沃伦对她露齿而笑，穿着明亮的夏装。他长得很帅。不是那种美国式的方下巴，比那好看多了。他清瘦，结实。浓密的黑发，身上有阿尔及利亚母亲的影子，以至于运输安全管理局每次都要对他搜身。他看起来就像他自己。聪明绝顶，风趣幽默，充满爱心。她的男人。

此时，在她的脑海中，他们正躺在湖中的浮舟上，星空之下。他们的两周年纪念日。就在他离开前一周。而当时，在木屋前的浮舟上，冰盒里放着香槟，还有几个塑料酒杯，那仍然是快乐的时光。大多数时候……

“我就是有种不祥的预感。”她对他说，仰望着北斗七星。

“我上次旅行时你就有不祥的预感。”他回答。他的口音介于上东区和法语之间。他的遗传特征，偶尔会出现的卷舌音，以及来自母亲的独特词序。

“我是对的，不是吗？”

她是对的。他的上一个任务是追踪海湾国家和叙利亚之间的款项。在一个检查站，他遇到了真正的麻烦。当时沃伦在叙利亚边境，手持摩洛哥护照，排在一辆老式皮卡车后面，皮卡司机正与边防军争论——关于贿赂金额，沃伦猜测；这时，一个手持 AK47 步枪、身穿制服的孩子走过来，一枪打爆了皮卡司机的头。他后来告诉她，正是这种漫不经心的残暴使他崩溃。无聊，警报，爆炸。灰飞烟灭。他想：我在这里做什么？

但他仍然要回到那里。沃伦将自己置于危险之中，从中得到回报。他说钱是好东西，而且，无论如何，他是一个爱国者，想要相信他的政府需要他的帮助，他的付出是值得的。她明白。她相信他，但讨厌一切必须保密。她一遍又一遍地告诉他，她永远不能习惯这部分。她坚持要他采取一切预防措施，并认真思考收手不干。

他也在仰望星空，没有看她，但她感觉到他的手指轻轻地缠绕住她的手指。沃伦不遗余力地让自己的生活变得艰难。研究生毕业后在市内学校教了两年书。学了波斯语。获得博士学位和终身教职，然后为美国政府提供服务，而不是对冲基金或私募股权……和她结了婚。

“别再想最坏的情况了。”他对她说。

她只是叹了口气。

此时，她自己的声音突然介入。我必须考虑最坏的情况，只有最坏的情况才能帮助我们。

他转移了话题，撑起身子，看着她。“我不想在我们的结婚纪念日谈论这个，宝贝。我想谈谈你有多美，就像月光下的蓝鸟。”

“那你为什么偏偏想谈这个呢？”

她仍然能从他声音中听出挑逗。“我想谈谈**最好**的情况。”

“这个情况你自己想办法吧。”她边说边蜷起双腿，站起身。随即一个闪身跳入湖中。“如果你不能比我先到海滩，那就没你什么事了。”

她潜入水中，感到漆黑的湖水将她包裹。当她浮出水面，快速游向海滩时，香槟在她的血液中流淌，游泳健将沃伦紧随其后，两人在星光下划水，直到抵达海滩，倒在他们的羊毛地垫上，滚作一团，他在上，她在上，他在上。

但当她半夜醒来时，梦境变得遥远而厚重，沃伦已不知所踪，对她来说，他又消失了，几乎不再真实，只是一个模糊的影子，一段记忆，她有时觉得是自己编造出来的。至于她，她存在于最坏情况的世界里。此刻没有星星，也没有性爱或香槟。

她在晨光中起床，把笔记本放回步行裤的口袋里，从小民宿退房，然后步行上路。

17 天，20 小时

● 华盛顿特区，融合中心

伯特·沃克和桑德拉·克利夫进行了一次计划外的访问，一直保持警惕的贾斯汀·阿马里陪同他们。

这是自加拿大事件发生以来，埃里卡第一次见到代表团，她已经做好了心理准备，以应对中情局的阻力和要求对赛加强监督的呼声。幸运的是，正如沃克悄悄告诉她的那样，中情局和渥太华都准备假装这件事没有发生，因为双方都意识到避免归零测试曝光的重要性。

“赛会加入我们吗？”沃克略带恼怒地问道。

“我刚给他发了信息。他有另一个会议。”埃里卡举起手机确认，“正在路上。”

令人高兴的是，接下来的谈话转向了吹嘘融合公司如何抓到已经落网的零号们。

午餐后，代表团来到“虚空”会议室，查看他们准备用来抓捕最后五个人的玩具。磨砂玻璃桌上以数字方式显示了五名被抓获的零号，以及其余五名在逃者的肖像。

“众所周知，人在逃亡中不会改变本性。在压力之下，他们会变得更像自己。”说到这里，埃里卡把事情交给了拉克希米·帕特尔，她是一个身材娇小的年轻女人，充满了瑜伽带来的活力，黑发紧紧束在脑后，一双大而专注的眼睛，像洋葱汤一样的棕色。

她向中情局代表们介绍了他们正在这里试验的两个非常特殊的项目：“清晰预视”和“哭泣天使”。据拉克希米说，这两个程序都超酷，对抓捕四名精通技术的零号大有裨益。她特意不提图书管理员。

“归零后两小时，”她告诉他们，“我们远程访问了每个参与者的所有设备中的恶意软件，将这些设备变成了我们可以控制的工具。”

贾斯汀·阿马里提出了一个问题：“这么说，你们采取的措施在现实情境是非法的？秘密安装恶意软件，这违反了数据隐私法。”

又是这家伙，埃里卡想。

“不完全是。但问得好。**考虑**到隐私法，我们所做的只是利用人们手机上已有的恶意软件，而不是安装任何新的程序，因为我们每个人的设备中都携带敌意工具，就像肠道携带细菌一样，不过三个零号——布拉德·威廉姆斯、珍·梅和唐·怀特——都明确地利用了宝贵的两小时窗口期，在归零指令和我们的追捕之间，对他们的设备进行了地理屏蔽，基本上阻止了我们访问他们的设备。这就意味着，尽管存在风险，他们仍然打算带着这些设备。他们显然认为这些设备对他们的计划而言是必要的。”

“如果他们永远无法使用这些设备，它们怎么会是必要的呢？”

“问得好。我们预测，他们都知道，在5G信号覆盖密集的地区，任何细微的失误都可能导致暴露，即便他们的设备被屏蔽和禁用。所以我们预测，他们很可能已经转移到——请您现在上拉地图——5G覆盖率低的地区,地图显示为灰色。”

会议桌已经完成了戏法，变成了一张美国地图，上面有不同的亮度。大多数代表都不禁赞叹，就连贾斯汀似乎也一时被这惊人的变化迷住了。

“这就是我们的预测模型告诉我们的。因此，这些天当我们说到脱离雷达，我们真正谈论的是这些灰色区域。”拉克希米乐在其中，“它们有几个共同点。大多是农村、林区或山区。在极少数情况下，它们位于城市中的贫民区。5G让城市和乡镇的微型跟踪变得易如反掌，不过这种信号自身也有问题。它不喜欢墙壁，或是树木，还有雨水。在城市里，这意味着它需要一个由中继站和信号增强器组成的精细网状结构。很好。在人们花钱的任何地方，这个网络已经很严密了。但在城市之外，盲点开始增加，数据不得不挤进老旧的管道。数据仍然会传输，但它是水滴，而不是洪流。”

伯特·沃克一脸茫然：“我有个技术问题。如果你无法访问他们的设备，而他们又要小聪明，决定躲在灰色地带的某个地方，你还有什么其他工具可以抓住他们吗？”

“好，这就是我们的‘清晰预视’和‘哭泣天使’程序的用武之地了。”拉克希米把话题交给了她的老板，“埃里卡，也许你可以……”

“当然，乐意之至。”现在是时候了，埃里卡要透露一些连她的中情局伙伴都不知道的事情，“我们一直在独立开发另外两个程序，刚刚决定让它们上线，也提供给融合使用，我很高兴向你们介绍，因为我们认为它们非常了不起。首先是‘清晰预视’。它基本上是通过对海量个人数据进行压缩来提供心理洞察。通过对一个人的在线和离线历史、SAT分数、偏好的沟通策略、书面和口头语言进行全面分析来了解一个人的心理。根据得出的心理侧写，我们随后生成预测性方案，并提供极其精确的可能性估计，它的认识论基础是后处理和微调搜索启发法。”

“取得了什么成功？”桑德拉·克利夫问道。

“例如，我们知道，生活在美国的三十五岁以下的人对接触屏幕的时间有很高的心理依赖性。尽管如此，就零7号布拉德·威廉姆斯而言，他三十五岁，是一名安全专家，通过使用‘清晰预视’，我们确定他很有可能成功拒绝使用所有具有WiFi功能的设备。然而，从他的习惯和其他信息来源，我们进一步预测，他很可能会在这些艰难的逃亡日子里，通过观看正常的、常规的广播电视来刺激自己。男孩需要电视。从他的心理侧写来看，我们相信他一定会带着一个同伴。男孩也需要女孩。”

桑德拉·克利夫打断她：“像他这样受过训练的人肯定会意识到，带上同伴会让风险加倍吧？”

“同样，我们在压力下变得更像自己，而不是相反。他知道风险，但我们相信他无法控制自己。布拉德在一个大家庭中长大。他有钱建立自己的家庭，但他仍然和两个大学同学合租房子。他需要有人在身边。”埃里克从桌面图像调出一个身材苗条、高颧骨、穿低胸晚礼服的女人，“这个女人最近在社交媒体上提到了他，但自从测试开始后就没了动静，尽管她平时是社交媒体的忠实用户。在此之前，他们之间有大量的爱心表情符号的互动，甚至还有‘我会想你’的信息，我们认为这是一种花招。”

“那我们要怎么办？”伯特问道。

“我们要用‘哭泣天使’。”拉克希米回答。

“我真不知道你们是怎么想出这个名字的。”桑德拉·克利夫冷淡地说。

拉克希米解释说，当他们查看所有候选人在自己屏幕上实际观看的耸人听闻的内容时，这个名字就被创造出来了。“埃里卡，不是你说这足以让天使哭泣吗？不管怎样，名字定了。”

埃里卡认为这时候该来点咖啡。两位中情局的博士谢绝了。

“从模型上看，我们认为布拉德和他的同伴在某个灰色地带，正坐在电视机前，”埃里卡继续说，“这是使用‘哭泣天使’的最佳时机。我们利用灰区电视机来得知谁在它们附近。”

“可以解释一下吗？”伯特问道。

埃里卡随即转向这位副局长。“原理是这样的。通过渗透广播频率，我们可以进入目标电视机。一旦我们控制了目标电视机，我们就将它切换到所谓的‘假关机模式’，这样主人就会认为电视机已经关闭，而实际上它还开着。它只是看起来关了。这时电视机就像窃听器一样工作，让我们能够捕捉外部声音，并将数据回传给我们。我们的软件会自动筛选其中的流行语、目标人物的名字、亲人或朋友的名字，等等。这只是‘哭泣天使’的一个功能。实际上，它几乎可以控制任何带有硅芯片的东西。”

“这么说，”贾斯汀·阿马里问，他慢慢找回了自己的声音，“你们在……你们在听……数百万美国人的私人交谈……监视他们……通过他们的电视机……就为了找到一个人？”

伯特介入。他听明白了。“别紧张，贾斯汀。我想他们说的是，他们只是把电视机当作过滤器来**排除**嫌疑犯。而且只有融合的电脑能得到这些信息，对吗？你们的人类团队不能接触到这些私人数据吧？”

“你说得对，”埃里卡回答，“系统自动完成所有筛选工作，只有当系统识别出当事人有至少百分之八十五的可能是我们的目标时，才会有真正的人工分析师参与进来。由于我们的所有员工都受到严格的保密协议约束，这可以被视为完全的隐私保护。”

“百分之八十五，是吗？”克利夫博士问道，“那你们是怎么得出这个百分比的？”

“嗯，”埃里卡说，“达到这个数值，大致就是我们的模型认为需要人眼来观察数据。人类智慧，提供最终分析。但在根本上，公众的秘密是安全的。”

“在**你们**手里的安全。”阿马里补充。

桑德拉·克利夫坐在椅子上，显得很不自在。

“所以，说得明白些，”贾斯汀继续说，“只要执行几行代码，你们**可以**在任何房间里实时窃听一台新型电视机，不管它是开着的还是关着的？在‘虚空’的任何工作站按下一个按钮，你们就可以诱发假关机模式？”

埃里卡答：“没错。”

“在这种状态下，看似关闭的电视机可以记录对话？”

“没错。”

“然后，如果你们选择的话，就可以回过头去搜索那些对话，找出**任何**你们后来碰巧想知道的流行语？”

“理论上是这样。”

“那么，在这种情况下，看起来非常像你们在窃听所有美国人，而他们既不知情，也没允许。”

埃里卡回答：“我们是不是有可能忘了我们在这里做什么？”

中情局的三人都瞪着她。当沃克看似平静地说着“完全没有”时，克利夫博士和贾斯汀·阿马里脸上的忧虑显而易见。

“这个项目的全部意义，”埃里卡强硬地说，“就是为了找出新工具来保证我们的安全。”

贾斯汀说：“尽管如此，还是要记录在案，因为中情局直到现在才知道这些程序，所以最好能了解该程序已经运行了多久，到目前为止你们已经接入了多少台电视机。有数字吗？”

当埃里卡犹豫要不要回答时，克利夫博士加了一句：“我想，我们都希望知道答案。”

“没有广泛使用。还在测试中，不过这个 Beta 版当然也是我们测试过程的一部分。”

透过会议室的玻璃墙，埃里卡的客人们都看到赛正在走来。

“铁骑来了。”贾斯汀 · 阿马里嘲弄道。

进来时，赛看起来有点焦虑，但还是勉强笑了笑。

“嗨，大家好。我错过了什么？我们聊到哪儿了？抱歉。”

“来得正是时候，”克利夫博士回答，“我们刚刚听说了你们对这些新程序的试验，‘哭泣天使’和‘清晰预视’，我有一个问题，埃里卡正要回答，那就是全美有多少台电视机被接入了。”

“多少台？电视机？哦。几百万台，”赛毫不犹豫地回答，他坐下来，观察埃里卡的表情，“有问题吗？这是一个试验程序，由‘世界共享’根据我们与贵机构的协议开发和拥有。你们不必使用它。但既然它在这里有明显的用途，我们也不想捂着。”

“那你说说看，你们正在窃听多少‘百万’个家庭和酒店房间？”贾斯汀问。

“我们只是在说电视机吧？哦，我想说，基本上全国所有 2018 年后生产的电视机在过去六个月里都偶尔处于假关机状态。”

“真的吗？”短暂沉默之后，贾斯汀继续说道，“那你们收集到的所有音频信息呢？在你们手里？”

“没错。”

“在哪里？”

“在我们的一个数据农场。一个超级安全的存储点。”

“所以说，数据是被动地、持续地收集起来的，而所有这些对话现在都在私人手中？”

赛环顾房间，惊讶地发现大家都露出担忧的神情。“这有问题吗？”

贾斯汀说：“我想有些人会认为有问题，如果他们知情的话。”

“真的吗？”赛反驳道，“恕我直言，你们是中央情报局。”赛观察着三名中情局代表的神色，“你们有做这些必要之事的历史，这就是为什么我们如此渴望与你们合作。”最后一句话音回荡在房间里，然后他继续说：“而且众所周知，你们在国内所能做的事情受到限制，这是你们的章程规定的，但也不是**完全**受限。如果我说错了，请指正我，但是目前为止，你们的国内部门，我想应该叫国家资源部门，只被允许在美国本土针对外国目标开展行动。我们认为，我们对你们的价值在于，通过我们，你们可以被动地扩展你们在本土的情报能力，要是你们的章程被……怎么说呢，重新审视的话。如果我说错了，请告诉我，因为我们融合已经把一切都押上了。我是说**所有**。既是赌运气，也是为你们服务。如果这不受欢迎……”他把最后一句话含在嘴边。

伯特·沃克听得很认真。他显然有宏伟的计划。“知道了。不过我们仍然必须能够为这种信息收集行为提供合理的理由。”

“好吧，”赛接着说，“这些信息只用于保护美国人。我个人认为这没有问题，我想几亿美国人也不会有问题。你想让美国的安全更上一层楼吗？那它就是这样的。欢迎来到更高级别。为了取得进展，我认为我们必须具有超强的进取心。这就是我们在‘世界共享’发展的理念，带到了融合，现在提供给你们。”

贾斯汀·阿马里永远不会被这种话术说服，他的表情显示了他多么不以为然。“以牺牲公民权利为代价，无限制地发展监控是行不通的。这还只是第一个问题。”

桑德拉·克利夫措辞委婉。“我只是想问，我们**刚刚**才从您这里了解到的这种特殊技术，是否应该用于这次试验。这种程度的监控在国内尚无先例，也不太可能被授权在国内使用。那么，为什么现在要使用一种融合今后无法任意使用的技术呢？此外，除了这次 Beta 版测试，沃克博士还需要向局长推销这个项目，然后向国会推销，最终向总统推销。每个人都要审查程序，召集监督小组，必须批准每项技术的使用，这样一来，**也许**，这将是中情局首次在本土秘密扩大行动。所以，用贾斯汀的话说，是的，**有问题**。”

伯特·沃克的头脑现在也转得飞快。“听着，我们都希望缓慢、稳步地推进，而不必引起公众的过度关注。就像老奶奶的脚步一样，可以这样说。简便易行。根据长期以来的经验，中情局比任何人都清楚，任何‘监控社会’的暗示都会吓坏公众，被认为不符合美国精神，并引起抵制，从长远来看，会限制我们的活动范围。因此，我们必须谨慎行事，而你们的这两项程序，尽管科学性令人赞赏，但绝不谨慎。”

桑德拉·克利夫补充道：“如果有任何东西带有俄罗斯等国的味道，我们就需要非常小心。对于在座的各位，你大体上算是向皈依者布道，但‘哭泣天使’，尤其是这一个……感觉非常……嗯……”

伯特接过话茬：“我认为说得有道理。比如说，某地有一万五千辆有牌照的出租车安装了面部识别摄像头。试想在美国，如果你的一言一行都被政府记录在案，谁还会打车呢？作为一项国内政策，这是不符合美国精神的。**在国际上**，嗯，情报收集是我们的强项。我们在这方面有很大的自由度。我相信，在莫斯科、北京、德黑兰、平壤……在他们的电视机里安装假关机模式的计划，会得到中情局和国会的大力支持，……但不是在国内。反正现在还不行。”

“那么你到底要我们做什么呢？我很困惑。”赛问道。

沃克说：“暂时停用‘哭泣天使’。”

“停用？”

“我认为我们正在寻找平衡。”克利夫总结道，转身看着贾斯汀，似乎是寻求认可，就好像她正在传达一个由贾斯汀撰写的脚本。

这个高级官员看初级官员的匆匆一瞥激怒了赛。“这就是我们在这里的目的吗？”

“向前推进，”克利夫补充道，“是的，我们正在这样做。在所谓的使警察国家合法化的**公共利益**，和公民自由之间取得平衡。”

听着这些枯燥、乏味、倒退的论调，赛无法抑制地大声叹息，他的目光依次对上了过于沉默而令人恼火的埃里卡、误入歧途的桑德拉·克利夫、毫无骨气的伯特·沃克，以及最后，当然也是最不重要的一个，那就是顽固地自以为是却怪异地拥有过度影响力的贾斯汀·阿马里。他陷入了长时间的沉默，而这种沉默对于一屋子充满戒心的人来说却非常合适，因为他们知道，在彼此的严密监视下，下一句话可能会造成极大的伤害。

16 天，23 小时

● 佐治亚州，迪拉德，蓝岭山脉

布拉德 · 威廉姆斯，零 7 号，智商 169（按照这个标志，他确实是天才），他非常后悔带女朋友同行这个低于天才水准的决定。他和吉米是一对新恋人，当他第一次收到信，得知自己入选归零计划时，他正处于情欲萌动期。在他那些三百万美元要怎么花的春梦里，她占据了如此重要的位置，以至于邀请函几乎成了他的性爱财务预估表。并非所有的白日梦都是性感的。他想象着她，在共同取得胜利后，在他用奖金买下的新房子里，她穿着那件露背的黄色连衣裙，里面没穿内裤，站在宏伟的前门，带着灿烂的笑容，迎接他那些真正高端的客户。或者，当他与 CEO 以略高于标准杆的成绩打完高尔夫回来时，吉米和别人的妻子、女友一起在会所等着他。或者，如果他求婚的话，吉米就会和他们完美的孩子们一起出现在家庭圣诞贺卡上：“我们的家庭，随时准备保护你们的家庭。”布拉德明白，这次试验是绝密的，但他仍然想象着让人们知道，他曾英勇地以一己之力战胜了美国的联合情报部队，并向他们展示了需要改进的地方。如果能得到一枚奖章当然很好。不过现金也足够了。

布拉德·威廉姆斯：退役军人，现为高端在线声誉修复专家。日常工作是为财富500强公司和好莱坞明星服务。他知道，如果因为网上的一点负面报道而使自己多年的辛勤努力付之东流，那是多么令人苦恼；如果自己过去犯了一个小错误，无法抹去和改正，而现在自己的事业如日中天，却通不过简单的信誉审查，那又是多么令人沮丧。十九岁时，他就看到了其中的商机。他写下了自己的第一份代码，并开发出了快速修复受损声誉的技术，预防脆弱性，让受损的人物或品牌比以前做得更好。他将自己的公司命名为“第二次机会沙龙”。他收取不菲的费用，将男男女女和公司送回他们的配偶、雇主、选民和股东身边，经过洗白，重振名誉。到目前为止，老天保佑，他的生意还不错——不乏需要这种帮助的候选人，他们的弱点都被抹去了，但他的业绩下滑得很厉害，现在有太多竞争对手进入了这一领域，因此，如果能大张旗鼓地战胜融合，那么他的业绩将真正提升到一个全新的高度，并从竞争对手中脱颖而出。有了新的办公场所和市场营销，再加上合适的公关（理想的妻子），他将在这个行业占据主导地位，并一举击败那些风险投资公司的亿万富翁。

但是吉米她不考虑这些。在她平和友好的外表下，这个女孩有某些理念和钢铁般的意志。此外，她还拥有一种令他惊讶的天赋，那就是能够完全忽略她不想听的废话。第二天，她在萨凡纳郊外一家可爱的精品店买衣服时，差点用自己的信用卡付款，被他逮个正着，然后，在他们连夜赶路，拉开了与她认为“完全必要”的购物之间的距离后，他不得不阻止她**再次**用那张该死的信用卡在一家她非常喜欢的美国原住民礼品店购买一堆垃圾。

这本该很容易。多年来，他一直关注最新的监控和数据挖掘技术。这些是他的业务，或者更准确地说，是和他相关的业务。他从一开始就地理屏蔽了他们的手机和笔记本电脑。他嬉皮笑脸地搜了吉米的身，以防她身上出现任何数字“叛徒”，这个举动以调情告终。在亚特兰大郊外一家廉价汽车旅馆的18号房间里，她像骑野马一样骑在他身上，高潮时发出女妖般的尖叫。这为之后的日子定下了基调：他们密谋、做爱、密谋、做爱。但是，当他发现了她曾经答应不带在身边的运动追踪器和卡路里计算器，然后愤怒地将它们邮寄回家后，这一切就不再有趣了。老天爷。这时争吵才真正开始。她说他根本没有胜算，所以应该冷静下来。他说她这是典型的对他没信心，并要求她从今以后不要再破坏他的梦想。

事实也证明，当吉米不在Instagram上讲述她最新的琐碎八卦，或在“世界共享”上对着猫咪视频傻笑时，她并没有什么要说的话。

无论他们采取了多么广泛的预防措施——避开城市、从一个灰色地带转移到另一个灰色地带（没有手机信标或面部识别功能），走得再远也只会激起更多的数字尘埃。因此，他们最终来到了这里，用假名住在小田纳西河谷中部的一家小旅馆里，提前用现金支付了两周的房租。这个地方位于树林深处，是他事先确定的最好的 5G 灰色地带之一，专为远离尘嚣的独处而建。水疗中心让吉米开心（免费浴袍、拖鞋、24 小时客房服务、淋巴排毒按摩），但她仍在抱怨。

除了深入了解美国的监控漏洞——那些在统计学上从未出现过数字性质有害信息的美国地区，黑人身份也给了他一个令人惊讶的优势，一个不需要使用他的特殊天才的优势。冷知识：由白人工程师设计的面部识别算法认为所有的黑人——真是意外——看起来都差不多，这就意味着融合的系统在搜索他的时候**应该会**出现大量误报——许多长相酷似布拉德·威廉姆斯的人冒出来，成群结队，让融合在全国范围内展开大规模的追逐。

“我好无聊，今天看了一整本破书。”吉米一边抱怨，一边打开房门走进房间。

布拉德看着她光着脚在他和电视机之间晃动。比基尼窄小，但她穿得正好。他目不转睛地盯着她的屁股，没有注意到那本书正朝他的方向飞来。正中裆部。

当他呼叫的回声渐渐平息，疼痛也随之慢慢消退，在接受了她的道歉之后，他看到她的表情无动于衷。

“我们今晚能出去吗，宝贝？”她问，“我太无聊了。我们开车进城，找个地方跳舞。我在这里都快憋疯了。”

他关掉了电视，他刚才正在看一部犯罪连续剧，里面有一个天才执法者，布拉德有点模仿他的样子。他捡起书。砖头一样，封面上有银箔和刻字。《欲望》。随便吧。

“不行。我已经告诉你无数次了，我们不能进城。他们在每个路灯上都装了摄像头。没必要冒险。那些机器学得很快。”

“你就不能伪装一下吗？”

“不行！它们能看穿伪装。你还不明白吗？下一代技术可以看穿 N95 口罩。天啊，让你在泳池边坐几个星期晒晒太阳有那么难吗？要不然再读一本破书。”

“这是我度过的最糟糕的假期！毫无疑问。我甚至不能打电话告诉我的朋友们。”

“这不是度假！这不是——”

“好吧，你可以再说一遍，**布拉德利**！”

她从行李箱角落里捡起一片绿色的布料。她拉上裙子，套在她那小巧玲珑、沟壑分明的比基尼外面，然后瘫坐在他旁边的沙发上，浑身散发着肉感的魅力。对他来说，她身上有一股氯水的味道。

“我们在逃亡。”他提醒她，用手揉搓她的左乳，没有遇到任何抵抗。

“但是你没有做错什么，不是吗？”她像个孩子一样咬着自己的拇指。

“没有。这是一个测试。我告诉过你。这些融合的人在确保他们的东西有效。我是被特别选中的，帮助他们找出需要查缺补漏的地方。这就是我，就是他妈最棒的。他们让我归零，这就是我们正在做的事。归零。这意味着没有手机，没有电脑，没有信用卡，没有运动手环。我们坚守灰色地带。”

“灰色地带。”她呻吟。

“对，灰色地带。再过两周，测试就结束了。布拉德得一分，美国政府零分。天哪，吉米，你知道所有这些破事。”

“赛·巴克斯特还挺可爱的。他有女朋友吗？”

“我会把他介绍给你的，就在那个混蛋把三百万交给我之后。”

“我们，”她说，“把三百万交给**我们**。**我们**，宝贝。”

布拉德真的很惊讶。“什么叫我们？”

“我们！”

“我是他们招募的人。我做所有的工作，支付所有的费用。你干了什么？”

“你以为这对我来说很容易吗？”吉米问，“与世隔绝？一半奖励归我，混蛋。否则，我现在就告发你。”

“坐在水疗中心看书可拿不到一百五十万，白痴。让我们把话说清楚，就这里，就现在。”

事实证明，吉米还是有很多话要说的，她把这些话精挑细选后向他开火，就像从M16突击步枪里射出来的子弹一样，嗒嗒嗒嗒，所有这些话都瞄准了目标，紧贴着索尼Bravia OLED电视机呼啸而过，电视机漆黑一片，无辜地坐在靠墙的桌子上，一个小小的红色待机灯是其秘密内在生活的唯一标志。

当融合抓捕小组在第二天早上六点到达时，布拉德简直很高兴看到他们。

14天，22小时

● 美国—加拿大边境

她的脚踝恢复得不错。布洛芬管用。在过去的一周内，她搭车从一个小镇到另一个小镇，住在上了年纪的民宿主人那些俗艳的房间里，这些人**仍然**会去农贸市场购物，还互相写明信片，这让她受益匪浅。她变得平静了。终于能入睡。可以好好想想沃伦，想想她正在做的事。

她做的事合情合理。一切都是值得的。没错，这比她想象的要困难得多——矿井里的噩梦，她受的伤，从医院逃亡，压力水平经常爆表，所有这一切；但她的计划是向北推进，乘船越过边境，按原计划在加拿大安全地消磨一些时间，到目前为止，的确奏效了，不是吗？她在心里恳求沃伦，如果能给她一句鼓励就好了。或者一个虚幻的拥抱？

她买了一份《华盛顿邮报》，看分类广告。什么也没有。老天。你在哪里？

她在安大略省汉密尔顿的边境附近找到了一个过夜的房

间，决定明天按计划离开加拿大，去她需要去的地方。最新的这位房东太太给她吃自制炸鸡，絮絮叨叨谈论自己的孙子孙女。

13天，21小时

● 犹他州，布莱斯峡谷

零8号珍妮·梅的人生哲学非常简单：独善其身。她出生在纽约的一个天主教大家庭。十八年持续不断的家庭戏码给了她一生所需的人际交往。

她第一次接触电脑是在当地的图书馆，一下子就被电脑的逻辑迷住了。它们从不喜怒无常或残酷无情。二进制系统，是与否，清晰的选择，像三角洲一样向外扩散。珍和电脑相处愉快。

在大学里，她不断提升的技能胜过那些在考试前三天还在玩电子游戏的兄弟会男生，在这种环境下，她顺利地克服了教授们设置的每一个挑战，而那些男生则在她周围吵吵嚷嚷，打打闹闹。她假装他们不存在。他们却无法将目光从她身上移开。

毕业后，网络安全向她招手。一家优秀的公司为她提供了稳定健康的收入，以及在家工作的机会。她接受了这份工作，并在萨克拉门托租了一套简约的公寓。她是附近瑜伽馆的常客，在出差时偶尔会有些谨慎的风流韵事。最近，当其中一个男人向她表白时，她有些反感。为此，她去看了心理医生，试图找出引起这种反应的原因。她的兄弟姐妹甚至都没有她的地址和手机号码，她喜欢保持这种状态。

她的一个政府联系人让她参加融合计划的 Beta 版测试。他们需要一个能够真正挑战系统的人。于是她同意了，做好了准备，以迎接每一次挑战时的冷静态度接到了“归零”信号。她地理屏蔽了所有设备。反正也不用社交媒体。设置她的商业电子邮件账户，通知潜在客户她将离开一个月。给她的现有客户提供三位优秀技术人员的电话号码，他们了解她和她的工作，可以处理任何紧迫的问题。

她有一个比特币账户，所以通过暗网买一个像样的假驾照和信用卡并不费事。就这样，她离开了城市。

13 天，18 小时

● 美国—加拿大边境

天刚蒙蒙亮，边境附近一条杂草丛生的小路上，一个孤独的徒步旅行者停下了脚步，面前是一个钉在钢柱上的简易标志牌。

警告：

美国边境。

行人过境非法。

违者将被逮捕、罚款和 / 或没收财产。

美国海关和边境保护局。

请向 18002189788 报告可疑活动。

她驻足，从水壶里喝水。上帝保佑美国，我热爱的土地。为什么，为什么你要抛弃我？

但她必须重新入境。这是她最初的计划——到加拿大，然后折返；她应该在美国本土。她必须去赴一个约会。

她把瓶盖拧紧，收好。摸了摸标志祈求好运，然后继续向前走，穿过树叶，寻找、迷路、再寻找那条很少有人走的小路。

12 天，21 小时

● 华盛顿特区，融合中心

索尼娅 · 杜瓦尔被重新分配到珍 · 梅的抓捕小组，她一直看好这个零号，并乐于在抓捕她的过程中发挥自己的作用。如果说谁能逃过侦查和抓捕，她认为非珍莫属，而索尼娅是那种喜欢在工作中挑战自我的人。

在深入珍的私生活寻找线索后，索尼娅对她产生了强烈认同：独生女，父亲早逝，至于感情，索尼娅也对她能拥有的男人感到厌倦，而渴望她无法拥有的男人。再加上其他许多紧密的联系——发色，身高，写数字 7 时加一横，难怪索尼娅觉得她在寻找自己的一个翻版。

几天过去了，没有任何具体进展。当她查看珍在过去五年中的每一次租车记录时，她发现了一种连机器都没有识别的模式。接下来，她的团队利用交通摄像头进行了面部识别，重点是灰色地带，即珍在休闲旅行时似乎会选择的那种开阔地，然后与她喜欢的车型进行比对。她仔细查看了珍驾驶过的每种车型的交通监控录像，教算法记住她的驾驶风格，注意她在红绿灯前减速而不愿停车；她将前轮驶上路肩，车头朝外停车；她在转弯前总是很早就打开转向灯；她的眼睛在夜间视力不佳，因此天黑后她会选择慢车道，车速远低于限速。十二天后，他们有了一万八千个可能的匹配对象。收费公路上的摄像头对于读取车牌训练有素，它们紧张地寻找她的脸。算法不断调整，向挡风玻璃后窥视。

索尼娅猜测，珍可能会完全避开收费公路，但他们必须进行检查。去掉所有男司机，剩下七千名候选人。通过人脸识别软件筛选，名单上很快就只剩下八十四人，这些人的脸要么很像珍，要么在灰暗的玻璃后若隐若现，无法完全排除。当每张可见的面孔都被否决后——鼻子太长、眼距太近、嘴唇太丰满，这些分析员深入到难以观测的第二组，到第 17 天，索尼娅发现一辆车的牌照登记在珍 · 梅的远房表亲名下。

之后，找到汽车本身并不难。

12天，20小时

● 犹他州，布莱斯峡谷

这里的空气稀薄而清新。珍·梅并不是一个会被大自然所震撼的人，即便纤薄的针状红岩创造出了异域的景观；不过当斜阳在这片土地上洒下日晷般的阴影时，她还是看了一会儿。做完瑜伽后，她坐上汽车，准备用这一天剩下的时间赶路，九个小时的车程前往杰克逊洞，据说那里有一个很好的离网度假村，她可以住下。

沿着89号公路行驶了两个小时后，车载收音机停止播放巴赫，转而播放一首硬核电子舞曲，副歌中重复了四次"去死吧婊子"。珍皱了皱眉头。重新选择巴赫。二十秒后，"去死吧婊子"再次响起。她的音响系统出了怪事。不知什么原因，它自动默认这首歌。她关掉音响，享受了几秒钟的宁静后，音响又自动打开了！到底搞什么鬼？

珍挑了挑眉毛，开始留意前方，寻找高速公路出口，去到一个偏僻小镇，在那里她可以停下来，想办法禁用系统，哪怕这意味着要用石头砸它。但这时汽车开始加速。她猛踩刹车。没有反应。不过方向盘还在她手里。她设法保持控制，在稀疏的车流中穿梭，但她能感觉到自己的手心越来越湿，血液开始沸腾。十年认真的冥想练习让她勉强保持冷静。但随后她又失去了对方向盘的控制。汽车刹车，再次加速，然后和那些开着露营车和破旧皮卡、睡眼惺忪的家庭比谁更不要命。当收音机里播放“去死吧婊子”时，她不停地尖叫。无论她如何转动方向盘，它与车轴失去了连接。在恐怖的八分钟里，她就像坐上了过山车一样无能为力，幽灵司机就像一个疯子，在车流中穿梭，在路肩上行驶，闪烁着警示灯追赶车辆，喇叭不停鸣响，“去死吧婊子”反复播放，百般折磨。

然后音乐停了下来。汽车又向前冲了一下，随后减速。“去死吧婊子”再次被巴赫取代。空调打开了，柔和的气流拂过她的头顶，车被平稳地驾驶着，自觉地按照法定限速行驶，来到霍尔登郊外的一个停车场，不知是什么力量将车熟练地停在了树荫下，而她眼睁睁看着，双手握着失效的方向盘。在一个可以看到山景的地方，她试图打开车门。还是锁着。她解开安全带，扑过去开副驾驶的门。一样。她试图降下电动车窗，摇动按钮。没有反应。终于又有一辆车开过来了。她挥手。疯狂地挥手。大喊大叫。她甚至按下了喇叭，但喇叭没有声音。她的挥手无人看到，或是视而不见。那辆车驶离了视线。她被囚禁在车里，哭了半个小时。偶尔怒气勃发，她徒劳地想要打破车窗。然而打不破，至少她不行。她最终放弃了。这辆被恶魔附身的幽灵车击败了她。

抓捕小组花了两个小时才找到珍·梅。有人递给她一台平板电脑。抓捕小组站在远处，她靠在车上，签署捕获文件，然后按照指示插入耳机，与索尼娅·杜瓦尔连线。屏幕上显示出索尼娅的身影，头发向后梳起，身穿灰色夹克和血红色衬衫。奇怪的是，她似乎坐在一片红杉树林中。

“你还记得大学里的乔治·菲利普森吗？”索尼娅问她。

珍依稀记得他：一双眼睛，一个颤抖的驼背男人，偶尔聪明过人，其余时间是充满压抑的怨恨。

“是的，他有次约我出去。我拒绝了。”

“纯属巧合，不过他在这里工作过。我们有很多非常优秀的编码员，”索尼娅说，“总之，我们一拿到你的大学成绩单，就注意到了他和你的联系，然后他确认他认识你，严格来说，这并不违反规定。他设法说服我们这是一个优势，而你们之间没有私人恩怨。我很抱歉，事实证明不是这样。”

索尼娅与她对视，珍感到被这个远处的女人看透了，但并不反感。

“所以这就是‘去死吧婊子’的由来？”

“是的。”

“我猜他不再为你们工作了，对吗？”

“你可以这么假设，是的。”

“人渣。”

“我们不反对这个评价。”

11天，13小时

● 纽约州，莫伊拉北部，17号县道

她做了一件可能很愚蠢的事。每个人都会时不时地做一些蠢事，在筋疲力尽的时候，被疼痛侵袭的时候，情感上走投无路的时候，或是在饥渴难耐的时候，他们更容易做蠢事。

此时，天色渐暗，在琥珀色天际的一条幽静道路上，她已经走了三个小时，一半时间要忍受带伤的脚，她的思绪飘忽不定。前一刻她还在想着沃伦，后一刻她又想起了童年时的一首歌词，精神为之一振：如果你喜欢尤克里里女士，尤克里里女士也喜欢你。如果你喜欢在阴凉处逗留，尤克里里女士也会逗留……然后，她发现自己不知道现在到底在地图上哪个位置。天气越来越冷，看不到民宿。一阵刺骨的寒风扑面而来。她必须离开这条路，找到栖身之所。想象一下，如果她不得不睡在潮湿的灌木丛中，两侧树林里群狼环伺，蜘蛛爬过她熟睡的脸庞——可能永远不会从那样的夜晚醒来！她的弧形底塑料矫形靴和原装皮质户外靴拍打在柏油路面上，就像交替响起的定音鼓——咚咚，啪啪，咚咚，啪啪，咚咚，啪啪。也

许她会叹气……嘟——哒——嘟——哒——嘟……也许她会哭泣……远处车灯渐亮。在这一刻，她没有躲藏，而是开始挥手。车辆越来越近。她挡住刺眼的灯光，更用力地挥手，幸好司机放慢了车速。

在她的冒险之旅中，到目前为止，她搭车时一直非常小心地选择女司机（三个帅气的加拿大男孩除外），而不搭男人的车，但此刻一切都不正常，皮卡车在她身边停下后，她才注意到车里是一个孤身年长男性。

她评估了风险，判断自己也许能应付这个家伙。他五十多岁，靠在方向盘上，打量着她，看到一个女人在此独行，他无疑非常惊讶。对她来说，他看着还行。格子衬衫。身材魁梧。仪表盘上没有打开的啤酒罐。车身板材上有几处锈迹，说明这个男人自己也经历过艰难的岁月。

他的五官被车前灯的光芒照亮，他认真地看着她。衣领上方竖起一簇后脑勺的头发。他问："你还好吗？"

"我想搭车。"

"那就上车吧。把你的东西扔到后面去。"

她把背包抛进卡车车厢里，爬上副驾驶座位，关上车门。隔开了寒冷的空气，她如释重负。

"你到底在这种老路上做什么？"他检查了一下后视镜，换了挡，驶上寂静的柏油碎石路面。

她编了个故事，说自己是个狂热的徒步旅行者，正准备回家。

换挡时，他斜睨着她。“你确定没遇到麻烦？”

“没有。怎么了？”

“你脸上的伤口，瘀伤。看起来你被撞得不轻。怎么，你碰到熊了？”

她微笑。“没有熊，”她说，“我很好。”

“你说是就是吧。”

她的谎言似乎很拙劣，而他瞥她的次数有点频繁，让人不舒服，这使她开始觉得自己上这辆卡车是个真正的错误。虽然她很不自在，但与此矛盾的事实是：她的脚踝疼得要命，她吞下的六片止痛药除了让她头晕目眩外没有任何作用，而且夜晚太他妈冷了，没法露宿。当她努力整理自己注满了布洛芬的思绪时，脑海中浮现出一个热水澡的画面，鲜明生动，热气腾腾。啊，就是这个念头：下沉，浸泡！有些民宿还有小瓶装的沐浴泡泡。有一次，沃伦在她上了一天倒霉的班后，让她泡了一个花式浴。蜡烛，美酒，泡泡。她滑入水中，用手拨弄泡沫，把泡沫涂在身上，但十分钟后她就厌烦了。她踮着脚走到厨房，向他抱怨这东西把她的头发弄得黏糊糊的，现在瓷砖上还有融化的蜡。“交给你了，白马王子。”他嘲笑了她。现在她可以看到他了。他的表情突然变得严肃，似乎感觉到了危险。

醒来，宝贝。马上！

她再次集中注意力。看到一个路标：莫伊拉，12英里。她想起了沃伦教给她的技巧，在老司机反对之前，她伸手打开了车厢灯。

“你不介意吧？”

然后，趁他不注意，她迅速把手机举到耳边，遮住屏幕，这样当他下一次瞥向她时，她已经在专心听手机了。

他又斜睨了她一眼，于是凯特琳告诉这个男人：“打给我丈夫，沃伦。”然后她对着电话说：“亲爱的？是的。哦，我现在没事了。真幸运，我搭了……”她又转向司机：“对不起，请问你叫什么名字，先生？”

“比尔。”司机不情愿地回答。

“比尔的车，”她对着电话说，“哦，我们在纽约莫伊拉以北12英里处……在17号县道上。对，17号。哦，不用。别担心。我很好……是的，我总是把车牌记下来的……”对比尔微笑，“老式红色福特皮卡，车牌号PJL69243……纽约车牌，对。就像你告诉我的那样。你真是个操心鬼！我没事。比尔好心让我搭车。他会载我到……”对比尔：“到哪儿？你要开去哪里，先生？”

比尔暴躁起来：“波茨坦。”

“载我到波茨坦，亲爱的……别这样。我现在很好。你确定？好的。爱你。”很快，她结束了表演，把手机塞回口袋，没有被看到屏幕。

“沃伦非常感激你让我搭车。他说要向你道谢。”

“嗯。”

比尔可能被刚才听到的话冒犯了——她记下了我的车牌？她以为我是谁？在他们到达莫伊拉之前，比尔都没有再说“甜心小姑娘”之类的话，无聊的比尔只是几个沉默寡言、略显恼怒的男司机中的第一个，他们将在接下来的一天半时间里，太平无事地载着狡猾的凯特琳行驶大约163英里。

10天，5小时

● 华盛顿特区，融合中心

伯特·沃克认为，融合中心看起来太像一个主题公园了。虽然迎宾人员并没有打扮成拟人化的啮齿动物，但他们可能也差不多。从接待员的灿烂笑容，到室内植物园的高清幻像，再到像科技版《查理和巧克力工厂》中解决问题的奥帕-伦帕人一样蹦蹦跳跳的“虚空”工作人员，一切都旨在让你参与其中，安全、快乐，让这次冒险看起来很有趣。这一切让他热血沸腾。他的大厅，在兰利的大厅，简朴，冰冷，空旷，实用。中情局有严格的着装规范，那是一个让严肃的人做严肃工作的地方，那些人知道一件事：稳定是脆弱的，可能会像掉在瓷砖地板上的茶杯一样，上帝的拇指轻微颤动，它就破碎了。乐趣？当你面临乌克兰级别的危机时，当世界在一上午的时间就从和平状态陷入“红色警戒”时，当外国的天空布满携带重型武器的轰炸机时，当地狱降临在民主国家，数以百万计的无辜民众被迫迁徙时，当自私自利的西方世界为重拾其微薄的高贵声誉而被迫回应时，哪里还有空间留给米老鼠图案T恤衫、击掌庆祝、巨碗里的免费糖果、大厅里的弹球机？谁还顾得上“乐趣”？

伯特坐在城市轿车的后座上，即将抵达赛的魔法王国，他旁边座位上的公文包打开着，他对里面的报告视而不见。相反，他对赛的新玩具忧心忡忡，比如假关机模式程序和“清晰预视”，两者都可以说是有价值的，但也可以说是灾难性的，无论如何，这些玩具对未来的影响，他都难脱干系。通过为这些项目的部署提供资金和支持，可能相当于他自己发明了这些玩具！作为一名科学家，他可以预测这些武器会带来哪些新的威胁，威胁并不在于它们对个人隐私造成的损害。关于隐私的争论是二十世纪的陈词滥调，不过是无知的背景噪音：隐私权已经失去，至少是大打折扣，毫无价值。不，现在和未来真正的威胁是**操纵**，是向不知情的公民灌输规定的态度和行为模式，是国家从**监控**到**控制**的无形转变，是民主长篇故事的最后一章，自由意志变为自愿服从。

在这个具有划时代意义的问题上，作为一名科学家，他暗中支持公民自由，一向如此，即便他代表的是中情局。我不是你们的敌人。他甚至在内心深处，凭着良知和智慧，试图在这项技术带来的好处和破坏之间，在创造和毁灭之间，在道德宇宙和不道德宇宙之间找到一个平衡点，但他发现自己做不到。当他的车停在前门时，埃里卡·库根正在那里等着他，现在看来，他只能在两者之间做出一个明确的选择。

他走出车门，沐浴在五月末的阳光下。她友好地拍拍他的胳膊，和他握手。

“伯特，谢谢你今天为我们抽出时间。”

“不客气。”

“我想，先和我在庭院里散散步，我们可以谈谈？”

“当然可以。”

他们并肩缓缓走过嵌花地面的前院，转向一条假溪流旁的小路。伯特曾经听说，流水声对创造性思想家有好处。现在他想补充一点：不适合六十岁以上的人。这只会让他们紧张，想知道洗手间在哪里。

他打断了她的沿途风景介绍：“埃里卡，我不介意告诉你，这项技术的巨大潜力给我留下了深刻的印象，也让我感到非常兴奋，我对试验也感到非常兴奋，这个……叫‘哭泣天使’和‘清晰预视’的东西……这让我们想知道，你们还有什么我们不知道的东西。我不确定我们之间的关系是否还能包容更多的意外。这种合作关系……我们需要知道你们有什么，你们正在部署什么，还有，你们正在**收集**什么。”

埃里卡稍作停顿。“我能理解。但我们在这里所做的很多工作，只是整理那些已经被常规收集的数据，无论是在这里还是在其他地方。不过我认为，在你的帮助下，我们可以向双方的每个人保证，融合实现的安全保护措施是最先进的，也是标准化的。”

“让我这么说吧，埃里卡。计算这个问题很简单。我们都必须能够以最少的麻烦，来捍卫我们在这里所做的**一切**。”他是一名科学家，却浸淫于政治之中，进行着另一种高层次的计算，“从我们的角度来看，要让我们感觉舒服，这种合作关系的天平就不能向你们倾斜。不可能发生。我们不会做不掌握方向盘的后座伙伴。”

“当然不会。”

“通过这种合作关系，融合可以部分获取对国家安全至关重要的大量机密数据，从私人到政府的每一个层面。”

“完全理解，我们……”

“所以今后，我们，包括赛在内，必须相互理解，完全理解。”

“百分之百。”

“好吧。说得够多了。赛怎么样？”

“很好。他——嗯，现在对我们所有人来说都艰难。不过这也让人非常兴奋。”

在谈到赛的时候，她略微有些犹豫，这延迟了她想给伯特的那个安心的微笑，伯特对这种未说出口的不安很警觉，探究着她的表情，以寻找进一步的线索。

“出于必要，中情局在美国本土的脚步放得很轻，”他说，“这是第一次。这是历史性的。我们不要搞砸了。”

“我向你保证。”

“好的。华夫饼呢？”

“什么？”

“我听说你们这里的餐厅有华夫饼。我爱吃甜食。”

9天，19小时

● 堪萨斯州，堪萨斯城

作为一名现代赏金猎人，零9号唐·怀特早就知道，流浪汉是所剩无几的隐形人之一。穷人可能永远与我们同在，但人们会从他们身上跨过去。当人们路过帐篷聚集区，或在红绿灯前被某个可怜的人搭讪时，会绕过他们伸出的手而不中断自己的交谈，或者踩下油门，目视前方，车窗紧闭。

你想离网？那就去和那些下等人、瘾君子和酒鬼、底层流浪汉、连精神病院都管不了的疯子、因智力低下而获减刑的杀人犯、被剥夺未来的退伍老兵为伍，他们更喜欢待在这个城市的无人区，在铁路桥下，在帐篷区，在那些远离文明世界的狭窄地带，他们可以不受干扰地生活多年。

唐独来独往。他把钱藏在城市边缘的几个藏身处，留着胡子，习惯了穿脏衣服睡觉。他身强力壮，足以自保；没有人敢靠近他。他很快就让那些疯子觉得他才是疯子。他胡言乱语，用伏特加酒瓶喝水，似乎记不起自己是谁，从哪里来，举起拳头，必要时狠狠地揍同伴。当然，他口袋里还有一部一次性手机。在街上买的。唯一知道这个手机号码的人是他妈妈的一个邻居。

他的生活模式：白天睡觉，晚上散步。就这样。吃劣质食物。远离警察。厌恶的感觉很难控制。无聊的感觉非常强烈。他甚至把一瓶伏特加（真伏特加）送给了一个干瘦邋遢的小鬼，就为了用那小鬼带杂音的手机看球赛。忘记三百万。过了三个星期，他向上帝发誓，他再也不会把以前的生活视为理所当然了。他会赞美干净的床铺，为塞满食物的冰箱高唱哈利路亚，早上洗澡前弯腰祈祷。

他不抱任何幻想：接下来的九天十九小时将是最艰难的。你不会习惯这样的生活。越是接近大奖，他的心越是怦怦跳，他就越怀疑自己，觉得自己的整个计划有很大的漏洞。一个爱管闲事的警察就能让一切真相大白。也许他应该离开这座城市，但是随后，就在他坚决要转移地点时，作为一名专业人士，他想到，嗅出一条新的线索是多么危险，于是，他再次投入到他的职业中，回到针头、空酒瓶和被遗弃的生命之间，回到桥下的三层煤灰纸板上。

想着这些，他走到加油站，像他这样的人会到加油站买面条、饼干和廉价酒。他低着头。他知道停车场和过道上都有摄像头，他怀疑每辆越野车都是融合公司的车辆，每个戴着自行车头盔的白痴都是国家特工。他开始有点理解疯了的感觉。

妄想症患者相信自己一直处于持续的监视之下，确信自己被监视、监视、再监视，而现在最大的笑话是，**他们确实被监视了**。我们都被监视了！几天前的晚上，当唐听到他的一位邻居低声祈祷，并向获取了他内心想法的外星人道歉时，他有了一种同病相怜的感觉。对厄运之人产生亲情，这让他很烦恼。

所以他想，也许今晚，他会犒劳一下自己。没什么特别的。他只是从加油站挑些他真正**想**吃的东西：奥利奥饼干，几瓶冰镇的草原周末牌啤酒。他到了加油站，调整了一下帽子，遮住脸，不让柜台前的摄像头拍到，拿起一包饼干，然后走向啤酒。瓶子已经结霜，他可以听到当他缓缓揭开瓶盖时瓶子发出的叹息，可以看到让他喉咙干渴发紧的细微水汽。

我们就是我们的习惯。他记得比利·格雷厄姆反复说过这句话——他不是布道家，而是一位非常出色的前侦探，在自己刚从海军陆战队退伍时，他曾指导过自己怎么做赏金猎人。*而且我们无法打破这些习惯*。每当他们要找一个在逃的人，比利都会去询问他的家人，找出谁和那个人关系最好（通常是妈妈），然后就坐在她家门外等着。如果妈妈不在了呢？没有家人呢？那就在那个人最喜欢的酒吧外面等着。*我们就是我们的习惯*。比利总能抓到人，他知道我们按照模式生活，如果我们要保持我们的本性，就**必须**回到这些模式。

唐把手放在冰柜门上。他付的是现金。即使融合公司知道他的习惯，知道他喜欢草原周末和奥利奥，他们也无法追踪现金交易，不是吗？该死。谁知道他们能做什么？也许他们会在两样东西一起卖的地方多找找。不值得冒这个险。

他走到相邻的柜子前，挑了一瓶科罗娜，把奥利奥放回货架。他拿起一袋多力多滋。他痛苦但理直气壮地走回收银台。

9天，19小时

● 华盛顿特区，融合中心

“女士们，先生们！零9号命中！我们抓到他了！”

谢天谢地。只剩两个了。凯特琳·戴和詹姆斯·肯纳，零10号和零2号，加起来就是十个。全部十个。他们将越过终点线，还剩九天多一点的时间。

赛下楼来到“虚空”，拍拍大家的后背，和他们握手：“你们这些家伙！钢铁般的意志！”他把零9号小组组长、挂着“特里”名牌的人请到台上，然后看到角落里和埃里卡站在一起的伯特。这是一个好时机，可以向这个阴沉的政府走狗再次证明，他能和这样的酷炫人物共事是多么幸运。“来吧，特里，告诉其他孩子你们是怎么做到的。”

笑声响起。整个场所洋溢着轻松的气氛，人们从自己的巢穴中走出来，在那里，他们被禁锢、压抑，已经在这项行动中扮演各自的角色长达三周之久。

特里不会超过二十五岁。还有痤疮。脸像芝麻餐包。体形像铅笔。开始他的声音因紧张而尖利，然后就进入了状态。

“主要是靠‘清晰预视’。我们认定唐·怀特是堪萨斯城人，彻头彻尾的堪萨斯城人。我们发现他曾是海军陆战队员，后来成为赏金猎人。然后他的膝盖出了问题，所以……他肯定知道如何隐藏，但他几乎没有离开过堪萨斯城。不是露营者或徒步者。因此我们制作了模型，测试了模型，然后操作了模型。”

“值得铭记的金句。”赛说。

特里紧张地笑了笑。“呃，总之，模型预测他会躲在一个流浪者社区里。我们认为他会有一台紧急情况下使用的手机，他的母亲年纪很大了，但我们没办法在大堪萨斯城地区找到他。如果他保持同样的模式，我们就找不到。所以我们把重点放在了已知的帐篷区和分租屋附近的便利店。我们已经知道他喜欢啤酒和零食这类东西。然后我们在这些信标上下苦工。”

伯特在角落里看着，现在是时候让赛既当老板又当教育者了。

“让我插一句，特里。谢谢。信标，记住这个词。那么……我们知道些什么？我们知道，如果我们想追踪智能手机到某个地址，看看某人是否在自己家里，那么 GPS 是个好东西，但它不适合细节工作。”他把这次汇报变成了 TED 演讲，对着头戴式麦克风说话，放大的声音充满整个“虚空”，“它最多只能提供六十英尺的精确区域。但在大城市里，这意味着我不知道你是在星巴克，还是在隔壁的甜甜圈店。但我**想**知道这一点。我想知道的还**不止**这一点。当然，我们可以查看你的信用卡收据和会员卡来反向查找。很简单。但我想知道的是实时情况，不仅是你的确切位置，还知道你是否在买全麦米饭，而不是普通的白米饭……**而且**我想知道，你是否在花了三十秒盯着披萨选项之后才买了全麦米饭。因为那样我就**知道**你被披萨诱惑了十六秒。这些知识能让任何笨蛋更有效地推销广告，如果他们能在**那一瞬间**找到你……触及你……那么，当你在回家路上准备家人的饭菜时，他们向你推销路边新开的披萨店的打折券，一条简单的'点击接受'信息就可以完成，而这条信息将在接下来的四十分钟内失效，你就很有可能会把健康食品留在冰箱里，然后去订披萨。那么在融合呢？在融合，这些知识在帮助我们抓住坏人方面有惊人表现。得益于闭路电视的普及，得益于我们在 Verizon 和 AT&T[1] 的朋友和他们出色的工作，他们通过在全国每个城市、每栋建筑放置小信标来增强老式基站的功能，大量的信标、信标、信标，融合拥有了一个完整的网状网络，可以让我们**实时**记录高精度的细节。你拥有一部普通手机，在过道上你最喜欢的啤酒前停顿一下，就能帮助我们抓住你。特里，这家伙最喜欢什么啤酒？"

1　美国的两家跨国电信集团。

“草原周末。”

笑声。多么酣畅的欢乐。

“几秒钟后，”赛继续说，“这家伙停在他喜欢的零食前几英尺的地方，我们就知道了——特里，这家伙喜欢什么零食？”

“奥利奥。”

笑声。

“所以你用他的手机追踪到他了？”赛问，“怎么追踪的？”

“他太小心了。没有打开他的一次性手机。在这种情况下，附近的闭路电视挖掘为我们提供了一个可能的男性，年龄、身高和步态都匹配，他正走进一家商店。我们通过商店内部的摄像头，看到这个戴着兜帽的家伙花了好长时间考虑买哪种啤酒，但当我们按下结账扫描仪时，他实际上买了六瓶科罗娜。但下一件他**差点**要买的东西……”

“就是控制不住自己。”

笑声更大了。

“败给了奥利奥。结案，”赛对在场听众得意地说，特别是说给伯特听，“有了这些信标，5G，很快就会有 6G 和 7G，这意味着我们现在可以像读一本书一样读懂任何人，像玩木偶一样玩弄他们。新世界，诸位。新世界。”

在同事们“太神奇了”和“太棒了”的评论声中，赛露出了他电影明星般的笑容。“你们在抓捕车的后座上给他准备了什么？”

组长点击他的平板电脑，唐·怀特的巨幅图像出现在“虚空”的墙壁上，他坐在越野车的后座上，面容憔悴，胡子拉碴。两边各有一名特工，一个拿着一盒奥利奥，一个拿着六瓶装草原周末，都对着镜头咧嘴笑，把他们的礼物塞进唐·怀特怀里。他看起来好像快吐了。

赛带头鼓掌，然后指着大屏幕，那里只有零 2 号（詹姆斯·肯纳，科技企业家）和零 10 号（凯特琳·戴，图书管理员）的头像还没有变暗。

8天，17小时

● 纽约州，萨拉托加温泉

街上有摄像头。就连她晚上栖身的塑料花园凉亭里也有摄像头。它们无处不在。我是凯特琳·戴，她一边想，一边努力始终如一地像别人而非她自己那样走路。我正在参加政府的一项实验，以测试其最新的大规模监控能力。这让她忍不住笑了起来。当真相听起来像偏执的妄想时，你到底会怎么做?

在她的裤兜里，皱巴巴塞着上一张百元大钞的找零。她把纸币压平。两张二十，一张十元，四个一元硬币，两个二十五美分，一个十美分，一个一美分。去她的目的地，车票需要四十美元。这些钱不能花。她把两张二十元卷起来，藏在鞋里。剩下的十四美元和零钱,要支付两到四天的伙食。好吧，很多人都就靠这么点钱生活。屁话，四分之三的人类能有这么点钱就心存感激了。那就过穷日子吧。现在书店有售《七美元一天的美国》，作者……作者?问得好。她究竟是谁?当她在城市边缘游荡时，她一遍又一遍地提醒自己，待在那些无人留意的地方。有时，她觉得自己的表停了。她盯着它，等待分针的跳动，但进度似乎没有规律。慢，慢，快，快，慢。是表的问题，还是她自己的问题？不是时间在作怪，而是她自己。不好。不好。正在失控。

沃伦，我快坚持不下去了。

你想回家吗，宝贝？

是的，但我也不想放弃。我不能。

她倾听他的声音。她振作起来，随着脚步的节奏低语，一侧的脚又开始疼痛。振作起来，女孩。继续走。

第二夜半夜，她睡不着觉，跌跌撞撞地翻过栅栏，来到一座城市公园，一大片装饰性灌木丛被雄心勃勃的设计师修剪成一把撑开的伞，她在下面度过了几个小时半梦半醒的时光。在街边的小推车上买了一杯咖啡和一份松饼，然后——必须这样做——从对面刚卷起百叶窗的小贩那里买了一份报纸（太贵！）。去另一座公园的长椅上吃。打开《华盛顿邮报》的最后一页。看到：

孤独女孩。做得好。现在靠你自己了。闪耀时刻。是时候了！

她想哭，想尖叫。她对沃伦说，亲爱的，我还在这里。

在公园里，她擦了擦眼睛，低头看了看穿矫形靴的脚。她决定，是时候脱掉这玩意儿了。脱下靴子，感受冷空气浸透她的皮肤，慢慢转动她未经测试的脚踝，发现还能动。依然很疼，但也只能这样了。一丛茂密的灌木容留了这只被丢弃的靴子。安息吧。

快到汽车站时，她用五块钱贿赂了一个看起来很落魄的孩子，让他在车站售票窗口给她买了一张票。她低着头，踉踉跄跄地上了车。睡觉。

当汽车摇摇晃晃行驶时，她想，现在一切都如此接近了。她只要挨过剩下的九天。不管他们已经抓到了多少零号，他们还得抓一个行事不拘而意志坚定的图书管理员，而且时间不多了。给我点优势，她告诉沃伦，给我点优势，宝贝。

8天，6小时

● 得克萨斯州，达拉斯

说话声。

他一定是打瞌睡了。没有听到停车声。但现在有两个人在他的仓储间门外说话，声音很近：

“这一个？”

“就是这个。”

“确定？”

“就是这个。”

然后……然后……敲门声。

该死的敲门声。他盯着门。等待。然后……更响的敲门声。

对于詹姆斯·肯纳——零2号，隐私专家、软件开发人员——来说，敲门声让他始料未及。

他屏住呼吸，让电脑进入休眠状态。踢掉鞋子。穿着袜子走路。关灯。

“肯纳先生？”

啊，该死。

“肯纳先生，我们知道你在里面。”

第二个声音：“融合抓捕小组，肯纳先生。”

詹姆斯在黑暗中，可笑地希望，如果他在这个关键时刻什么也不说，什么也不做，他们可能会离开。

“你想开门吗，肯纳先生？”

几分钟后——在肯纳的时间里简直是永恒——木门一击而破，长方形的光束射入黑色的水泥盒子，一个高大的男性身影挥舞着大锤走了进去。

“零 2 号？詹姆斯 · 肯纳？”

后来，詹姆斯在平板电脑上签署了授权书，靠在一辆黑色越野车上，谦卑地要求知道他们是怎么找到他的。

他被告知：“你的播放列表帮了大忙。”

“我的**播放列表**？我用一个无法破解的化名来收看所有内容。你们破解了我的化名？”

“没有，你的掩码软件很不错。”

“那我就不明白了。我的**播放列表**？”

“嗯，你是块难啃的骨头。一开始我们试图全面解密 MaskIt 的工程技术，因为我们确信你会使用它，但到目前为止，它仍然在抵挡我们的努力，这里要为你鼓掌。然后我们查看了你的生活。然后是你的房子。都翻了个遍。每一个细节。人类的生活——每一个行动，每一次购买，都会引发无数涟漪，就像掉进池塘里的小石子一样。不过你知道这一点。然后我们追踪所有线索。一无所获。直到我们在你底层抽屉里发现了一件T恤。突破可能来自任何地方。”

“T恤？”

“我们就是这样找到你的。”

“但是……”

“很明显，我们什么都检查，所以我们看了你的每一件衣服。”

“T恤？你刚说一件T恤？你们通过一件T恤找到了我？”

“那件写着‘不是人人都会功夫’的T恤。《功夫格斗》这首歌如今进不了排行榜前40名，所以我们认为你可能喜欢这首歌，它可能是你播放列表中的最爱，所以我们开始监控全球各大网站上这首歌的美国用户播放数据，排除了所有**不可能**是你的人，最后得到了一份非常简短的《功夫格斗》爱好者名单，如果你愿意这么说的话。每天也就一万人左右。但还是有很多数字需要计算和做三角测量，不过那就是融合为你效劳的地方。这让我们找到了一位乌莱特先生的账户。名字是埃杰克，我们追踪到了这个人正在播放的其他歌曲。分析员们发现这个播放列表里都是詹姆斯·肯纳经常听的歌。所以从这一点出发，埃杰克·乌莱特可能就是你。很快，在入侵几个网站获取私人数据后，我们发现乌莱特先生经常上线，甚至有一两次以他的名义送餐到这个地址。于是，乌莱特先生的所有网络流量都被我们掌握，我们由此定位了使用这个化名播放这些歌曲的电脑。流媒体播放的地址，哦，还有意大利肉酱通心粉的送货地址，对，就在这里。”

“对，”詹姆斯喃喃自语，胡子拉碴，浑身僵硬，蓬头垢面，他摇摇头，“T 恤……”

“但正如我所说，你消耗了我们很多资源，在这一点上祝贺你。我也要说：你提出了**正确的**问题。”

“是吗？那是什么问题？”

特工耸耸肩。“肯定不是人人都会功夫吧？”

7天，18小时

● 宾夕法尼亚州，斯普劳尔州立森林

白天。傍晚。深夜。黎明。坐了五个小时的巴士，搭了六个小时的顺风车，又徒步三个小时。每走一步都感到脚踝疼痛。最后，她终于走出了茂密的林地，停在了山脊的边缘，俯瞰一间位于被黑橡树和枫树环绕的孤立空地中的小木屋。烟囱里升起袅袅炊烟，屋里燃着一盏灯。她想哭。

当她踉跄走下山路时，可以看到屋里有人走动。她想跑起来，但腿脚不方便。太累了。在距离前门二十英尺的地方停下，她看清了里面的人。一个熟悉的身影。她弯下腰，捡起一粒石子，扔到玻璃上，发出叮的一声。里面的人抬起头。两个女人四目相对。

几秒钟后，前门打开。走到门廊的女人穿着瑜伽裤和彩虹色针织毛衣。年龄相仿。头发剪成黑色波波头，戴着一副大圆框眼镜。她举起手来打招呼。

“亲爱的，你看起来糟透了。”

她笑了，但笑容疲惫。“嗨，宝贝。”

“你成功了。”

“马马虎虎。”

她们投入彼此的怀抱。

穿彩虹色毛衣的女人低声说：“你运气不错。我做了汤。”

她们转身一起进屋。门关上了。

7天，9小时

● 华盛顿特区，融合中心

一大早，赛就盯着大屏幕——十张头像中有九张变暗了，包括五位专业人士中的每一位。他想，只差**这么**一点，我就能回到帕洛阿尔托度假了，然后他的目光转向最后一张没有变暗的头像，又看了看倒计时的时钟。凯特琳·戴，你在哪里？真是够了。

在过去的两天里，他对凯特琳·戴的钦佩之情已经悄然褪去——实际上是陡降，取而代之的是恼怒和困惑不解。是的，她很出色地测试了融合的能力，但整件事有些**不对劲**，这让他不爽，非常不爽。看看吧：一个图书管理员，在这个领域毫无专业知识，单枪匹马，受精神健康问题的困扰，扭伤的脚踝甚至需要穿矫形靴，但她仍然指挥着全世界最好的监控设施精彩起舞。这根本说不通。他曾多次翻阅她的病例记录和生平，没有任何迹象表明这只跛脚鸭会有如此出色的表现。照这样下去，她会赢得胜利，也许会对融合公司声称“随时随地找到任何人”的说辞造成致命打击。为了预测她的下一步行动，已经花了超过预期的时间。她溜去加拿大是个绝妙的策略；这让他们每天都要去和加拿大人交涉，让融合公司失去了时间和追踪机会，也让零 10 号追捕小组难以掌握她目前的位置和动向。如果她面临的挑战是远离雷达，那么她已经赢了：没有任何一个光点出现。简直可笑，融合虽然拥有强大的力量，在凯特琳·戴身上却显得力不从心。

索尼娅·杜瓦尔奉命出现。

赛没有看她："我要做些改变，索尼娅。我要你回到零 10 号小组。接替扎克。现在由你负责。你同意吗？"

年轻女人就像发光的笔记本电脑一样喜形于色。"当然。"

他接着问："为什么我们找不到她？"

索尼娅花了一点时间，和赛一起看着一幅美国和加拿大数字地图。地图完整无瑕，没有突显任何一个值得关注的地方。

"也许是因为她表现得不像她自己？"

7天，6小时

● 宾夕法尼亚州，斯普劳尔州立森林

她在浴室里忙着把头发染成金色，还能闻到炉子上热汤的味道。这是凯特琳妈妈的食谱。美味。两个女人坐在一起吃，聊着过去三周发生的事情，她回顾了整个惊险旅程，逐一分析了她所施行的这个大胆计划的智慧和有效性，这个计划既能吸引注意力，又能躲避侦查。

之后，她睡得像潜水艇一样沉。疯狂的梦。一觉醒来，恢复了一些精神，当太阳下山，夜幕降临，她和朋友再次坐到餐桌旁。餐桌中间放着一部手机。旁边放着电池。

“谢谢你做这些事。你真了不起。”

“亲爱的，不客气。只要你坚持到底，让他们付出代价。”

“我在努力。”

“我看得出来。”一个温柔的微笑，“好吧，那我们开始吧？”

“开始吧。”

“你来还是我来？”

“你来吧。”

“好吧。让我们大开杀戒。”

两只散发着切碎的洋葱和新鲜百里香气味的手，拆开手机背板，插入电池。咔哒。然后拇指按下电源键，几秒钟后屏幕亮了。右上角有两条杠，信号足够好。

7天，6小时

● 华盛顿特区，融合中心

“赛！”是索尼娅·杜瓦尔，她回来了。

“嗯？”

“我们发现一部电话！我们认为是零10号的。刚刚再次开机。”

她的声音在他耳边响起，因激动而颤抖。

他在办公桌前琢磨：这又是一个诱饵吗？又是这个该死的女人在耍他？

“我们怎么知道是她，而不是她的又一次误导？”

“嗯，是的，这是她在波士顿买的最后一部没有被追踪的手机，但它使用的是新的SIM卡，所以很明显，这是第一次试图隐藏其中一个使用者的身份。我们通过手机的序列号进行定位，我们……赛，我们得到一个位置。失踪的一次性手机已上线。”

“在哪里？”

“宾夕法尼亚州斯克兰顿以西一百英里。森林里的某个地方。信号刚刚传过来。”

有人敲门。是埃里卡。他们对视。

“你听说了？”她问。

赛有强烈的预感，这次就是凯特琳·戴。“我想去那里。”他宣布，让埃里卡很吃惊。这毕竟是最后一次抓捕行动，可能是一个庆祝的时刻，庆祝数十亿美元的联邦基金将流向融合公司，而且，他内心深处也想和这个特别的零号面对面，看看自己能否找到图书管理员意外长命之谜的答案。

他问索尼娅：“最近的抓捕小组在哪里？”

“纽约。”

“我想先到那里。”

他的目光随即转向他的搭档、他最好的朋友、他的爱人：他在埃里卡的脸上也看到了兴奋。这是她的胜利，也许比他的胜利更重要。

“我们走吧，”他说，“跟着我。”

6天，23小时

● 宾夕法尼亚州，斯普劳尔州立森林

他们乘直升机空降在陡峭的坡地上。赛穿着高科技隐士风格的套装，手里攥着灰色的笔记本电脑包，被护送着穿过冻土——穿 Allbirds 鞋走路不易——坐上宾夕法尼亚州自然保护与自然资源部的一辆越野车。埃里卡被匆忙安排坐在他身旁。车门关上。两人都没有说话。两百英里，这是他们找到她的手机时，赛和这个零号之间的距离，现在已经变成了两英里的土路。随后，两英里变成了棒球运动员的投球距离。

当他走下车时，司机拿出一件聚酯填充外套，他随意穿上了。第二架后备直升机上的一名抓捕小组成员叫嚷着“警戒线”和“掩护撤离路线”，赛却径直沿着前面的小路走向小木屋。那手机发出的红色脉冲警报让他无法抗拒。埃里卡紧随其后。

然后，赛走上门廊。他敲了敲门，听到的不是骚动声，而是“请进”。

里面是一个主房间，一个舒适的开放式厨房 / 餐厅 / 起

居室，装饰采用美国工艺美术风格。他走进去，注意到劣质的油画和许多绗缝作品，一个开放式火炉，火炉前的沙发上，坐着一个女人，她正在织毛衣，对着他大方地微笑。

但这不是凯特琳·戴。很接近。同样的头发，同样的眼镜，同样的年龄。但不是她的脸。门牙之间有一条缝。

“你好，我找凯特琳·戴。”

“嗯，我很确定你正看着她。”

“凯特琳·伊丽莎白·戴？”赛补充道。

“凯特琳·伊丽莎白·戴，”那女人重复道，“上次我核对过。”

抓捕小组的其他成员跟在赛身后拥进来，房间里挤满了风衣和棒球帽。

“马萨诸塞州波士顿市马尔堡街 89 号，7 号公寓？”埃里卡在赛身后说，而赛只是盯着这个勉强相似的人。

“不太大，但适合我。”

赛的目光落在桌子上的手机上。

女人顺着赛的目光看去，笑了笑。

“那是凯特琳的，”他坚持说，“我们知道。”

“嗨，**这**没错……那部手机**确实**是凯特琳·戴的。你说的没错，毫无疑问。”

赛提高了嗓门。“你是谁？”

埃里卡调出一张照片，走向那个女人。向她展示了最初归零面试时的定格画面。“你认识这个女人吗？”

女人接过照片，端详了一下，然后递回来。“是的。当然，我认识她。”

“她是谁？”

“你们还没想明白吗？”

6天，20小时

● 宾夕法尼亚州，斯普劳尔州立森林

她和沃伦是在乔治敦的一个家庭派对上认识的，当时沃伦正在完成博士学业，而她在瀑布教堂的伊诺瓦·费尔法克斯医院工作。一开始，她以为他的目光掠过了她。也许他并不是在寻觅目标，或者他已经看中了别人，但在他们被介绍认识后，随着他们的交谈，她能感觉到他在向她靠近。有人调侃了一下女司机，她就把自己从七岁起就在父亲身边工作的经验告诉了他，她父亲曾为全国改装赛车竞赛协会的许多车队当过维修工。在那之后，沃伦的注意力都集中在她身上。她喜欢这样。他们聊起了华盛顿的聚会场所。家庭。她的工作。安静的时候她喜欢读些什么。当他把她拉到人们跳舞的地方时，她知道他喜欢上她了。

“你叫什么名字？”

她闻到他呼吸中的威士忌酒味，知道他玩得很高兴，也很享受和她在一起。

“我已经告诉过你了，但你忘了。你只有一次机会。”

气氛喧闹，汗意蒸腾；空气中弥漫着香烟和啤酒的味道，还有学期结束后的校园放纵气息。他把手搭在她的后腰，感觉很好。后来他就一直揽着她。

当他把她拉近一些，说“来吧”时，她轻轻把他推开了一点，在他的臂弯下打个转，让自己再次被他抓住。他扶着她后仰，让她又惊又喜。她放声大笑，笑声浑厚，他听到了，脸上一亮。

当音乐在一段强音中结束，他旋转并再次接住了她。有人在和自封的DJ争吵。他们周围响起了对替换曲目的起哄声。但他们已经成了一个小小的气泡，只有他们两个人。他有漂亮的眼睛，高颧骨，左耳旁有一颗小痣。他们并肩坐在楼梯上，可以听见彼此的声音，她对他直言不讳。

“他们说，在最初的十五分钟里，你差不多可以了解到另一个人的所有基本信息。”

“那我们的时间快要用完了。”

“如何通过精简的信息做出非常准确的评估，”她用时髦的口音告诉他，“显然，这就是所谓的切片分析。”

“精简的信息？不错。嗯，很酷，你的切片尝起来是什么味道？”

她翻了个白眼。“认真的吗？”

他做了个沮丧的表情。“好吧，既然我们刚刚度过了第一个十五分钟，那就说说**我**吧。你发现了什么，夏洛克，鉴于你刚刚把我切成了薄片？”

“想知道？”

“我知道会后悔，不过，是的。告诉我吧。”

“好吧。你是个聪明人，很明显，但你需要喝上几杯才能拥有你想要的自信。聪明但害羞，互相平衡。”

“哎哟。还有别的吗？”

“还有，你想成为一个很酷的人，为了**实现**这个目标，你正在错过很多根本性的东西，以后你才会发现，那才是你真正需要的。”

“哇。错过根本性的东西？比如？”

当时他正握着她的手。

“比如我的名字。”

他笑着摇了摇头。“有道理。那就可怜可怜我。再给我一次机会，明晚我请你在城里任意一家价格合理的餐厅吃晚饭，你自己选。那么告诉我，你叫什么名字？”

她抬头看着他。他不像她最近遇到的那些自以为是的书呆子。她感觉他身上有别样的东西在呼唤，而她体内也有类似的东西在回应。宇宙的回声。然后她想知道，一个人怎么会既感到舒适、安全，身处熟悉的环境，同时又感到兴奋、危险，站在一个全新世界的边缘。

他们在马路对面找到了无人角落。加油站，已经关门。盈盈月光落满前院。亲吻，在普通汽油和柴油之间。

“萨曼莎。我叫萨曼莎。”

6 天，20 小时

● 宾夕法尼亚州，斯普劳尔州立森林

“萨曼莎，”凯特琳·戴说，“我的朋友萨姆。坚强的女孩。祝你们找到她。”

赛还在处理这个信息中：“萨曼莎？”

“萨曼莎·克鲁。她长得有点像我。牙齿更好。但她不戴眼镜。**现实**中不戴。如果**这**是现实的话。我说过汤了吗？”她的目光落在赛身上，“先生，你看起来需要喝点汤。”

6天，19小时

● 宾夕法尼亚州，斯普劳尔州立森林

萨曼莎·克鲁，娘家姓沃赫斯特，急诊室执业护士，三十一岁，自然金发，视力20/20，喜欢喝啤酒（牙齿间没有凯·戴那样的缝隙），此刻正从距离小屋半英里远的一个树木繁茂的山脊上用双筒望远镜观察着，只见赛·巴克斯特本人（震惊！）和一位她猜测应该是埃里卡·库根（双倍震惊！）的女士走出门廊。萨姆知道自己应该离得更远一些，但她也想确认她的朋友凯特琳安然无恙。当她观察时，她看到赛脱掉身上的外套，扔在地上。看来是在大发脾气。埃里卡·库根一直等到赛踢完地上的外套，才碰了碰他的胳膊，向他靠了靠，好像在说什么安慰的话，巴克斯特的肩膀随之耷拉下来。他在听。似乎能听进去。他最终点了点头，任由人把他带回屋里。

萨姆又等了两分钟，直到她听见直升机“砰——砰——砰”的升空声。现在就要开始对森林进行空中扫荡了，天知道他们还能使出什么花招。她把望远镜放进干净的新背包，检查笔记本、水壶和求生手环是否齐备。到目前为止，她的第二阶

段计划一切顺利。至少她现在得到了他们专一的关注，这正是她想要的：巴克斯特和库根来到这里就证明了这一点。不仅是巴克斯特和融合计划的关注，她希望得到美国每个安全部门的全部注意力。从此刻开始，她要充分利用这一点。

第二阶段

6天，19小时

● 宾夕法尼亚州，斯普劳尔州立森林

小木屋里，赛坐在一把下陷的扶手椅上，对面是笑容和蔼的凯特琳·戴，他继续审问这个令人抓狂的疯女人。但是，受审者并没有被吓倒，反而显得很高兴，仿佛她不想让这一切结束。

“你得把你知道的一切都告诉我们。”

“当然。这就是我们的计划。”

“计划？”

“她要我告诉你们几乎所有的事。只要是我知道的，全盘托出。”

赛和埃里卡对视一眼。

“她来过这里？”

“确实。”

“她什么时候离开的？”

“下一个问题。”

“你说了**所有**。”

“我说了**几乎**。”

“她现在去哪儿了？”

“不知道。我没问。下一个问题。”

“你似乎很享受这样。”

“起诉我啊。”

“她为什么来这里找你？”

“告诉我是时候打开手机了。”

“我们需要从头开始。告诉我萨曼莎的计划。”

凯特琳在回想开始的情景时，从牛仔裤上掸了掸想象中的灰尘。

“啊，让我想想……萨姆拿着申请表和一些从网上下载的东西来找我，说她想参加这个试验，问我想不想跟政府和监控资本家们好好干上一架，看看他们对公众隐私的侵犯和对公众舆论的暗中影响。诸如此类。如果你们了解我，就会知道这是一个设问句。事实上，这种事情对我来说就是眼中钉，所以我说‘正合我意’，因为我爱我的国家，我是说**真正**爱我的国家，巴克斯特先生，它**可以**是什么，**应该**是什么，而不是它现在是什么，正**朝着**什么方向发展。爱这个国家的理念。但是政府做了这么多可怕而愚蠢的事，这么多狗屁倒灶脑残至极的事，在我成年之后，一直在抗议或试图抗议，写了一封又一封信，但他们没有改变一丝一毫。”

她说到这里才喘了口气，已经好一会儿没顾得上呼吸了。

“别让我再提‘世界共享’和你们两个笨蛋了。总之，我答应了，我们制订了计划，就这样。这让我很兴奋，因为我得去买手机什么的，还得请我的朋友们帮忙带着手机，借汽车，和——”她挥舞双手，示意周围宜人的环境，“小木屋之类的事情。当然，所有的钱都是萨姆出的，我们每天都在一起商量，直到她辞去护士的工作，搬到我的公寓，染了头发，我向图书馆请了全部的假，隐姓埋名坐巴士来到这里，萨姆准备了很多食物、图书和其他东西等着我。事实上，我过得很愉快，因为我更喜欢独自面对这个世界。我刚刚接连读完了《格雷的五十道阴影》和《资本论》。我们都是被奴役的——这基本上就是那两本书要传达的信息。”她的笑声久久不散。

当这个新凯特琳的欢笑平息时，埃里卡向前倾了倾身子，她的恼怒程度只有赛的一半。

“凯特琳，我想我能让你相信，我们正在做的工作有多么重要。”

凯特琳耸耸肩。“实际上，我认为**重要**的是反对任何想要收集每个人的全部信息并永远据为己有的组织。这就是你们的作案手法，对吗？高于‘老好人中情局’？顺便说一句，我在引用你们的古斯·亨特[1]2013年的演讲稿。YouTube上有。请原谅，但是，呸。”

埃里卡发现自己被这个古怪的活跃分子吸引住了。她满腹牢骚，喋喋不休：又一个想要成为立法者却没有立法权的人。

“恐怕我不能认可一个从算法放大、传播和精准投放腐败信息中获利的私人公司，这些信息大多是通过协调一致的虚假信息计划产生的，它们分裂了我们的共同现实，毒害了社会言论，瘫痪了民主政治。”凯特琳补充道，“为了什么目的，各位？什么目的？为真相制造杀戮战场，煽动暴力和死亡，最终让民主本身成为私人监控资本主义的牺牲品，把我们推向世界末日善恶大决战？不，女士。我想我不赞成。你知道末日战场是真实存在的地方吗？哈米吉多顿。在以色列北部。我想那里的房价应该很低吧。哦，我们在这里做的事——小木屋，萨姆和我，所有的一切——都是完全合法的，如果你想知道的话。我们读了你们寄来的协议。我在文件上签了字，说你们可以调查我的数据，所以我是清白的，她也是清白的。我想我的意思是，滚你妈的蛋。”

赛看起来什么也不想说，于是埃里卡又站了出来：

1 Gus Hunt，美国网络安全专家，曾担任中情局首席技术官。

"我开始理解你的原则了，凯特琳。这很有帮助，谢谢你。但你能告诉我们更多关于萨曼莎的事吗？我猜她对于……我们在这里所做的事，感受和你一样吧？"

凯特琳没有理会这个问题，她已经心不在焉了。"我待在这里还学了元素周期表。有**那么**多时间。自从我最好的朋友在一年级时死记硬背了元素周期表后，我就一直把它列在我的待办事项里。想听听吗？氢、氦、锂、铍、硼、碳、氮、氧、氟、氖、钠、镁、铝——英国人的拼写不一样——硅、磷——"

埃里卡试图打断。

"硫、氯、氩——"

"戴女士，劳驾！！！"

提高的音量起了作用。凯特琳的语流止住了，她看着埃里卡，似乎比起看赛更喜欢看她。"戴**女士**？好久没人这么叫我了。我未婚，不过我真傻，我猜你们应该都知道了。我一直没有找到我的灵魂伴侣。现在？没有机会。我已经容颜不再，不过机会原本也不多。从来没有找到爱情，不像萨姆和沃伦。不过我背诵到哪儿了？对了……钾、钙、钪、钛、钒……对萨姆来说很可怕，自从他，你知道……太糟糕了……铬、锰、铁、钴、镍、铜、锌、镓、锗……完全消失了。锗之后是什么？哦，消失了。不见了。别紧张，我跟你们闹着玩呢。我没事。精神稳定——"

"够了！"赛大声说，"有人问你问题。你必须回答。顺便说一句，我现在就可以告诉你，你一分钱奖金都拿不到。你——我是说，你的朋友被取消资格了。测试结束了。"

埃里卡看到，赛的那股小男孩的暴躁脾气、"我要把球带回家"的性格特征此刻暴露无遗，很不讨人喜欢。他真的被这一切击垮了。

"为什么结束了？"凯特琳问，进一步激怒他，"你们还没抓到她。她才是你们要抓的人，对吗？当然不是我。"

"她做了虚假陈述，"他回答，"误导了我们。"

"哦。我以为这个测试，就是要看看你们能不能智取恐怖分子和国家敌人的？如果你是在宣布时间已到，那么看起来是她赢了。"

他深吸一口气，让自己平静下来。"所以你是说，萨曼莎认为我们还会继续追捕她来取乐？她打的是什么算盘？"

"难道你们不打算继续追捕？"

"我们抓住了凯特琳·戴。"

"但你们在找萨曼莎·克鲁，只是你们不知道而已。"

这话击中了他，就像在沙滩上被怪浪掀翻，翻来覆去，感受刺人的沙子和咸涩的海水，因为他现在**明白**了：这个女人令人费解之处在于，为什么一个能在数据宇宙中伪造线索的聪明人，却做出了如此愚蠢的事情，在繁忙的街道上使用自动取款机，让摄像头拍到自己的脸，这完全是为了让融合把萨姆的脸和凯特琳·戴这个名字关联起来，但在这之前，**在这之前**萨姆就可能已经把她的脸弄到凯特琳的驾照和护照上了，他现在猜测这两样东西最近都更新过！如果她没有做这些事，融合就会把更多的资源集中在档案照片上，可能会更早发现这个可爱的调包计。

“你们是怎么交流的？”他问。

“什么？”

“我说，你们是怎么交流的？你还有别的一次性手机吗？”

“哦，你会觉得很好笑：我们当面交流。我**知道**。面对面。很古雅，嗯？通常是她来图书馆的时候，或者我们一起徒步的时候。她不太喜欢徒步，但这可以把她训练成国家的眼中钉肉中刺。可怜的萨姆。她很孤独。遭遇背叛。没人相信她。连她的家人也不相信她。总之，我说到哪儿了？对了。我们当面交谈。我不相信设备——这是确诊偏执狂的好处之一。所以。总之。徒步。所以通过我们小小的徒步俱乐部，我遇到了苏，她拥有这个小屋。哦，分类广告，我们这样交流。我们在分类广告栏刊登广告。如果出了什么差错，我就会在《华盛顿邮报》——注意是实体报纸——刊登分类广告，致孤独女孩。但是没有发生什么问题，所以我从来没有留下过紧急求救信号。哎，你们确定不想喝汤吗？这是豌豆火腿汤。我妈的食谱。她死了。我们关系不好，但又能怎样呢？那女人饭做得蛮好。”

“我不想喝汤。”赛说。

“不喝汤。哦。那这个怎么样？”凯特琳想起什么，伸手从口袋里掏出一个U盘，递给赛，“你们可能会对这个感兴趣。”

“这是什么？”

“萨姆的讯息。我已经告诉过你**我的**原因……为什么**我**要这么做。这是**她的**原因，她为什么要这么做。”

赛知道至此已经没有什么可说的了。他接过U盘，迅速站起来，把笔记本电脑夹在胳膊下，向门口走去。

“你需要密码才能打开它。”凯特琳告诉他。

赛站在门口，咬紧牙关。“密码是……？”

“就是纯文本。大写T，小写o-m-y-r-i-s。Tomyris。”

赛和埃里卡都在手机上记了下来，但凯特琳还在说话。“你知道托米丽司吧？那个毁灭了居鲁士大帝的女王。两千五百年前，居鲁士是个伟大的领袖。当时居鲁士眼看就要统治整个世界了，但他惹上了不该惹的女人。最后，她杀了他，让人砍下他的头，把他钉在十字架上，然后把他的头塞进一个装满人血的酒囊里。”说到这里，她转向赛，“他被埋在伊朗。至少他的大部分遗体在那里。”

赛的感觉就像这个疯女人刚刚把手伸进他的胸腔，掏出了他的肺。不能让她说最后一句话。今天不行。他紧握U盘，拉下门把手，但只打开了一条门缝，又转过身去。“顺便说一句，你大错特错了。你刚才说到隐私问题。人们不再需要隐私了。隐私已经过时了。隐私就是监狱。人们迫不及待要放弃它，如果你真想知道真相的话。事实是，他们太孤独——也许，只是也许，你知道什么是孤独——以至于一有机会就用隐私来换取**慰藉**。因为，为什么？我来告诉你。因为他们渴望的就是**被人知道**，而不是默默无闻……渴望一览无余，渴望被人看，好像他们很重要，证明他们很重要，他们所有的秘密都公之于众，他们的罪恶被公开声明，甚至被**广而告之**！没有任何隐藏。他们就想要这样。为什么？想知道为什么吗，戴女士？因为被看……感觉有点像被爱。”

咔嗒一声。门关上了。他离开了。

6天，18小时

● 宾夕法尼亚州，斯普劳尔州立森林

赛走到越野车之前，埃里卡追上了他。“赛……赛，等等。我们还要追捕她吗？”

“哦对。是的。我们。要追。”

在车后座，赛向埃里卡示意他需要独处一会儿，然后插上U盘，趴在笔记本电脑上，输入密码，嗒，嗒，嗒，嗒，嗒，嗒，嗒。托米丽司？臭婊子。

U盘里只有一个视频文件。叫“播放我”。真可爱。病毒检测软件弹出一个“是否信任”窗口。点击。终于，她出现了，色彩鲜艳，画质很差，头号公敌，零10号，**本应是**凯特琳·戴的人，现在被确认为萨曼莎·克鲁，她正回头看着他。她没戴眼镜。现在是金发。她拍下了自己在小木屋里的样子，坐在赛刚才坐过的椅子上，正在和逆反超人凯特琳交谈。萨曼莎·克鲁停了一下，然后开始说话。

“我想我不需要自我介绍。你们已经对每个人了如指掌了吧？——知道任何人在任何时候的行踪？——知道我们几乎

一切所作所为？至少我希望你们知道。因为我现在需要你们。去找到我的丈夫。瞧，所以我才决定参加你们的百亿美元项目——顺便说一句，真是很多钱，你们一定很努力，不想搞砸它。我想要激励你们。不是吗？我丈夫失踪了，我想让他回来。我需要他回来。巴克斯特先生，你已经进入了所有的政府数据库。我知道作为你们交易的一部分，他们给了你王国的钥匙。所以我要你找到他，因为他们知道他在哪里。找到他，你们就能抓到我。他的名字叫沃伦。沃伦·克鲁。哈佛大学前经济学教授。他为中情局做秘密工作时失踪，我们认为是在中东某地。一个国家公仆。警方、国务院，甚至白宫都否认他为他们工作，声称不知道他的下落。有人告诉我，他很可能只是离开了我。出走。故意失踪，可能在柬埔寨的某个海滩上。问题是，我了解他。我了解我的丈夫。现在我想让你了解他。我知道他在为美国政府内部的某些势力工作，我的政府在欺骗我，他们说不知道他在哪里。我相信他们很清楚。我相信他们有不能透露的原因，阻止他们告诉我他们知道的事情。我跟你做个交易。找到我丈夫，你就能得到我。你得到我，你就能保住你的项目，作为奖励，我不会告诉任何人，你们在‘世界共享’做了什么见不得人的事。我知道一些事情，赛。我有证据，你不会想让我告诉别人。比如说……弗吉尼亚环球科技公司。就这么定了。用我交换沃伦·克鲁。我等着。我也看着。

哦……当你找到我要的答案时，凯特琳知道怎么联系我。”

赛接着把这个片段看了十几遍。将它定性为一个留守妻子的歇斯底里，然后拖入废纸篓，点击“清空废纸篓”，咻——消失，这是很容易的事，但她提到了弗吉尼亚环球科技公司，这个名字将她所构成的威胁提升到了**生存**的高度。此外，没有一个像她这样聪明的女人——她大胆地冒着生命危险，费尽心机混入这个项目（他还没有摸透她的手段），然后暗示她掌握了对他的公司具有破坏性的信息——是为了开玩笑。不，那种理由说不通。不管她丈夫出了什么事，她都必须——即便不是按她说的那样——被**认真**对待。

不知道过了多久，埃里卡敲了敲车窗。该走了。当一行人乘坐越野车离开时，赛透过降下的车窗，最后看了一眼站在门廊的凯特琳·戴。凯特琳像对朋友一样挥手告别。他有些希望这个疯女人能得到她想要的世界，哪怕只是为了让她看看那将是怎样的一场灾难。出于某种原因，他也向凯特琳挥手致意。

很快，他们再次坐上直升机，在宾夕法尼亚州的农田上空盘旋，向南飞去。

6天，1小时

● 华盛顿特区，融合中心

气氛凝重，庆祝活动取消了，象征胜利的香槟没有放进冰桶。

赛紧急召集了他手下最聪明、最优秀的人到他办公室，办公室墙上，揭开面具的萨曼莎的身影取代了红杉森林的图像。赛要求追捕零10号的行动继续，并且加大力度，比赛还没有结束，无论凯特琳 / 萨姆的骗局是否在原有规则的范围之内，坏人都不会按规则办事，所以他们必须调整并继续。随着这个消息的宣布，房间里的信心烟消云散，取而代之的是一种新的绝望情绪，下方“虚空”中的大型倒计时数字时钟显示，在这次任务以彻底失败告终之前，时间是多么紧迫。

“好了。好消息是：我们，我们**所有**人，现在可以集中所有资源，全力寻找最后一个零号了。我们有整整一周的时间来做这件事。坏消息是：这是……这不再是一个普通的局面。这一点已经很清楚。”

他没有讲**他**所知道的许多情况，关于萨曼莎**可能**知道的事——事实上，除了埃里卡之外，他对所有人都隐瞒了U盘的存在，以及U盘中提出的要求和披露的事。赛请索尼娅·杜瓦尔主持这次秘密简报会。

“萨曼莎·克鲁。31岁，婚前姓沃赫斯特。母亲是家庭主妇，父亲是工程师，在全国改装赛车竞赛协会的一些车队工作过。萨姆学会了上手干活。假小子。学习成绩很好，但不引人注目。曾经想当医生，但她父亲病了，她无法面对债务，只好去当了护士。她有三个哥哥，都在汽车行业工作。以前和他们很亲近，自从她结婚后就疏远了。最近联系更少。有趣的部分来了。她嫁给了沃伦·克鲁，克鲁是她在华盛顿认识的，当时他正在做博士后，研究全球收入差距的机制。之后，他在哈佛大学教经济学，拿到终身教职，却投身现实世界中的直接行动。自从沃伦失踪后——这件事回头再细说——萨曼莎曾公开声称，他在从事高级数学工作，相信是为中情局或其附属机构服务，为他们收集情报。在最后一次出国旅行时，沃伦告诉萨曼莎他要离开国内，一周左右就会回来。他对去向总是含糊其辞，但她注意到他带了一份波斯语指南。这是大家最后一次听到他的消息。这是三年前的事了。从那时起，萨曼莎就开始活跃起来，她写信给国内的官员、报纸和任何愿意倾听的人，要求得到答案，声称有人知道些什么。中情局方面发现并向她出示了一份飞行日志和闭路电视录像，录像中的人显然就是沃伦·克鲁，在他最后有消息的那天飞往曼谷，在没有任何进一步信息的情况下，他们推测他还在泰国，是一名逾期滞留者。”

拉克希米·帕特尔有话要说。赛认出她就是他们从联邦调查局雇来的那个人，一个学究气的年轻女人，不苟言笑，一朵不愿绽放的玫瑰花蕾。

“然而，萨曼莎驳斥了这一证据；她在我们恢复的电子邮件和相关聊天群组的帖子中声称，这一切都是精心策划的掩饰，沃伦就在伊朗，否则为什么要拿波斯语的书？她还设法得到了一些宣传……地方报纸上发了几篇文章，《纽约时报》有一篇文章，她和父母一起出现，呼吁美国政府进行调查，她再次声称沃伦受雇于中情局。”

索尼娅说完：“中情局矢口否认，萨曼莎便在网上发起请愿，要求美国政府直接干预，有一万五千人签名，但至今没有采取任何行动。还有更多的背景资料正在传来，这是一个初步介绍。”

索尼娅合上文件。环顾房间。点击关闭多余的电子笔。

“好，”赛说，“在加紧寻找妻子的同时，让我们也对丈夫展开一个小规模的侧面调查。我们找到妻子，故事结束。如果我们，以某种方式，知道了丈夫的下落，我想我们就能找到妻子。一石二鸟。还有什么？索尼娅，看起来今天是你掌控全局？”

“实际上，”索尼娅说，“关于萨曼莎的行为分析，我想交给拉克希米。”索尼娅转向她的同事，由后者接手：

“所以……根据我们目前看到的萨曼莎·克鲁的情况和对她过去的了解，这是一个非常积极主动的人，对自己的目标万分投入。她**相信**自己的说法，无论真假。她**相信**美国政府背叛了她，并对她隐瞒了她丈夫的下落。她对机构产生了深刻的不信任感，越来越偏离正常生活，正逐渐滑向与她的国家以及这届政府的极端对立关系。我相信她有能力采取各种可能的行动。”

过了一会儿，赛缓慢而清晰地说：“也许，拉克希米，你能告诉我们：你到底睡了谁？”

“我——什么？”拉克希米结结巴巴地说。

“我问你睡了谁？有人给了你进入这个房间的权限。鉴于这里的人平均智商165，那想必是个非常重要的人。所以你睡了谁？因为如果你在联邦调查局的经历只能让我们知道萨曼莎·克鲁**有能力采取各种可能的行动**，你就不可能是凭本事来到这里的。”

拉克希米脸色绯红，张口结舌。

埃里卡很久没见他如此恶劣了。“赛——”她开口。

但拉克希米选择为自己辩护：“恕我直言，赛，我最关心的是萨曼莎·克鲁怎样干翻了整个项目，以及我们现在要怎样不被干。”

当拉克希米合上活页夹，尽可能优雅地起身，准备离去时，房间里暂时陷入了一片震惊的空白，其中隐藏着一种自我厌恶的情绪。

赛深深地吸了口气，把自己的情绪降下来。“拉克希米，对不起。待在这里。拜托。让我们继续。这很难接受，但我很抱歉。你不该被这样对待。”

拉克希米花了一点时间考虑她的选择、她的未来，她又坐了回去，赛继续说话。

“还有人吗？还有谁有想法？”

又是一阵沉默。

“好吧。那么我们有什么决定？有人说说吗？来吧，别让我成为孤家寡人。”

一阵恐惧过后，索尼娅再次查阅笔记：“加倍努力找到萨曼莎，并开辟一条辅助调查线寻找沃伦·克鲁——”

“但寻找沃伦要离网。暗中行事。让小组**只向你**汇报。如果他**是**中情局的人，那就会有机密问题，我不想让中情局的人再来烦我了。现在不行。”他从椅子上站起来，把笔记本电脑夹在胳膊下，“让我们找到**萨曼莎**。我们的重点是：一名注册护士，六天半。快去。”出门时，他在墙壁上划了一下，就像在交友软件上表示“不予考虑”的动作，墙上的数字萨曼莎被空无一人的海滩取代，碧波漾开，像装饰品一样丝滑，海水翻动石子，发出嘶嘶声。

赛离开，门关上，仿佛机舱压力突然发生了变化。

最先开口的是索尼娅：“所以我们现在要去调查中情局？这未免有点离谱吧？”

埃里卡正在设法减压，她想起了和伯特·沃克在花园散步的情景，因此也想到了对他们的主要赞助人保守秘密所带来的生存威胁，她填补了房间里赛的空缺：“让我们假设中情局说的是实话，沃伦·克鲁没有为中情局工作。但请保持开放的心态。一切皆有可能，关于他的一切都值得关注。”她对房间里的其他人说，“但别忘了我们的首要任务是萨曼莎。我们应该把新的幽灵算法应用到交通摄像头。我们认为她不会开新型汽车。她似乎已经预料到了像‘哭泣天使’这样的程序，于是用低科技来阻挠我们的努力。但我们也许可以捕捉到她的驾驶方式，并更新她的步态特征。跛脚是真的。索尼娅说得很精炼，单是这一项，就能让我们——”

整个房间里的人说出了后半句：“——不被干。”

5天，16小时

● 华盛顿特区，乔治敦市，伏尔塔广场西北区

他强迫自己和埃里卡一起沉默地吃完晚餐。在这种时候，保持礼仪是很辛苦的。后来，他独自一人在室内游泳池里游了几圈，平静的淡紫色池面被他粗短而敏捷的手臂打碎，搅动，冲击，拖曳。他通常游二十圈，但今天游了五十圈；他需要通过心脏泵血，将这倒霉的一天的挫败感输送到最远端的毛细血管，再从那里把它**完全**排出体外。

他精疲力竭，赤身裸体地坐在桑拿室里，看着自己的双手慢慢被汗水浸透。在窒闷的空气里，他绞尽脑汁，冥思苦想萨曼莎·克鲁这个深奥谜团。她现在不那么可爱了，这个被选为普通、无知、轻信的美国民众代表之一的人物。在她容易被低估的外表下，隐藏着一个显而易见的天才。这是他们犯下的第一个错误，先是不屑一顾，然后居高临下。他们所有的预测工具都经过校准，去捕捉一个呆滞的公民，她对于现在可以找到任何人、了解他们、揭示他们、影响他们的强大力量知之甚少。所有其他错误都源于这个核心错误。

萨曼莎·克鲁占据优势。但他必须赢，而且**将会**赢。还剩五天十六个小时。这关系到数百亿的资金。他又捋了一遍她的案情。他遗漏了什么？有些事情。还是有些事情不对劲。她有太多的技能，而且对融合的策略非常了解。比如说，她选择开一辆旧型号的汽车，这使得“哭泣天使”毫无用武之地。难道公众中有人知道开旧车的必要性吗？在测试开始的时候，融合公司甚至还没有把“哭泣天使”告诉中情局。还有其他事情。步态识别：通过遍布各地的摄像头，融合一次也没有发现这个经常走路的女人。她怎么会知道步态过于不正常就会引发警报呢？不对，除了那个愤怒的疯子，那个真正的凯特琳·戴之外，一定还有别人在帮她。紧接着，他又想到，这个人一定是内部人员，现在正在为融合公司或中情局工作，是一个妄图看到这个项目失败的内奸。这下一切都说得通了！现在数学可以发挥作用了。**当然**，他们低估了她，因为他们错误地去寻找一个单枪匹马的业余选手，而事实上，他们应该寻找的是一个与专家有联系的人，这个专家对融合公司的秘密了如指掌，拥有监视领域行家里手的技术，而且与中情局有严重过节，或许在中情局内部也有同盟。

就这样，赛·巴克斯特赤身裸体地躺在租住豪宅的桑拿房里，意识到他所有的财富，甚至他的未来，还有埃里卡的未来，更不用说在这个世界上他所关心的每个人的未来，现在都掌握在一个疯女人和她见鬼的同伙手里！哦，且等我找出这些同谋，这些共犯。他下定决心。等我找到他们。他们将会下场凄惨。

他冲出桑拿房，进入一个生机勃勃的世界，一切都变得清晰而冷静，而他现在也变得清晰而冷静。不再是好好先生了：不，赛正在关掉那个人。当他脱下浴巾，跳入小而深的冰冷泳池时，尽管肾上腺素在飙升，他却有了掌控感，因为他现在拥有了一个优势，一个几分钟前还不曾拥有的优势：**他知道一些事情**，一些他的敌人还不知道他已经知道的事情，伙计们，这就是真正的力量。当他裸身站在冰冷池水前，他对自己宣布：赛·巴克斯特领先，然后双脚一蹬，毫不畏惧地坠入泳池深处。

5 天，23 小时

● 马里兰州，绿岭州立森林

黑蝇猖獗的季节，萨姆把她的新帐篷搭在树下，以避过正午的太阳和天上的眼睛。她很高兴花时间在凯特琳家重新染了头发，恢复了金色。作为凯特琳她已经力不从心，终于可以做回萨曼莎·克鲁，这让她如释重负。

但她还是那个启动这一切的萨姆吗？首先，这次疯狂的旅程让她对自己有了许多新的认识：她未知的勇敢、进取、忍耐，还有复仇、反叛和无政府主义。她能感觉到自己的大脑在探索令人惊叹的新方式，包括思考、反应、重塑旧态度，以及召唤自己采取非典型行动的方式。她是谁？她的名字仍然是萨曼莎·克鲁，她三十一岁，她仍然是一名在繁忙的急诊室工作的护士，但不同的是，美国政府及其整个情报机构现在都在追捕她，而到目前为止，她正在战胜他们。她正在战胜他们，而在她丈夫失踪事件中扮演同谋角色的中情局正在败北。

此外，沃伦也比以前更常在她身边出现，他的声音也更常在她脑海中回响。哦，沃伦，她一边想着，再一次与帐篷搏斗，努力调整零件、带子、易弯的杆子和让人不敢恭维的松垮垮的形状。

她还记得，最后见面的那次，她是多么生气，他已经叫了出租车，行李也都打包好放在门口，他将踏上至今未归的旅程。

“宝贝，我不明白你为什么这么生气，”他对她说，“冷静点。”

萨姆把盘子用力塞进洗碗机，然后骂了自己一句。她喜欢那些盘子。它们是结婚礼物。数到十。

“因为，沃伦，我讨厌你把我变成一个要求丈夫不要做危险事情的留守女人。”

他退缩了。“你没有留守。你有一半的夜晚都在急诊室处理枪伤。”

她转过身，靠在水槽边，用洗碗布擦擦手。“但我不会到处去收集枪伤。”

“好吧，首先，我们需要钱。”

“我们日子过得去！我们不需要钱。”

她伸手去拿啤酒。她知道他为什么这么做。不是因为钱，而是因为他认为这么做是对的。她真想掐死他。但她只是把洗碗布挂了起来。

“你娶我是因为我**聪明**，亲爱的。”她提醒他。

“除此之外，你还有迷人的身材。”

她倒吸了一口气。

“好吧，对不起，”他说，“是的，我娶你是因为你是我认识的最聪明的人。你也是个好人。所以你知道我必须这么做。这是真正困扰你的地方吗？在内心深处，就算你不喜欢，你也能理解吧？”

也许吧。笨蛋。

“那他们为什么不能直接雇用你？让你成为正式员工，让你合法化？”

他避开了她的目光。“也许现在不记名会更安全。”

“对谁来说更安全？你，还是他们？告诉我发生了什么事，就这一次。”

但他举起了双手。“记住，隔墙有耳。这就是为什么我不告诉你我在做什么。但相信我，这很重要。这种事情，如果我们有孩子，我会说是为他们而做的，也是为**他们的**孩子而做的。而现在，我只是为你而做。”

她受不了他那副样子。高贵而深情，一个英勇的傻子。她拿起啤酒，走过去亲吻他的头顶。

“我爱你，萨姆。”他说。

“我知道。”

帐篷搭好了。她走到一边，看着自己的手艺。这个地点有很好的掩护。头顶是木棉树。他们会派无人机搜查这个区域，透过树冠寻找动静。不过，她大概还能撑几天。

在帐篷里，借着穿透帆布的光线，她浏览了几本从凯特琳那里拿来的小说，然后爬进睡袋，想象着融合公司的全部技术和力量正在**为**她工作，寻找沃伦。如果运气好的话，所有让她寝食难安的问题，她可能很快就能得到答案，足以证明过去二十四天的奔波、伪装和求生是正确的——答案还能平息她偶尔产生的疑虑，对沃伦的疑虑，那个疯狂的想法，被中情局像病毒一样注入她体内并不断繁殖，那就是沃伦去了泰国，现在还在那里，他背叛了她，她和他在一起的生活是一个谎言。在她营救沃伦的活动中，她曾三次在华盛顿与中情局的低级代表会面，每一次的暗示都是一样的：她有多了解她的丈夫？真的吗？因为在他们看来，所有的证据都表明，他可能**希望**自己消失不见。但他们有什么证据呢？沃伦有一家私人企业：她知道吗？她知道在他失踪的时候，他也正破产吗？知道他申请了破产保护吗？她摇了摇头。不，她不知道这些。知道他有单独的邮寄地址吗？她不想要他们出示证明这一点的文件副本，也不想要那些显示他在飞往曼谷的航班上的文件副本。他真的**什么都没有**告诉她吗？他们问她，一遍又一遍。

没有，她回答。没有。没有。没有。

她不会是第一个遇到这种情况的女人：看似完美的婚姻瞬间化为乌有，就因为看到了丈夫的短信，意外打开的信用卡账单，奇怪的消费记录，在错误的城市、错误的日子入住的酒店，整个生活的晶体结构在一瞬间崩塌，你以为你认识的那个人，与你同床共枕、共度人生的那个人，根本就不是那个人。至少并非始终如一。

经年累月，她不得不应对这种逐渐蔓延的怀疑，以保持对她曾经日复一日所**经历**的沃伦的信心。**那个**男人言行合一。没有花言巧语。如果他真的有自己的生意而没有告诉她，那么他这样做是为了保护她。财务问题？政府的文件可信吗？不，她相信她的丈夫，而不是美国的权力，所以她坚持她**真正**相信的：他没有飞到曼谷，而是飞到了中东的某个地方，然后在那里消失了，而中情局的代表不仅对他的遭遇知道得比他们所说的要多得多，而且在积极地试图操控她，欺骗她，让她觉得自己快疯了，让她怀疑沃伦，最后甚至怀疑她自己。

她提醒自己，所有确凿的证据都支持与她相反的叙事。和她交谈过的波士顿出租车司机证实，是的，那天他载着沃伦去了洛根机场，看着他进了候机楼。她还通过银行联名账户的对账单，找到了寄送支票的空壳公司。电话那头是一个友善的女人，礼貌，但听起来有点忙碌，被诸事牵绊，她告诉她，是的，他们确实付过钱给沃伦·克鲁，但那是为不同客户撰写的关于东欧投资机会的六篇研究论文。不涉及旅行。只是数据分析。不，他们当然与政府无关。一个月后，萨姆再次致电，得到了同样的答复。下个月又打了一次，得到了同样的版本。唯一的问题是，她每次都和不同的人通话，但她们说的**完全**相同。一字不差，就像在读剧本一样。她甚至告诉最后一个人，她觉得很奇怪，接电话的总是不同的人。从那以后，她每次都能找到第一位女士。这不正是你预期中高层掩盖真相会做的事吗？

所以，直到真相大白，在那之前，她始终会紧紧抓住沃伦的声音，他对她的风中低语。

早上，她从睡袋里爬出来，检查她的手表和钱。实际上，她不会在这里一躺好几天。这不是她下一步的计划。

4天，7小时

● 华盛顿特区，乔治敦市，伏尔塔广场西北区

“您有客人，”豪宅配备的穿制服的匈牙利管家一边跟在赛身后下楼，一边向这位雇主低语，新一天的晨曦照亮了窗户，“在会客厅。”

这座楼太大了，连会客厅都让人吃惊。赛不记得以前来过这里。他是租住的，还是买来抵税的？经过会计师们的操作，连他自己都分不清哪些是他的财产，哪些只是由他控制。他也不在乎，只要他们能把“世界共享”的税单降到零。

房间很大，和他居住的大多数环境一样，以米色和白色为基调，不过有巨大的红黄二色现代抽象画作为“点缀”。沙发如群岛围绕着橡木茶几，每张茶几上都以严谨的扇形摆开时事期刊，内容聚焦科技和文化。从双层挑高的窗户可以俯瞰露台和正式花园，当赛走进来时，三个身着深色西装的男人就站在这些窗户前，一边看风景，一边等他。

“先生们。早上好。”

转过身来面对他的是伯特·沃克，贾斯汀·阿马里，第三

个是大块头，赛不认识。他现在还能相信他们中的任何人吗？也许他们**所有人**都在与他作对，而赛只是他们精心设计的棋局中一个愚蠢的卒子？

“这地方不错。”伯特先开口。

“嗯。超出我的需求。在这个明媚的早晨，我能为你们做些什么？白宫来电话了？”

“我们能坐下吗？”

“请坐。”

他们在配套的沙发落座后（陌生人站着，像是保镖？），赛手指紧扣，看着他的搭档们严肃的面孔。

伯特先开口：“你是知道的，尽管最新进展是你们发现一直找错了人，但我们同意继续追踪最后这个零号。我们认为，如果不能在测试期限内完成任务，我们都会面临 Beta 版不成功的指责。我认为我们需要证明，我们在规定的三十天内捕获了全部十个零号。没有出乱子。不过……”说到这里，他停顿了一下，认真看着这几张严肃的面孔，“我们需要你远离沃伦·克鲁。”

这让赛感到吃惊，但也不算太意外。自然，某个人类或数字线人已经出卖了他，向这些监察员透露了赛将搜索范围扩大到沃伦的命令。作为回应，他点了点头。保持冷静。“这么说沃伦**是**和你们一起的？”

伯特重新摆出一副不动声色的面孔，显然训练有素。“我们只需要你离沃伦·克鲁远一点。就这么简单。”

赛试图处理这个要求带来的各种复杂影响，由此产生的心理数据堆积需要一些时间来整理，但在此期间，他打趣道：“看来是个简短的会议。”

“如果你同意的话，非常简短。”

他处理过程中的第一个问题出现了：“这么说你们也在追踪我们，伯特？”

“你们？嗯。这么说吧，当你们的团队在几个小时内尝试访问我们的机密数字文件上千次，但都以失败告终时，人们会希望我们注意到，是的。”

赛决定试一试。“如果我需要他呢？不对，我确实需要他……目的是找到他的妻子。如果他是她这么做的原因，那他就和我们有关了。”

事实证明，他们三个人都很擅长不动声色。非同寻常的是，赛想，这些代表甚至可能知道沃伦的行踪，然而，从他们的脸上，**什么也看不到**：秘密，到处都是秘密，如果被锁在人的身体里，没有一个可以入侵。

“只要远离沃伦·克鲁，”伯特重申，“对了，局长向你问好。”

“这么说，这是……这叫什么……命令？”

“天哪，不是。我们是搭档。叫它……一个友好的小建议。”

“那如果……”

“我们不会接受‘如果’。”

“如果，为了使我们的合作成功，我不听从你们的建议呢？”

最后这句话在伯特那张一直保持中立的脸上所产生的效果，可以扭转全球变暖的趋势。

赛深吸一口气，选择了一个新策略，然后露出他的招牌微笑，举起双手。“我只是想说，伯特，我们可能会搞砸这场试验。”

“我对你的信心可能超过你对自己的信心。”

“这是怎么回事？跟我说实话。你到这里来——”

贾斯汀·阿马里第一次开口，声音里不乏敌意。“你知道，赛，在中情局决定跟你合作之前，我们自己也做了一些调查。我们的调查不像你习惯的那样高科技。以你的标准来看，我猜是有点过时了。但我们做得更久。你为外国政府工作，向俄罗斯等国出售技术，获利丰厚，增加了这些国家对美国的网络威胁。现在看来这并不光彩，对吧？”

“哇哦，哇哦，哇哦，我作为顾问从来没有违反过任何贸易禁令或制裁，也没有参与过任何非法交易。如果有的话，我怀疑你们中情局是否还会信任我，因为我可以接触到信息。”

“接触到**某些**信息。”

的确，中情局、联邦调查局和国家安全局的大量机密文件还不在融合公司的掌握之中；它们仍然被隐藏起来，藏在固若金汤的防火墙之后。

伯特再次插话：“到目前为止，我们一直准备睁一只眼闭一只眼，因为很高兴你把更好的技术卖给了**自己的**国家。了解其他团队的工作情况总是有好处的。”

“你说我是国家的威胁？”

“中情局历史悠久，”贾斯汀说，“1945 年后，如果我们觉得纳粹的火箭科学家是好搭档，我们甚至会接纳他们。”

这让赛屏住了呼吸。“等等，你现在说我是**纳粹**？”

“这个比喻会让你不高兴吗？”贾斯汀回答。

赛跳起来，好像要挥拳。

伯特也站了起来，举起他厚实的双手。“退后一步。问题很简单。大家都冷静下来。”

“郑重声明，”赛抗议，“这个项目是国家安全的优先事项。**你们**现在不让我工作，就是在危害它。我们要**明白**这一点。”

伯特突然变得不那么友好了，他回答：“我们走了……带着这个信息。中情局有条件地支持了我们的项目，我们也对你的某些业务内容视而不见，但是，我们有自己的利益。**更高的**利益。我们会捍卫这些利益。如果你不同意这个要求，中情局特此通知你，我们不会再袖手旁观了。概括一下：远离沃伦·克鲁。专心找他的妻子。”

4天，5小时

● 华盛顿特区，融合中心

对沃伦·克鲁的搜索正式结束的消息，是由赛亲自在他的办公室里传达的，首先是单独告知埃里卡——她当然认为他们必须遵从中情局的要求，而且要立即这样做——然后向他之前召集的那些小组负责人宣布。由此，一种“何去何从”的情绪笼罩了整个房间，那些原本负责确保最后一刻突破的人明显感到，找到零10号的主要机会刚刚被从自己手中夺走了。无需提醒，下午两点将是追捕者们度过的第二十七个整天。因此，抓捕窗口的关闭——5月31日正午——迫在眼前。

当赛和埃里卡再次独处时，只有屏幕上数字冰川缓慢融化的涓滴细流微弱地打破静默。

“他们在监视我们。你意识到了吗？”

她耸耸肩。“他们是中情局。”

滴答，滴答，滴答。百万吨的冰在融解。

“我们刚开始寻找沃伦，他们就**知道**了。我们以为我们是暗中进行，没有留下任何足迹，在他们听来却是千军万马震耳欲聋。”

“好吧，至少，从我们设法获得的关于沃伦的所有数据——他在事发前几个月秘密参加的波斯语课程，在伊朗使用手机之前的几天里的通话情况——看起来，他有百分之九十五的可能性在伊朗，被伊朗政府扣留。”

“如果他在伊朗，我很想知道为什么。”

“现在这不是我们的工作。”

她注视着这个她深爱的男人，尽管她内心常常抗拒这种感情，这时他打开笔记本电脑，开始敲击、敲击、敲击。“你在做什么？”

“找出这个该死的女人。”

4天，2小时

● 华盛顿特区，融合中心

埃里卡取消了她所有的会议。她在“虚空”里徘徊，希望能凭意志找到迟迟不来的突破口，但在绕着楼层转了几圈之后，她放弃了，回到自己的办公室去工作，梳理关于萨曼莎·克鲁本人越来越厚的资料。

埃里卡注意到，萨曼莎是个数码新手，她在清理自己的社交媒体方面确实做得不错。作为回应，融合的算法不得不广泛深入地寻找她的生平线索，发现她未及掩盖的蛛丝马迹。

以萨姆的医院工作记录为例，这些记录包括病人的表扬和高级职员的认可。有一份批评报告指责她不尊重权威，相关投诉来自一名主治医生，该医生声称她无视他的治疗计划，越级向普外科主任告状。调查发现，她最终是对的。

其他方面，在大家庭的纪念品收藏中，她的侄女们张贴了家庭照片，这些旧照片的扫描件显示，她小时候在华盛顿布鲁克兰街区和妈妈、爸爸一起修车，拿着和胳膊一样长的扳手。还有一些照片，是由几个小组整理萨姆位于波士顿郊区的储藏室，并实时对其中的物品进行编目而获得的。相册、成箱的信件，现在都被融合进行数字化，用来搜索人脸。还发现了一台旧笔记本电脑。他们为陈旧的内容注入了新的活力，重建了旧的搜索历史和电子邮件。这里没有漂白的迹象。然而，没有任何东西像地图上大大的 X 标记一样揭示隐藏的宝藏，只有一幅不完整图画的更多碎片。

午餐时，助理给埃里卡送来一份沙拉。除了沙拉酱，其他什么都无滋无味。一天就这样在惰性的煎熬中度过了，这种煎熬对处于监视中的警察来说再熟悉不过了，她能感觉到挫败感也在“虚空”中蔓延。现在，每一个小时都弥足珍贵，但萨曼莎一如既往，销声匿迹。

徒劳无功，代价高昂，抓捕小组被派往她学生时代常去的酒吧。她曾经常去的林中度假屋。她上过的高中也被搜查过，找到了萨姆曾经偷藏香烟的小隔间。什么都没有。

然而，从生活的喧嚣和碎片中，埃里卡开始感知到一个人的存在。就好像 VR 套房里的蓝点正在分解成细节，埃里卡看到一个女人在她面前现身：她深爱的丈夫凭空消失了，她的生活也随之脱轨。沃伦看起来不是一个会毫无顾忌地背叛她，让她的人生变成活受罪的男人。现存的沃伦和萨姆写给对方的电子邮件描绘了一幅恩爱夫妻的画面。埃里卡正在描绘的画面是，沃伦以某种方式为政府工作，并在受雇于政府期间失踪，留下了一个妻子，她在后来才对国家，或者更确切地说，对政府产生了愤怒，因为政府拒绝对他的神秘失踪进行调查。现在埃里卡眼中的萨姆，就像狂风中的最后一根蜡烛一样坚持着对沃伦的信念，即使朋友们支持她的邮件越来越少，即使除了她坚忍的父母，其他人都把她当成了怪人。直到那时，萨姆才开始愤怒，对政客，对朋友，对那些一个接一个背弃她和她的希望的人。然后，融合计划启动了。

申请表上问：*你是怎么知道我们的？*萨姆（用凯特琳·戴的名字）写道：*在图书馆无意中听到的谈话。*但很有可能，考虑到沃伦在情报界的明显身份，而为了找到最优秀的参赛者，他们很早就鼓励情报界参与讨论，所以埃里卡猜测萨姆是从其他途径听说的。埃里卡想象萨姆开始计划时心中亮起的曙光，她把 Beta 版测试视为最后的机会。其投入程度堪称典范！融合小组以为他们追捕的只是一个看了几本侦探小说才开窍的女人，但现在证据就摆在埃里卡面前，这个女人甚至在比赛哨声吹响之前，就已在研究如何在很高的层次上挫败监视，深入运用她的策略，精心设计诱饵和双重诱饵，用棋艺大师的严谨进行佯攻和误导——几乎像她从一开始就知道自己会被选中一样。嗯，如果她**早已**知道呢？

在退出登录之前，埃里卡又翻到了萨姆和沃伦的照片，然后停在其中一张萨姆父母的照片上：约翰·沃赫斯特和劳雷尔·沃赫斯特，前者粗壮，后者瘦弱，都是坚毅、稳重的样子；他的棒球帽上贴着赛车队的标志，短袖衬衫的胸前口袋里放着一包香烟，机械师粗壮的手指搂着妻子的肩膀，点燃的香烟在指间升起袅袅烟雾；而她，一头金色长发，笑起来牙齿整齐，穿着氨纶运动服，看上去活泼热情却不好惹，决心要让她和她的老公都能享受公平的生活。

埃里卡穿过楼层找到索尼娅。“给我零10号父母的所有资料。”

3 天，22 小时

● 华盛顿特区，布鲁克兰

劳雷尔·沃赫斯特比照片上老了十几岁，当她推开前门，打量着门槛前的陌生人时，她的脸上掠过一丝不解的神情。“对不起，你说你叫露丝？”她问道。

“我和萨姆是大学同学，”埃里卡回答，“和她一起参加了足球队。当时我们赢得了威斯布鲁克奖杯。”

“哦。是的！露丝。”

“露丝·勋伯格。”

“哦。我想是的。”

“很高兴再次见到您，沃赫斯特太太。很抱歉这样冒昧拜访，但我希望您能帮我和萨姆谈谈。”

“萨姆？不，不。她不住在这里。”

“哦，我知道，不过您瞧，她不接我的电话，这很不寻常，我开始有点担心她了，我想到了您，不知道您或者沃赫斯特先生最近有没有她的消息？”

“嗯，你知道，萨姆的事情很复杂……”

“对不起……我知道。我真的很担心。即使发生了这么多事，她还是一直和我保持联系。”

“哦，上帝。请进，请进。”

“您介意吗？”

“请进。”沃赫斯特太太重复了一遍，然后冲楼上喊道：“约翰！这是露丝，萨姆大学里的朋友。”

后来，埃里卡喝了半杯咖啡，向沃赫斯特夫妇讲述了萨曼莎大学时代的故事，那些只有真正的密友才会知道的细节，并从他们那里了解到足够多的信息——关于沃伦失踪的故事和剪报，知道这两个人确实对萨曼莎现在的下落一无所知；他们真正关切的神情证明了这一点，他们拨打萨曼莎手机却无人接听也证明了这一点。

“当我们意识到沃伦可能永远离开我们时，我们尽全力支持她，但我们又能做什么呢？锥心刺骨的是一无所知。”沃赫斯特先生告诉埃里卡。

“所以他们一直没找到沃伦去了哪儿？”埃里卡天真地问。

“什么也没找到。消失了。噗。萨姆还以为沃伦在中东的什么地方，他还活着，但我觉得……嗯，劳雷尔知道我的想法，你得考虑一下他是否还有其他我们不知道的生活。”

“约翰。”沃赫斯特太太劝诫。

她有多少次不得不掐灭丈夫怀疑的火焰？随着时间的推

移，当然越来越频繁。

“嗯，更奇怪的事情已经发生了。秘密家庭之类的，在世界的某个角落。似乎他有一些生意，他从来没有申报过，也没有告诉过任何人。财务困难。所以呢？他总是不在国内。我是说，那也不是第一次了。”

埃里卡起身，走到壁炉架前，壁炉架上摆放着厚重的银色相框，里面是多年来拍摄的照片，是一个孩子穿梭时光的记录：婴儿时期，穿着尿布在地毯上；学步时期，在玩耍；青少年时期，拿着曲棍球杆；大学时期，喝橘子汽水，嘬着吸管的两颊凹陷；穿着毕业礼服，握着毕业证书卷轴；穿着护士白大褂；然后，是这本选集的高潮部分，一张婚礼照片，埃里卡拿了起来。

“哦，”她叹了口气，装出一副深情而造作的语气比她想象的要省力，“她结婚那天看起来真美。真遗憾我没能在场。”

在她手中，是一个凝固在时间里的场景：萨曼莎身着白色婚纱，幸福地与刚结婚一小时的丈夫相伴，他的左手和她的右手交握。萨曼莎的左边是一位伴娘。在沃伦的右边……这张脸让埃里卡的心理识别系统穿越时间，检索她自己过去的内部数据库，最终找到了惊人的匹配：一张最近才存储的脸，正冲她咧嘴笑。

她花了一点时间做好准备，然后转过身，尽量轻松地询问这对夫妇：“贾斯汀现在在哪儿？我没有他的消息。”

“谁？”沃赫斯特先生回应。

“沃伦的朋友贾斯汀。我上次听说他现在在政府任职，是个大人物。”

“就是那个喋喋不休的疯狂自由主义者？”沃赫斯特先生笑着补充道。

“约翰，别说了。我觉得露丝不想谈政治。”

埃里卡慢慢地将这张珍贵的照片放回壁炉架上。

3天，20小时

● 华盛顿特区，融合中心

下午六点，埃里卡大步走到钢架楼层，她的脉搏跳得很快，手里拿着平板电脑，黑屏后隐藏着她的手机快照，那张揭示真相的照片——即使不能说明一切，也相差无几了。在她的舌尖上，即将脱口说出一个令人震惊的消息：是的，萨姆一直以来都在接受帮助、援助、建议、救助、专业技术培训——难怪她是一个难抓的恶魔！这些都来自他们自己的雇主之一，贾斯汀·阿马里。

赛的助手从座位上半站起身，似乎条件反射般地想要阻止埃里卡，但要限制埃里卡多年来享有的不受限制的出入权利，一个穿着粉色 Polo 衫的二十出头的年轻人远远不够格，而且今天她肯定不会被阻止，因为她手里握着石破天惊的消息。

“他在吗？”

她用单肩推开磨砂玻璃门（这里只有赛有磨砂门），眼睛已经盯着平板电脑，她唤醒了电脑，这样她和赛就可以直接进入损害控制和反击模式，但是……当她抬起头时……映入眼帘的不是赛的脸。那是索尼娅仰起的惊愕的脸，她的上半身前倾，衬衫半敞，露出一角印着玫瑰花的粉红色胸罩，她的五指大张，抓紧桌面，嘴巴激情地张作O形，赛在她身后，双手扶着她的臀部，好像在驾驶她，好像在教她跳舞。

“哦该死。”赛咕哝。

埃里卡站在那里，有几秒钟喘不过气，直到情绪像汪洋大海般席卷而来。

痛苦。

她后退，一直退到一楼，才被满脸通红的赛追上，他的衣服仍然半开着，衬衫松散地塞在重新穿好的裤子里。不能看他。就是不能。她的眼睑沾满了泪水，听到他的呼唤声，她几乎要快跑冲刺。

“埃里卡，停下，求你了。”

他抓住她的胳膊，把她带到一边，拼命地低声说着什么，言语、道歉、陈词滥调，再道歉，但她没有听，她在想象那个漂亮的胸罩，然后是那个女人欢愉的脸，再然后是埃里卡的男人在后面发号施令，移动，冲撞，享受着他自己的快感。她还想到，这些年来，她拼命工作，为他打拼，为他收拾残局，告诉自己他们是灵魂伴侣，阴阳相合，长相厮守，对彼此有着深厚、强烈的依恋和爱，是的，**爱**，她那一半的爱刚刚得到了证实——这真是令人沮丧的想法，体现在她对刚刚目睹的那一幕的纯粹生理反应中。

这个年轻人，索尼娅。**真的吗**？她又一次看到了那张脸，一个新晋得势者在性方面肆意张扬的得意，而又一次，她看到了在这个胜利者背后，那个曾经她信任的赛，如今已成为行走、呼吸的噩梦。

她走到自己的办公室，赛仍然紧随其后。

“埃里卡！站住！你怎么了？”

“我怎么了？”她把平板电脑扔在桌子上，“你真的在问**我**怎么了？”

他关上了门。她意识到：他根本不在乎我对他的看法，只想确保他的员工都不知道他是个混蛋。埃里卡感到一种令人毛骨悚然的憎恶蔓延过她的皮肤，就像过敏了一样，不仅是对赛的憎恶，还有对自己的憎恶，对周围一切的憎恶，对这座精心建造的大厦的憎恶。就好像世界上所有光洁的表面都被喷上了地沟油，一切都变得黏腻，触之不洁。

但他举起双手，歪着头，摆出一副小男孩的笑容。*真的吗，赛*？他脸上的表情在求饶，微笑变成了眼泪，仿佛他已经知道自己刚刚造成的伤害是无法弥补的。在这一刻，他就像一个被困住的孩子一样语无伦次，没有能力继续撒谎，但仍然不愿接受事实。多么可悲啊，她想。眼泪应该是我的，但她只感到愤怒。“那个该死的女孩？**真的吗**？”

“我知道……这是……我……我不知道。我不知道发生了什么。我压力太大了，因为这整个——”

“压力大到干实习生。你想一败涂地吗，赛？”

“我知道……你说得没错。我真的很抱歉，埃里卡。”

“多少次？”

“什么？”

“你干了她多少次？”

“天啊。我没有——”

“你怎么敢？你怎么**敢**？”

“你了解我的。我不会主动找这种事。”

“你怎么了？我是认真的。我不会再见你了。你真是个孩子。我不敢相信。我们投入的一切。**我**为**你**付出的一切。”

她眼前的赛与昨天的赛截然不同。现在**这个**赛是一个不可信任的男人，在经历了如此巨大的转变之后，无论她对他的感情还剩下什么——现在要她判断还为时过早，如果还有剩下的话——她都已经知道，那只会是从前一些不尽如人意的部分。终究，有些东西需要完美：空气，鳄梨，铁轨，小提琴的音符，沉默，爱人之间的信任。

思绪不可避免地转向他们失落的过去。“我弟弟很喜欢你，总说你很有潜力。你会做大事，了不起的大事。我相信你，把我的梦想和你的梦想紧紧联系在一起，只为看到你……什么？你他妈的在干什么，赛？”

听到这些，这些（未经处理的）原始数据向他涌来（粗糙、充满痛苦、被情绪毒化），而他却毫无招架之力，只能被她的攻击刺痛，又被她的攻击的准确性再次刺痛。他所能做的就是说出最接近事实的一句话：“我对她没有任何感觉。完全没有。”

“我知道。可悲的是，你以为这样就让事情好一点。”

“我能做什么，埃里卡？我什么都愿意做！”

“你可以滚出我的办公室。也许还可以滚出我的生活。怎么样？我真是个白痴。”

“不要放弃这一切。埃里卡，听我说。我们可以先搞定Beta版测试吗？然后我们就离开这里，离开华盛顿，回家去。我会补偿你的。我能解决，我**会**解决。记住我们一起在这里做的事。它有多重要。”

“请你离开。离开我的办公室。”

“我是认真的。我什么都愿意做。”

“正如我刚才所见！现在，请你，离开。”

“至少想想迈克尔。别忘了。这一切都是为了**迈克**。我们在做的是前无古人的事。”

“我要喊人了。出去！”

赛走后，埃里卡遥控锁门，然后坐下。十分钟过去了，她一动不动。她现在意识到，他真的认为自己凌驾于法律之上。他认为，有了如此现代的权力，正常的规则对他不再适用。有多少暴君曾经给予自己这样的豁免？最后，她站起来，整理了一下妆容，想了想，去他的，然后打电话给依附于融合的一个小公司，打听桑德拉·克利夫的特别助手在哪里。他们告诉她，今天不在办公室。她仍然充满愤怒和伤痛，拿起电话。犹豫不决。不，她决定了。她拿起她的平板电脑——还在休眠，里面装着一切——离开了融合大楼。

开车回家，把车停在车道上，在街上叫了一辆出租车。

她把贾斯汀·阿马里的住址告诉了司机。

3 天，17 小时

● 华盛顿特区，贾斯汀·阿马里的住所

贾斯汀刚从办公室回来，领带已经解下，衬衫还没换，他让不速之客埃里卡从他身旁走进客厅。他的公寓是典型的“节俭离异男”风格。廉价书架上摆放着非虚构书籍和陈旧的黑胶唱片。埃里卡注意到，他的电视机连着游戏机，但都从墙上拔下了插头——毕竟他知道“假关机模式”。不过，餐桌上有一台笔记本电脑是打开的。

“喝点什么？”他问道，对她的出现没有表现出惊讶。

她什么也没说。

“不是来喝酒的？那我猜是来玩《使命召唤》的。你什么等级？”

“你认识她。”

“你是说萨曼莎，对吗？”他拿起一瓶龙舌兰，往平底玻璃杯加酒，里面有大冰块正在融化。停了一下，然后继续倒酒。一时没说话。

埃里卡以为他会否认或虚张声势。没想到是这样反应。

她对贾斯汀·阿马里了解多少？

他的档案显示，他为中情局工作了十五年，从招募黑客的网络安全部门升至战略部门，发挥更大的顾问作用。离职是为了挽救他的婚姻，但事实证明他的工作并不是婚姻破裂的原因。离婚后，他没有孩子，也没有工作，接下来的三年里，他在华盛顿四处做顾问，为一些公司编写简单的代码，但就像他不喜欢政府老板，他也不喜欢他的私人老板。离婚后有经济问题，酗酒，全身刺满纹身——女人、船、蛇、波利尼西亚图案，一个下班后听涅槃乐队老唱片、抽大麻的公司职员。他对最后通牒并不陌生，债台高筑，直到桑德拉·克利夫想起了他，给了他现在的工作。在重新获得提出尖锐问题和制造麻烦的许可后，他意识到自己是多么怀念这种生活。他越来越感到自己又有了目标。他减少了饮酒，付清了账单，去健身房锻炼，去做牙齿贴面。

现在他笑得更多了，而以前他总是用扑克脸和僵硬笑容吓唬女人。四十二岁的他比二十岁时更健康、更轻松，但在埃里卡眼里，他还是有点怪异和疲惫：就像一根点燃过的火柴。

“你是她的朋友。”她补充道。

他把龙舌兰酒瓶的盖子仔细地拧了回去。“最初是沃伦的朋友。在大学认识。帮他在你知道的那个机构找了第一份工作，但后来我们就失去了联系。你怎么知道的？”

"老照片。她父母的壁炉架上。你在他们的婚礼上，你们看起来很亲密。"

"很亲密。"

"你为她安排了这整件事？让她加入这个项目？是或不是？"

"是。"

他听起来很平静。好像他们只是在讨论部门间的沟通策略，或是如何更高效地给复印机补充墨粉。

"你一直都在帮助她。所以我们一直抓不到她。因为你想让'归零'失败。看来中情局不喜欢分享。你的朋友克利夫博士也参与其中吗？"

他在桌边坐下。"你**可以**把外套脱掉，你知道的。"

她坚持穿着。

"你太抬举我了，"他说，"萨姆很能干。大部分都是她自己做的。不过，在她去当零号之前，我已经向她介绍了你们用来追踪她的各种策略。克利夫博士什么都不知道。中情局什么都不知道。不过**你**还跟谁说起过我？赛？伯特？"

她拒绝回答。"你知道沃伦为中情局所做的一切。"

他耸耸肩，把杯子举到嘴边。"我知道一点。但不知道具体细节。"

"你为什么不亲自帮她找出他的下落？"

“你可能已经注意到了，中情局其实不太愿意公开信息。无论他们掌握了沃伦的什么信息，都被深度封锁。绝对机密。我查看过。我尝试过。什么都没有。”他又喝了一口，目光越过她，望向窗外的街道，“当我去问的时候，我被搪塞过去了。但他们显然不喜欢我问那些问题。敌意是真实存在的。就像你男朋友那天问我们时一样。在我看来，伯特也不知情。但他知道这是个禁区。有人告诉他了。这就意味着，我们知道那里有些什么。扔下萨姆……怎么办？多年来都不知道她丈夫出了什么事。是啊，真他妈糟糕。”

不，埃里卡想，我不会向这个特立独行、性格不稳定的人透露，融合现在相信沃伦很有可能在伊朗。她再次环顾公寓，试图对这家伙有更深入的了解，但这里和凯特琳的公寓截然相反，凯特琳的公寓充满了个性。这里一片空白，简洁得像个清教徒。室内装饰相当于白衬衫和炭灰色领带。

“这是怎么回事，贾斯汀？你想破坏这个项目？”

他晃动酒杯，冰块发出叮当声。“哦，我当然想阻止你们，相信我——如果我可以的话，因为交到你们和中情局手里的权力实在太大了。真的应该被阻止。你们意识到中情局总是得寸进尺了，不是吗？多年来，他们一直在寻找将他们的全球游戏合法化的途径。融合就是。他们在利用你们，甚至到了对你们的其他活动视而不见的程度。”

"其他活动？"

他歪着头。"你知道多少？赛告诉**你**多少？"

"我们分享一切。"

"那你就和他一样，都是个罪犯。"

不请自来的零星画面击中了她：她的爱人操弄索尼娅，他们脸上的表情，索尼娅的嘴张成O形，五指张开，抓住桌面，一个混蛋和一个贱人做爱，两个白痴正好般配。

他密切关注着她的表情，停止晃动玻璃杯中的小冰川。

"我不需要你对'世界共享'发表意见，贾斯汀。"

他瞠目而视。"**你不知道**。我猜你真的不知道……我一直想搞清楚。"

"你在说什么？"

"给你个线索：弗吉尼亚环球科技公司。你们在开曼群岛的空壳小公司。"

"我对那家公司了如指掌。"

"那你知道它在做什么吗？"

"那只是个小办事处。是税务方面的事。常规做法。"

"不是……如果你们钻这个空子，声称你们转售给敌国的技术不是美国制造的，那就不是常规做法了。"

"胡说。"她摇摇头。

"作为交换，购买个人数据？购买人们的秘密？全世界范围内？”

“你这是胡编乱造。我听不下去了。”但事实上，她的心跳加快了。

“在中情局，”贾斯汀继续说，“有些人**知道**这一切，知道你们违反了美国法律，无视国际制裁，向俄罗斯等国提供军用级间谍软件和其他东西，但我们还是跟你们合作！为什么？因为我们必须这么做。**你们有我们需要的东西**。我们一直在支持国外的腐败政权，只要他们能帮助我们实现全球野心，所以现在我们也在支持**国内**的腐败政权。很抱歉，埃里卡，我他妈反对这一切。”

他停顿，等待，端起酒杯看着她。

“事实上，我不认为你知道这些事，”他总结道，“但这并不重要，因为我觉得说到底，你和他一样道德沦丧。人们可以忽略证据，在不知道细节的情况下，也知道某些事情是错误的。无论如何，在被一个极品混蛋驱使了十年之后，如果你还剩下一丝一毫勇气的话，那就这么做吧：帮我们找到沃伦·克鲁。你有技术和权限。挖出中情局隐瞒的有关沃伦的机密文件，然后把这些信息交给一个好公民。比如说我。把它给我。或者萨姆。但要做正确的事。利用你仍然拥有的力量，做一些真正有价值的事情。”

她应该走，跑回家，打电话给赛，提醒他。但她没有动。

“即使……，”她说，“即使我……即使我想……你和我一样清楚，我们无法直接接触到中情局的机密文件。我们已经尝试获取沃伦·克鲁的文件，结果导致了你们三人小组上门拜访。”

他对她笑了笑。“我可以告诉你该怎么做。”

她盯着他，这个会背叛自己国家的男人。“那你为什么不自己动手？你比我们有更多的权限。**你是**他妈的中情局特工。”

“我没有通过外墙的权限。猜猜谁有？融合。对。你们的黑客团队可以**悄无声息**地完成，这样中情局就不会知道发生了什么。这是双赢的。”

“我不听你的。”

“哦，我觉得你在听，埃里卡。”

“你疯了。你在暗示我亲自下令入侵国家安全数据库？为了你？”

他的牙齿贴面让他笑起来很好看。“你的网络安全维护团队里有两个人，麦洛和达斯汀，他们都很优秀。用好他们。你们已经独享访问机密文件的权限，所以你可以做到，神不知鬼不觉地破墙而入。根本不会有人知道。我做不到,但你有办法。利用它。**利用它**，埃里卡。提取一个文件，一个很小的文件，它不会伤害这个国家，知道沃伦在哪里，就这样，然后在别人察觉之前离开。救赎你自己。然后把信息传给我，我再传给萨姆，无论信息里怎么说她丈夫，她都会接受，然后把自己交给你。哦，我不会把你的男朋友送进监狱关一辈子。”

他让这最后的威胁悬在空中，释放威力，然后补充道：“别担心，萨姆**会**出场的，看起来就像是你抓住了她，这样，融合就会看起来赢得你们的小测试。**你会**赢的。国会的钱就会源源不断地涌入。悄悄地，悄无声息地，一个美国爱国者就能回家。你就做了一件我们所说的**正确的事**。还记得那是什么吗？”

他看着她，看着这些话被她听进去，而她看着桌面，看着廉价仿橡木的虚假纹理。她完全可以站起来离开。但她没有。明显且关键的事实是，她没有离开。

“你还没跟别人说起我吧？”他问，“伯特没有，赛没有，任何人都没有。”埃里卡没有否认，他又说：“很好。那也许我们**可以**合作愉快。”

3 天，15 小时

● 马萨诸塞州，波士顿，波士顿街 700 号

凯特琳·戴扫描了图书馆三本书（都是爱情小说）的条形码，向借书人道别，并祝愿他们阅读愉快——这是人生一大乐事。然后却看到排队的下一位，是她从未想到会在波士顿公共图书馆遇到的人。

“拍张照片吧。”她对他说。

“我为什么要这么做呢，凯特琳？”赛·巴克斯特笑着回答。

“看看诚实的工作是什么样的。”

“萨曼莎说你能帮我联系她。”

“她是这么说的？”

“我想帮她。”

3天，7小时

● 西弗吉尼亚州，伯克利泉郊区

那辆越野摩托车就停在巷子里等着她，正如凯特琳所承诺的那样，无疑是凯特琳某个远方的活动家朋友赠送的，没有提问，没有回答，准时送到。姐妹情谊的力量彰显无遗。用PIN码打开了车尾的头盔箱，里面有摩托车的钥匙，这样，萨姆戴上隐藏身份的头盔，插上钥匙，就可以更加迅速、自由地行动了。只要摩托车的主人和萨姆之间模糊的联系不被发现，她也就不会被发现。

她的第一项任务？进城买一份《华盛顿邮报》，从报摊买，那里没有闭路电视监控。

进城，停车。她买了一份报纸，然后走进一条杂草丛生的小巷，在路灯下翻开报纸，找到分类广告。就是这里，凯特琳给她的新留言。这条广告一如既往地谨慎：

> 孤独女孩。新情况。登录网址“你最爱的艺术家.org/你的密码”。用我的姓氏开门。豌豆火腿汤就快

好了。爱你。

新情况？她的肾上腺素飙升。有人找到沃伦了吗？哦，沃伦。一个频繁出现的、不请自来的幻想画面浮现在脑海：站在跑道上，她的头发被减速的直升机螺旋桨吹拂，走进他的怀抱，脸贴在他的胸膛上，被跳动的心脏温暖。她找回了自己的生活——和沃伦在一起的生活。

“哦，亲爱的。”她大声说。

她走出小巷，骑上摩托车，然后推开7-11便利店的门，仍然戴着头盔。她用这次在凯特琳家拿的现金买了一个一次性翻盖手机，还买了耳机，然后一溜烟跑了出去。街上空无一人。

在城市边缘，信号还不错的地方，她打开了手机。两格信号。将浏览器匿名，然后输入www.georgiaokeeffe.org/Tomyris，她感觉自己的拇指笨拙而迟钝。透过头盔的狭窄缝隙，她的视线模糊不清。空白。然后屏幕上出现了一个视频文件的静态画面，一开始颗粒很粗，后来被解析为高清画面。她插上耳机，研究它。画面里是赛·巴克斯特站在一片看着像森林的地方，不过视角似乎很奇怪。按下播放键后，另一个密码框弹出来。

她输入“戴”。

但不是凯特琳。

“萨姆。”

赛的声音很温暖。听到他直接对她说话，她的心怦怦直跳。

“首先，祝贺你在这次 Beta 版测试中取得的成绩，非常出色。其次，如你所知，我们找到了凯特琳和你的信息。哇。令人惊叹！我们这边可花了不少功夫。”他停顿了一下，摇摇头。

她还记得曾看到这个男人在小木屋外发脾气的情景。她咬着嘴唇。他的声音听起来很诚恳而自然。希望从她心里涌起。在她的内心最深处，是一片翻腾的、恶心的混乱。

“另外，我也被现在了解到的关于沃伦的一切所感动。我无法想象不知道他在哪里、是生是死的那种痛苦，还怀疑真相被，嗯，被罪恶地隐瞒，更不用说美国对他的遗弃了。我和你一样愤怒。而且，根据你在 U 盘视频中向我提出的交易——干得漂亮——我一直在打听，我可以确认，我有消息了。我知道沃伦在哪里。”

对此，萨姆感到自己的嘴角抽搐了一下，露出了一丝微笑。**知道他在哪里**？那就是说他还活着。谢谢你，上帝。谢谢你，上帝。谢谢你，上帝。

“但你必须自首，照你说的那样。这是我们的协议。你不能告诉任何人。你来见我，让我们带你进来，你就能得到我们所知道的关于沃伦的一切。就这么办，好吗？”

萨姆连眼睛都不敢眨一下。中情局一直在隐瞒它所知道的一切，现在巴克斯特成了她的盟友，就像她一直希望和疯狂计划的那样，他将会是一个重要而强大的盟友，也是她和贾斯汀所能想到的唯一一个拥有必要的权力，可以绕过美国政府禁令的人。

当视频中巴克斯特稳定的图像提出建议时，一种近乎喜悦的轻松感涌上她的心头。

“那么，让我们在华盛顿的国家美术馆见面，结束这一切。我不知道你在哪里，但你最大的长处是足智多谋。我会在那里，明天下午，也就是归零时间的第28天，3点钟。别担心。只有我。我真的，真的希望你也能去。”

她能做到吗？她能冒这么大的风险吗？但这是她想要的一切，不是吗？是的，这可能是个陷阱，毕竟那是巴克斯特，但她会采取预防措施，而且她必须见一见这个男人，看来她已经成功地迫使他揭开了沃伦的真相。

解决了这个问题，她拿出电池，把它扔进鼠尾草和泥土的荒野中。她用她没受伤的脚熟练地踩下启动踏板。猛地扭动油门——“宁宁”是她爸爸对这些越野摩托车的称呼，任何有耳朵的人都能说出原因。回到两英里外的公路上，她用现金在一个肮脏不堪、跳蚤遍布、完全没有闭路电视的加油站买了汽油，然后折回营地，被突然复苏的希望支撑着。

3天，3小时

● 华盛顿特区，融合中心

埃里卡的办公室比赛的小，而且象征性地位于赛的办公室下层。此外，和他的相比，她的没有窗的墙壁就只是一面普通的墙，但她有自己的套房和一台平板电视，还有一张可以睡觉的沙发。此刻，她正在用平板电脑查找所有涉及赛、她和弗吉尼亚环球科技公司的电子邮件。这只是一个利用欧洲销售税收优惠的地址，仅此而已。很清白。苹果这么干。谷歌。亚马逊。它们都这么干。没有人相信纳税是一项义务，或者有什么价值。但她现在意识到，近期有一定数量的高价值交易是通过弗吉尼亚环球科技公司进行的：与俄罗斯等国的交易，销售额不详，却产生了一些巨额利润，经常让他们的董事会兴奋不已，推动“世界共享”的股价节节攀升。然而，据她所知，这些销售——很可疑，销售内容**不明**——发生在俄乌战争爆发，俄罗斯成为多国谴责和制裁对象**之前**。那时，每个人都和俄罗斯打交道。而从她能找到的仅有的几封邮件来看，**自**2022年2月开始，与俄罗斯等国没有明显的贸易往来。

尽管如此，当她离开办公室，将分散的注意力转向“虚空”时，她还是感到胸闷，因为随着时间的流逝，对零10号的追捕行动也逐渐走向失败。

她无法抑制恐惧：或许赛有一种秘密生活，而这种秘密生活现在已经让她成为一起严重的国际犯罪的同谋。即使这是非理性的，即使它源自贾斯汀的荒唐指控——弗吉尼亚环球科技公司的真正目的是违抗国际制裁，武装美国的敌人，她还是被各种画面俘获：逮捕、冷酷拘留、法庭审判、舆论诋毁、手铐、铁栅栏、橙色囚衣和游街示众、狱中时光，这一切在她的脑海中涌现。赛，她认识的赛，或者她自以为认识的赛，会参与这样的交易吗？而此时此刻，她自己又该做些什么呢？

离开贾斯汀家之后，她**曾经**决定必须立即向伯特·沃克报告，必须揭露这名中情局雇员一直在积极**反对** Beta 版测试，帮助萨曼莎·克鲁继续在逃——她还必须揭露**原因**。但现在还不是时候，她决定，赛可能还隐藏着更多不为人知的行为，至少在她的猜疑消散之前，还不能这么做。

贾斯汀的指控此刻已经变成了她的精神困扰。可回收纸杯里的咖啡渐渐变冷，她把咖啡捧在胸前，身处数据和流媒体图像的旋风中，与她那同样旋转不定的精神状态抗衡。她意识到自己可能需要做一些非常大胆、非常危险、非常出格的事情，才能拯救这一切，同时拯救她自己。换句话说，她可能需要做一个短暂的实验，成为埃里卡·库根之外的另一个人。

她戴上耳机，语音拨号到“世界共享”公司的会计部门。

“我是埃里卡·库根。请问你是哪位？”

“呃……戴尔。戴尔·平斯基。”

“你好，戴尔。我想查看我们的一个空壳公司：弗吉尼亚环球科技公司的所有近期活动和交易。”

“好……的。”电话那头略有迟疑。

“过去五年的所有资料，戴尔。合同。我和赛在一起，他想让我尽快了解弗吉尼亚环球科技公司的所有交易。所以把所有资料从内部发给我。发票，收据。正在进行的新交易。账上的，账下的。好吗？戴尔？最高加急。”

“好的。这是……赛要求的？”

“对，他不能等太久，戴尔。你知道他的脾气。”

2 天，7 小时

● 西弗吉尼亚州，伯克利泉郊区

有人在外面。在她的帐篷外面。没有警笛声，没有无人机高亢的嗡嗡声，也没有直升机隆隆鼓点般的预警，只有脚步声，一只靴子踩断附近的干树枝发出脆响，然后是寂静。

在帐篷里，她感觉到入侵者正在靠近。她悄悄地把脚伸进靴子，拿起她的手电筒，手电筒很重，可以当武器用。她蹲下身子，等到声音减弱，然后迅速打开帐篷帘子走出去，看到……一个男人的身影，他正弯着腰，在昨晚的篝火灰烬上，用打火机点燃一堆新的苔藓和树枝，随后咔哒一声关上打火机，他站起身子，摘下羊毛帽。

“天哪，你吓死我了！”她喘着粗气说。

“来点咖啡？”

他张开双臂。她走向他。他抱紧她，几乎用力过猛，然后把她推开，他们咫尺相望。

“沃伦还活着，”她告诉他，“赛·巴克斯特告诉我的。”

“告诉你？怎么告诉？”

“我们是通过凯特琳联系上的。他说他知道沃伦在哪里。”

“我敢肯定他知道。”

“他会告诉我。我要去见他。今天晚些时候。”

透过木头燃烧的烟尘，他只能瞪着她。

半小时后，他们喝着她一个月来喝过的最香醇的咖啡（瓶装水冲泡的咖啡风味十足），他还在试图说服她放弃。“我不会让你这么做的。我不信任他。我觉得他只会把你抓起来，你什么也得不到。”

“我必须冒这个险。”

“如果他**真的**告诉你沃伦在哪里呢？”

“我就去自首。”

贾斯汀意识到，在这方面，她远远超出了他的职权范围。不过还有一个更大的共同问题需要讨论：“但之后我们还是要破坏他的计划，对吗？”

她双手捧着锡制咖啡杯，放低了声音。“也许吧……但我可能也要请你暂缓一下。我们可能得先把沃伦带回家。”

贾斯汀的眼睛映着火光，怒视她。“我们说好了的。”

“今天之后，我仍然需要巴克斯特的帮助。”

“萨姆，无论赛·巴克斯特今天告诉你关于沃伦的任何事，你都不能相信。”

“我们再看吧。现在这一切都是关于沃伦的。”

“那我呢？”

她转向他。“什么？”

“埃里卡·库根知道我是内应，是帮你的人。”

“哦，贾斯汀。”

“她发现了。所以我就要失业了。”他耸耸肩，“好吧。但我的观点是，现在要做什么不只是你的决定，而是**我们的**决定。”

这段旅程一直都是两人共同走过的，但萨姆现在第一次看到，前方道路上出现了分歧。“你想从我这里得到什么？”

“履行我们的约定。我们有一个历史性的机会。你和我，这机会太他妈的大了。我们谈论的是阻止美国乃至全世界进入一个新的封建时代——”

“哦，贾斯汀——”

“一个被军工企业奴役的时代——”

“贾斯汀——”

“它们拥有不可逆转的胁迫、洗脑和镇压的权力。这正是奥威尔警告我们的。我们必须做出回应。如果不是我们，又能是**谁**？”

她只能叹息。亲爱的、愤怒的、善良的、身陷困境的贾斯汀，今天就在为明天的战争而战斗，他是街垒中的孤胆勇士，是一个从他所反对的机构内部出现的激进分子，显然他已经迫不及待想要做出最终的牺牲，他的身份与他的使命感息息相关：在这一点上，他与沃伦并无二致。

“我关心的是沃伦。”她边说边把最后一口咖啡倒进火里，咖啡在木头上发出嘶嘶声。

“你曾经告诉过我，必须阻止赛。原话是：那个人必须被阻止。你和我一样生气。”

“没人像你一样生气。现在我要换衣服，去见一位亿万富翁。”说完，她回到帐篷里。

当她再次出来时，贾斯汀递给她一沓文件。“如果你觉得有必要，就把这些给他看。告诉他这是复印件。确实是。告诉他你有原件。看看他会有什么表情。”

她双手接过那沓纸。“还有一个问题，”她说，“我们还在他的笔记本电脑里，对吧？你的间谍软件。”

“嗯。监控每一次按键。”

“他不知道吗？”

“还不知道。”

她笑了，感谢上帝，他们保持了对巴克斯特的这个秘密优势，这是贾斯汀的高明之举，而且效果非常好。凯特琳以她一贯的方式挑衅巴克斯特，用背诵元素周期表的方式激怒他，戏弄他，让他暴跳如雷，然后才把 U 盘给他，于是巴克斯特把贾斯汀的U盘（装有她的视频信息）插入他的笔记本电脑后，就点击关闭了他常用的防护措施，就这样，入侵和间谍软件至今仍未被发现：这就是以毒攻毒的最好例证。

“那你会继续窥探他的活动吗？”

“你以为我整天都在干什么？”

“爱你。”

“也爱你。萨姆，当你接近他时，你要这么做……”

“我知道该怎么做，”她打断，“我有办法。”

“那我就放心了。那么再见吧。”

“贾斯汀……如果出了什么差错，我在哪里能见到你？”

“有人终于承认了这种可能性。”

“哪里？”

“我会遵守我的那部分计划。我们列表上的下一个地点。我会在那里。”

她在他脸上轻轻一吻。“有点信心。”

他看着她走开。叫道：“还有多余的吗？”

1 天，23 小时

● 华盛顿特区，国家美术馆

不知怎的，赛不认为萨曼莎·克鲁会出现。无论索尼娅怎么描述萨曼莎·克鲁的心理特征，他都无法完全相信，竟有人会如此轻信。

他感到坐立不安，神经紧绷，融合中心也派不上用场，那里的“清晰预视”仍然无法掌握它的目标。看起来，它面对的难点——机器的缺陷，不仅仅是在追踪萨曼莎·克鲁这方面——是随机性本身：噪音、突变、情感的无序、不可预测行为的发作、无法凝聚成另一种模式的干扰，或者简而言之，是人类本性中令人震惊的不规则性。面对这些内在的混乱，算法能有什么机会呢？然而，这仍然是未来的关键挑战，即弥合可计算与不可知论之间的鸿沟，弥合机器与反复无常、不稳定、受激情支配的人类灵魂之间的鸿沟，为此，他将投入全部资源和余生。

画廊房间引人入胜，他漫步其中。每个房间都以已故大亨命名。它们宏伟壮观，由镀金时代的巨头们出资建造，这些巨头们相信，如果在与造物主相见前的最后几个月里，将自己的不义之财投入到“为人民”的事业中，他们的灵魂和声誉将得到救赎，并获得精神上的最后一刻豁免。他不禁要问，在渴望不朽和自我辩白方面，我有什么不同吗？只不过我不用砖头和砂浆，而是用 1 和 0。

他戴着耳机，衣领上藏着一个设计精巧的麦克风，只有婴儿拇指甲大小。他的特制眼镜可以让索尼娅和她那支低调的精英小队看到他所看到的一切，他们就在两个街区之外。为了减少被那些寻求签名、自拍、建议和祝福的平民百姓认出和骚扰的可能性，他今天没有穿得像个高科技隐士，只穿了牛仔裤和系扣衬衫，看起来他是在练习当自己的爸爸，或者是四十岁的丁丁[1]。他随身携带一个文件夹、一个笔记本和一支笔。

当他假装对墙上的画作感兴趣时，每个房间的画廊警卫都会打量他一眼。他没有需要被搜检的包。戴着眼镜，看起来足够白人，足够富有，所以只需稍加留意。中央大厅里，粗大的绿色大理石柱环绕着一个喷泉，喷泉顶部有一个裸体男孩。男孩的脚跟长着翅膀。墨丘利，众神的使者。赛意识到，在他租住的豪宅后花园中有这个喷泉的复制品。也有可能那个是原件，而这个才是复制品。他若有所思，墨丘利可能是赛所从事

1　Tintin，《丁丁历险记》主人公。

的工作的守护神：将全能者的信息传递给无权者，反之亦然。

他向右转，坐在宽阔的中央长椅上，这里很安静。坐在这张椅子上的人，应该会目不转睛地盯着对面的巨幅油画。如果你喜欢那类东西，感觉就很好，但赛更喜欢照片：清晰的视角，没有印象，忠于事实。

他一边拿起手机，同时注视着一个正在端详祭坛画的少年。这时，大厅里突然传来一阵嘈杂声，像椋鸟的叽喳，房间里突然挤满了一群小学生，他们都穿着鲜黄色的T恤，由六个留着金色长直发、神情疲惫的女人带领着。孩子们两两牵着手，盯着四周看，他们的嘴巴居然**惊奇地**张大了，嘴里发出永恒的、幼稚的哇哇声，仿佛刚刚来到这个星球，正在欣赏人类的集体杰作。他们的监护人把他们领到隔壁房间，赛看着他们，羡慕他们毫不掩饰的兴奋。自己天真的好奇心去哪儿了？它变成了什么？上一次他发现自己沉浸在一个令人陶醉而难以言说，超越了他的解释能力和占有欲望的时刻，是什么时候呢？

“你是沃伦吗？”

他转过身来。一个头戴棒球帽、身穿艾奥瓦州立大学运动衫的少年正看着赛，然后看了看手表，又看了看赛，迷惑不解，似乎有些事情说不通。

沃伦？可爱，萨姆，真的很可爱。“是的。怎么了？”

“有位女士给了我五十美元，让我在这里等到三点，然后把这个给你。”

赛一把从他手里夺了过来。“什么时候？在哪儿？”

“外面，大概一小时前。”

“她穿什么衣服？”

“穿什么？我不知道。哎呀，好像戴着墨镜。还有一顶棒球帽，我想是白色的。”他倾身向前，盯着赛看，“嘿，天哪……你是赛·巴克斯特？”

“不，我是马克·扎克伯格。”

赛走了，在那孩子有所察觉之前，回到了大厅的大理石森林中。他掏出手机，同时打开纸条。

西北区第八街560号停车场。乘电梯到地下二层。

十分钟。走路来。

这算什么，寻宝游戏？

“赛。”索尼娅的声音在他耳边响起，“我们派辆车去。”

“没时间了。”

他穿过警卫，快步向外走去。

1 天，22 小时

● 华盛顿特区，西北区第八街 560 号，停车场

快速发展的城市一角。在这个联邦假日的周一，造了一半的塔楼和现场的起重机静悄悄的，基础结构裸露在外，可以看到钢梁和浇筑好的混凝土地基。通常情况下，这是一个头戴安全帽、身披矿尘的工人的世界。在一个全新的地下停车库的掩体里，上下都是像床垫一样厚的水泥层，没有信号可以进出，萨姆从一根粗大的柱子后面走出来，看到……一个模样很普通的人。

他们面对面站着，萨姆终于看到了她的折磨者、她的猎人，但也有可能是她的救星，比起他的名声和权力可能带给人们的想象，这个男人要矮上几英寸，脸庞还很年轻，就好像大自然在密谋让他不要像我们其他人一样长大。在很多方面，他都是规则的例外，现在他站在她面前，半隐半现，他们之间曾经遥远的距离几乎缩短为零。

还没等他开口，她用手指了指嘴唇，让他噤声，然后轻拍自己胸前和臀部口袋的位置。他明白这个哑剧的含义，于是

从胸前的口袋里掏出手机递给她。她取出电池，然后示意他再拿出一些设备。他顺从地摇摇头，取下耳机和衣领上的麦克风：这些东西被她扔在地上，她在上面踩了一脚。

“那些都很贵。”他指出。

但她还没完。在她目光的指引下，他脱掉了便鞋，随后先是解开了劳力士迪通拿手表——“这是经典款。”他警告，于是她只是把它装进了口袋——接着是钱包，再然后是眼镜（被扔向一边，滑到了一辆汽车底下）。天哪，连袖扣也不放过！

“真要这样吗？你是要让我告诉你我知道的事情，还是要一起去游泳？我开始觉得你不信任我了。不过好吧，我让你享受这一刻。”

“还有隐形眼镜，”她最后要求，“听说你戴隐形眼镜。”

“没隐形眼镜我看不清东西。”

“但**有**隐形眼镜我不会跟你谈。”

“我们还不能在隐形眼镜里装摄像头。”

“我怎么知道？”

他很激动，用右手食指先取下一个，再取下另一个，说：“你似乎知道很多。”

当这些东西递给她，然后被她扔到身后时，她准备好谈话了。“沃伦。他在哪里？”

“如果我告诉你，你还会自首吗？因为我开始感到不对劲了。”

“交易仍然成立，但我得先知道你知道些什么。”

“好吧，我很高兴听到你这么说。”

“我丈夫在哪里？”

“伊朗。”

这一刻萨姆屏住了呼吸。“我知道不是伊朗就是叙利亚，一定是这样。”

“是伊朗。”

“你确定？”

“这是我们得到的最新情报。来自中情局。”

“他还活着？”

“是的。他被伊朗政府扣押了。我正在寻找确切地点。所以你是对的。”

她快哭了。她心里知道的事情刚刚得到了证实，三年来所有叛逆的猜测此刻尘埃落定。

“来吧，”他说，“我们一起走出去。”

他抬起胳膊，指了指出口的斜坡，但她犹豫了。

“怎么了？”他问，“萨曼莎？”

“我需要……我需要知道，他在哪里，被关在哪里。如果是监狱，我需要知道在哪里。是谁囚禁了他？为什么……为什么我们的政府否认对此知情？为什么伊朗人也什么都不说？”

“跟我来，我帮你查清楚。好吗？走吧。”

她站在那里。她真的在考虑。如果能以某种方式与他同行就好了。但最后，她还是摇了摇头。“不。”

“不？”

“你还有一天时间。找出原因。趁我对你还有价值的时候。”

当他向前迈出一步时，她向后退了一步，两人之间保持六英尺，条件反射地拉开了社交距离。

“萨姆，”他坚定地说，但当她再次摇头时，他看起来没有那么担心，“我在大楼周围部署了抓捕小组。你走不了一百码。”

“我们可以测试一下。”

说到这里，他的声音变得更加强硬，抛开了所有的外交辞令、耐心和伪装的关怀。“好了，我告诉了你他在哪里。我们有交易。所以你要放聪明点。我可以找到更多关于你丈夫的信息，但你必须跟我走，现在就走。”

“二十四小时。你还有一天时间。”

“我这就召集队伍。”

“去吧。但在此之前”——她从背包里拿出一沓贾斯汀给的资料——“你也许想看看这些。”

她自己也翻阅过这几页纸，她还只是刚刚开始理解：里面全是赛和一个叫伊拉姆·科瓦奇的人之间的未加密电子邮件，后者是弗吉尼亚环球科技公司的董事长。

他接过文件，开始一页页翻阅，看到了他位于巴塞尔的空壳公司的往来邮件——与俄罗斯等国的公司的数亿美元的合同，尽管2018、2019、2020、2021、2022年有贸易禁令，主要通信人是赛·巴克斯特和世界共享公司前技术开发项目负责人伊拉姆·科瓦奇。

对她来说，这些文件读起来多半像粤语一样难懂，但有几页容易理解，其中描述了“全州监控系统”的秘密推广，“监控每个人从离开家门到返回家门的每一刻，他们的工作、社交和行为模式都会被记录、分析和存档”。赛·巴克斯特帮助俄罗斯等国建立对其所有公民的监控系统，并通过开曼群岛的一家空壳公司承包工程，这样他就可以逃避制裁。

“令人毛骨悚然的东西，”她告诉他，收回了文件，“非常符合融合的风格。”

他快速眨眼，边读边舔嘴唇，然后抬头看她。“我没戴眼镜。”

“你犯法了，巴克斯特先生。**很严重**。你一定很庆幸没有其他人在听我们谈话。”

他花了一些时间才回答。“这是从哪儿来的？”

“从你这儿，很明显。”

“我不是这个意思。我是个全球商人，我的客户遍布世界。波音公司也是。沃尔玛也是。麦当劳也是。”

“那你不介意我告诉中情局吧？”

他几乎没有反应。“你凭什么认为他们还不知道？”

“说得好。那我告诉公众怎么样？我想还有参议院。还有《华盛顿邮报》。或许你更喜欢《纽约时报》？”

她可以看到他的下巴在动，脸上的肌肉在收紧，左眼周围的细肌腱在抽动。

“或者……或者你可以帮我。二十四小时。否则，我相信在寻找沃伦的时候，我肯定能用得上三百万。哦，还有揭发你。”

他压低了声音，信心明显动摇了。“如果……如果我帮你……我想要帮你……那么我需要知道是谁把这些文件交给你的。告诉我名字。”

“哦，上帝。”

“上帝有姓吗？”

“有。但他不喜欢别人知道。那是对‘上帝’的亵渎。找到我丈夫，赛，我会忘了这些文件上的一切。你可以猜到，这些都是复印件。我有原件。”

“你以为我会相信你放弃揭发？”

“你还有什么选择？”

说着，她把一沓纸扔在肮脏的水泥地上。啪。

“你丈夫已经失踪三年了，”他说，“二十四小时不够。”

“不对。三年来中情局一直在隐瞒沃伦的下落。”

“现在他们为什么要告诉我？”

“他们不会。但你有能力、有门路、有沃伦所说的技术，我希望你现在也有动力去查明真相。进入他们的档案。”

他笑了，但很苦涩。“你不知道你在要求什么。”

“我真的认为我知道。”

1天，21小时

● 华盛顿特区，融合中心

赛飞奔回他的办公室，经过那些仍在努力跟踪萨曼莎·克鲁行踪的大队人马。

索尼娅第一个敲响了他的门。

“她没来赴约。”他报告说，陷入了思想斗争的迷离状态。

“她根本没有来？真聪明。”

“我在那该死的地下车库等了二十分钟。我现在很忙。你介意吗？”

她没有动，他不看她，抹去了他们之前的亲密。

“有时间吗？”

“什么？”还是不看她。

“我发现了一些东西。”

他终于从笔记本电脑上抬起头。她双手捧着平板电脑。他也许应该解雇她，以此向埃里卡证明他的悔悟。但如果她起诉他怎么办？他需要打几个电话，用保密协议和赔偿金来处理这件事。“怎么了？”

“我知道我们不应该去找沃伦·克鲁……”

“说下去？”

“好吧，在我知道**不**应该往那个方向寻找之前——”

“告诉我。”

“我运行了我们所有和他有关的数据库，我进入了他的深交群组，系统刚刚得到了一个匹配……是一个我们授予最高安全许可的人。他似乎是沃伦的朋友。**老**朋友。”

“是**这里**的某个人？”是谁？一个组长？是谁？他的脑海里闪过很多候选人：故意表现不佳的扎克·巴斯？未经审查的联邦调查局派员拉克希米·帕特尔？最近在各方面都表现得很对抗的埃里卡本人？

“不是。”

“那是谁？”

“贾斯汀·阿马里。伯特·沃克的手下。”

这个名字……这个名字本身，就像一朵怪浪，仿佛从他面前数字墙上碧绿的海面升起。

“把门关上。”

索尼娅很乐意这么做。当他伸出手时，她举起“虚空”分配的平板电脑向前走去，就像一个向圣像献祭的女仆。

赛接过平板电脑，激活屏幕。就在那里：一张结婚照，一对新人，在画面的边缘，是伯特·沃克那个令人恼火的助手，那个讨厌的爱找茬的混蛋，但回到当年，他还是笑嘻嘻的兄弟会男孩模样，块头很大，显得身上的廉价西装太紧了。

赛经历了一个顿悟的时刻。整个俄罗斯方块游戏咔嚓、咔嚓、咔嚓地消除。他闭上眼睛，深吸了一口气，然后用近乎耳语的声音说："索尼娅，我爱你。"接着，是真正的耳语："干他的。"

当他睁开眼睛时，索尼娅满面春风。"很有用，对吗？"

"干。他。的。"

"对吗？"她笑嘻嘻的，闪亮的蓝眼睛下面露出完美的牙齿。

赛现在明白了，能看清一切。在那里，在壮丽的高清画面下，是拼图中缺失的一块，它解开了整个谜团。一切不合理的事情都结束了。这感觉真好！再一次战胜了自己的敌人，优势又回到了自己手中，多好啊。不管以后会发生什么，不管事件的未来走向如何，即使他还没有想好如何利用这个重要信息，但他现在知道他会胜出。

"你想让我做什么？"她问。

他站起身，开始踱步，然后停在布满蓝绿色波纹的墙壁前，他那以敏捷闻名的大脑超负荷运转，在她的注视下进行计算。

最后他说："首先，这个东西留在这里，只有你和我知道。明白吗，索尼娅？"

没问题，对索尼娅来说没问题。

"我想要你为我做一件事。极其重要的事。我要你找到……**建立**贾斯汀·阿马里和某个有争议的组织之间的任何联系。好吗？"

"有争议？"

"什么都可以。他曾经参加过的'黑命攸关'集会。他给激进组织的捐款。左翼。右翼。任何暗示他有极端观点的事。如果他下载过任何关于基地组织、骄傲男孩、三K党、真主党、库尔德人的资料，任何东西，我不在乎。把它带给我。你能做到吗，索尼娅？"

"当然。"

"因为这件事我只能信任**你**。你是我最好的人选。现在只有你和我了。好吗？你愿意吗？"

她点点头，似乎对如此迅速地进入一种非同寻常的超越肉体的亲密关系而感到震惊。"当然。"

"然后找出他现在在哪里。实际上，先做这件事。带一个小组去贾斯汀的公寓。如果他在，给我电话。如果他不在，就进去看看能找到什么。"

这不属于任何融合协议。他看得出这让她很紧张，这个女孩以最优等成绩毕业，却对现实世界一无所知，于是他站起来，走向她，拥抱她，隔着羊绒衫感受她的体温。

“谢谢你，”他对着她香喷喷的头发低语，“现在快去。”

1天，20小时

● 华盛顿特区，融合中心

当赛出现在她办公室门口时，埃里卡不屑一顾。在他告诉她车库里发生的（大部分）事情后，她只是评论："聪明的女孩。现在怎么办？"

"我决定无论如何都要帮她。查出中情局知道的关于她丈夫的一切。"

"哦，真的吗？"她问道，表现得有些惊讶，实际上却在想俄罗斯等国，在想瑞士空壳公司的秘密销售，在想桌上的索尼娅·杜瓦尔，在想"我恨你"，在想"滚出我的办公室"……但她什么也没说。从现在起，她的真实想法、真实感受、真实意图都将转入地下。

"我要帮她找出中情局知道的事情……她会自首，归零计划会成功。"

"你太厉害了。"

"你不相信我？"

她完全不相信的神情足以说明她的回答。

“我不怪你，”他让步道，“我迷失了方向。你说得对。我是我自己最大的敌人。但你是我的灯塔，我的信标。我需要你，埃里卡。”

“啧。”

这招不管用。

1天，15小时

● 81号州际公路

萨姆按计划把摩托车骑到城市边缘，把车藏在路边，然后开始徒步穿过郊区，前往贾斯汀为他们的下一次会面选定的地点。

她喝了口水，然后拧上水瓶盖，在紫色的黄昏里，看着那些关门的餐馆和停业的商店，那些生意再也回不来了。大家都去哪儿了？当然是在家里，点外卖，在餐桌上他们的脸被手机屏幕映成蓝色。

她看了看表。她已经没有精力和时间再跑下去了。赛·巴克斯特真的会帮她吗？胁迫真的有用吗？也许贾斯汀是对的，他就是个怪物，而这里，这一排关闭的商业区，就是她作为逃亡者最后一次行动的舞台。

哦，沃伦，请回家吧。她想起了他曾经告诉她的理论，为什么人类从未见过外星人。“在整个宇宙中，”他说，“像我们这样的文明出现了，成长了，变得聪明了，当他们快要真正超越他们的野蛮起源时，他们开始发明毁灭自己的手段。

炸弹。化学品。病毒。大气中的毒气。这引发了一场星球灾难。总之，当一个人能够掌握足够多这些足以毁掉半个地球的破坏性力量时，最终这个人就会使用它们。这就是熵原理，只不过加速了。轰隆。然后一切都回到石器时代，我们又回到起点，寻找会造轮子的人。”

要活着，沃伦。拜托。

萨姆在指定的时间和地点（仓库后面,倒数第二个装卸区）等待着。她用指关节敲了敲金属卷帘门。几秒钟的静默后，卷帘门上的小门打开了。

贾斯汀。

他走出来，拥抱她，越过她向黑暗中望去，查看她是否被跟踪了。

“这是什么地方？”她问。

“还记得录像带出租店吗？”

1天，14小时

● 81号公路，“我爱录像带”商店

这家已经倒闭的商店（有几个高中暑假，贾斯汀曾在这家商店打工，当时他还是个电影迷，能说出上千部电影的导演）的后屋是一个带有散热风扇的混凝土盒子，里面摆放着废弃的沙发、水壶和冰箱，几张支架桌上缠绕着粗黑的电源线和网线。四处散落着老电影录像带的盒子——《虎胆龙威》原版、凯文·科斯特纳和惠特尼·休斯顿主演的《保镖》、《教父》第一至第三部、《哈莱姆地狱》，还有足够贾斯汀开店的电脑设备。这里是蝙蝠侠的巢穴，超人的孤独堡垒，书呆子的天堂，弥漫着过时的气息。

赛·巴克斯特和埃里卡·库根现在面临着时间和不利证据的双重压力，贾斯汀和萨姆静心等待，看看是否有一方会为他们出头。

贾斯汀的电脑通过间谍软件与巴克斯特早已被感染的笔记本电脑隐蔽地相连，他就像一个弯腰垂钓的渔夫，等待着鱼线颤动。

注视着他，萨姆意识到她对这个男人的喜爱和感激之情与日俱增。是的，他在这件事里有自己的目标，有自己的优先项，有他与拥有过度强制力、影响力、舆论引导和传播虚假信息等力量的大型科技公司进行的长期战争，诸如此类，但他出于对沃伦的爱和忠诚，某种程度上也是出于对她的爱和忠诚，他所做的这一切无异于引爆了自己的职业生涯，把它炸上了天，这都是出于他内心深处最根本的善。

她躺倒在沙发上，向贾斯汀报告了她与赛的谈话内容，贾斯汀预言的陷阱，以及她如何借助贾斯汀窃取的邮件才得以逃脱，然后，她还报告了与赛交易的最新进展：要么他帮她找到沃伦的确切下落，要么这些邮件将广为流传，进入公共领域，毁掉他的名声，也许还有他的公司。

贾斯汀则既没有说“我早就告诉过你”，也没有说“我要亲眼看到才能相信”。“那家伙就是条狗，我还能说什么呢。但如果奇迹真的发生，如果我们已经迫使他帮助我们，那就是今天了。赛太在乎胜利了。”他拿起两部旧手机，补充道：“哦，这个给你，是失物。已经解锁。两部手机都还在别人名下。这样如果我们不得不分开，我们还可以通话。”

在她的注视下，贾斯汀又开始了耐心的等待和观察工作，他希望赛去寻找沃伦的机密文件，以拯救他自己，或者埃里卡让她的黑客去做，以拯救赛。他自顾自地吹着没调子的口哨，而萨姆则精力耗尽，终于倒下，拖着仍然隐隐作痛的右脚踝，躺在一张破旧的贵妃榻上，就像拉斐尔前派绘画中仰卧的人物。她甚至不知道他给她拍了一张照片——把像尸体一样躺在那里的她拍了下来，直到后来她在他选择的工作站桌面上看到了这张照片：她的金发散落在破旧的红色天鹅绒垫子上，画面边缘点缀着褐色枯萎的花朵。她猜想这就是她死后的样子。

夜晚在这个地方，以这种方式流逝，周一变成了周二，萨姆躺在沙发上，睡了又醒，祈祷着六十英里外的赛正在为了沃伦努力工作。

1 天，3 小时

● 华盛顿特区，融合中心

今天上午，赛选择了尼亚加拉大瀑布作为背景，数百万吨倾泻而下的淡水仿佛在他身上奔流，他打开笔记本电脑，迅速利用必要的安全许可和密码，以及很重要的是，利用隐身软件，在精确指定的时间秘密访问安全网络，它迷宫般的结构中包含了美国国家安全局、中央情报局和联邦调查局的联合数据库，一个规模近乎无穷大的宝藏，对国家具有天文数字的价值。

他的手指动作很快。虽然他本身并不是黑客，但他了解数字后门、安全补丁、匿名和自毁保护措施，了解如何将诸如 exploit/admin/smb 这样的代码行变成打开一个宝库、一个图书馆、一个宇宙的关键钥匙。

当赛神不知鬼不觉进入这个官方档案的虚拟王国时，他将采取一切预防措施（因为你永远不知道，在你非法侵入的同时，你自己是否也在被非法侵入、跟踪、监视），这个虚拟王国是一个私密的图书馆，如果把它做成实体书架，其规模比得上纽约市的**六**个街区。

事情就是这样进行的。天哪，当他意识到自己**进入**了，进到美国国家安全局和中央情报局的联合机密数据库中，身处世界上最安全的图书馆，接近于所有知识的所在地，因为它涉及如此众多的公民以及大量外国的信息，他感受到强烈快感，觉得自己无所不能。数以亿计的灵魂都在这里，他们的记录、他们的故事、他们的过失和错误，只要是值得调查的，赛都可以享受——在此之前他从未有过——对它们的访问权限。这种冲动、感觉、想法是，如果他永远享有这种神祇般的特权，他就会**知道**……知道他的国家所特别关注的几乎每个人的一切。这当然是他自己野心的终极目标——所以这个曾经没有朋友的孩子一开始就从事个人数据交易，这也使他感到谦卑，提醒他，尽管他现在拥有巨大的影响力，但真正囤积我们秘密生活的巨大宝藏的，是这些古老的政府情报机构。

不过，他必须在这个所罗门王的矿井中迅速找到他想要的东西，而不被实时发现。

但是接着，在输入 scp-r/path/to/local/data 这个窃取或移动数据的实际命令时，他又有了新的想法：既然来都来了，那就干脆全部拿走，复制下来，稍后在时间压力较小的情况下搜索他需要的文件，这不是更简单，也更有效？当然是的。但是，要下载如此庞大的数据库，这个目录包含了因为某个罪行而被美国政府调查的每一个人，这可能吗？天知道那会是多少数据！肯定不止每秒万亿次浮点运算，可能以每秒千万亿、百亿亿、十万亿亿，甚至亿亿亿次运算。美国到底有多少罪恶？从历史上看，有多少公民是罪犯？找出答案是多么令人难以置信的诱惑！天哪，这么多的数据，这么多的知识，这么多的秘密，还有这么多的内在力量，点击一下就能得到！另外，他现在就有进入广阔的数据农场所需要的所有链接，可以将下载的副本发送和隐藏到那里。

然后呢？然后呢？

一个新主意。一个更好的主意，更巴克斯特式的主意。在拿走所有这一切之后，他可以代表融合，通知政府发生了一场灾难性的数据劫案。告诉政府，他们的系统遭到了大规模破坏，所有的记录都被偷走了。谁干的？主要嫌疑人……那就是中情局的内奸贾斯汀·阿马里，和他恶毒的同伙萨曼莎·克鲁。把整件事都推到他的敌人身上，让联邦调查局勒令阿马里和克鲁停止工作，让**他们**来逮捕这些危险的国家敌人，然后堵住他们的嘴，捆住他们的手脚，不相信他们之后说的每一句话，就像关塔那摩湾恐怖主义流氓说的每一个字都无人理睬一样，而他，他，赛·巴克斯特，救世主，爱国者，总保护人，随着时间的推移，悄悄地想出该如何处理每个人的秘密。

真是好想法。真是了不起。真是巨大的科技勃起。

当他的指尖停留在键盘上时，他的脑海里流淌着计算、成本效益分析、对不同可能性的结果的广泛预测，从开局到中局再到终局的全程博弈，结果，在零时即将到来之际，他终于做了他一直在做的事情：决定，而且是重大决定。一个好得不能不执行的想法被付诸行动。一个百年一遇的想法开始运行。赛·巴克斯特的天才彰显无遗——他总是能够在别人步步为营的时候，在自己的棋盘上跃马扬鞭；于是，他开始复制美国国家安全局、中央情报局和联邦调查局的整个联合数据库。

他的屏幕上出现了一个进度条，丈量着他的成功。

23小时

● 华盛顿特区，中央情报局，公共事务办公室

“感谢大家在这么短的时间内赶来，”赛开始发言，冷静，学者风范，没有一丝贪婪，面对着挤满了高层人士的房间，他朗读来的路上在后座上准备好的笔记，“今天下午，我向你们报告一件事关国家安全的紧急事件，融合公司今天截获的计算机活动表明，我们相信，国家安全局设在犹他州威廉姆斯营的数据中心在今天上午九点半左右的例行维护服务期间遭到了攻击和破坏。”

中情局官员们没有惊呼，却不约而同地坐直了身体。

“我们进一步证实，这次攻击是一名美国公民和中情局助理贾斯汀·阿马里所为，你们中许多人都认识他。我已经向你们中有些人通报了这一情况。有些人则是第一次听到。”

“搞什么鬼？”国家安全局的一位高级代表粗声粗气地说，好像被点名似的。

伯特·沃克面如死灰。

“阿马里先生还被确认是一个叫萨曼莎·克鲁的人的伙伴

和朋友，后者就是我们融合所知道的零 10 号，是我们正在进行的归零 Beta 版测试的参与者，这里的委员会曾为此提供合作和监督。这位参与者也是一个叫沃伦·克鲁的人的妻子，此人现已失踪。中情局一再向克鲁夫人否认她的丈夫曾在这里工作过。但现在看来，阿马里先生为了帮助克鲁夫人寻找她的丈夫，利用他对国家安全数据库的深入了解，利用今天上午的例行安全维修，进入犹他州数据中心的服务器……现在，我们相信，他已经下载了大量的机密文件，试图获取有关失踪的克鲁先生的信息。”

“赛，请你向与会者介绍一下这次入侵的严重程度。”伯特·沃克显然还在努力平静下来。

“我们相信这次非法侵入达到了百亿亿字节。”

“百亿亿字节？”

“可能有数百万个文件。”

“数百万？”

“我们估计是自艾森豪威尔总统以来，曾引起中情局或联邦调查局特别或不寻常兴趣而进行调查的人员的全部档案。”这一骇人听闻的消息回荡在空气中。

伯特接过了话茬：“我在一小时前向国家安全局通报了这一泄露事件，以便他们的特工立即评估这一紧急情况的严重性，我的工作人员也已经通知了白宫。全国各地的执法部门都得到了萨曼莎·克鲁和贾斯汀·阿马里的身份信息，并已进入警戒状态。我们有理由相信，他们两人可能还在华盛顿地区。”

赛不需要查阅笔记，就能说出接下来的话。“融合认为，这次对国家安全的威胁怎么强调都不为过。此外，还有一个细节：我在融合的团队昼夜不停地工作，了解到阿马里先生拥有多把登记在册的枪支，其中有一把军用突击步枪，因此可以推测他全副武装。”这几乎是真的：索尼娅在阿马里的公寓里发现了一份旧的突击步枪购买记录，尽管他在五年前枪支执照过期后就卖掉了武器。没有发现其他枪支的证据。“此外，他最近还在暗网上搜索如何制造爆炸物，因此必须格外小心。”又是谎言：赛亲自植入了这些搜索，然后回溯了日期。但夸大危险总比低估危险要好。

22 小时

● 81 号公路，“我爱录像带”商店

一小时又一小时，贾斯汀一直在键盘前默默监视，赛被入侵的笔记本电脑是否会被它的主人激活并开始暴力工作。此刻，在下午三点，他把这个消息告诉了萨姆：今天早上九点钟左右，笔记本电脑上**有过**四十五分钟的疯狂活动——贾斯汀利用间谍软件追踪到了其中的大部分内容，但到目前为止，他还无法了解这一活动的实际性质。

“他可能在做你让他做的事情，**可能**是这样……但发生了某种情况，我无法跟踪他。可能是他使用了隐身软件，这既好也不好。不好的是我们看不到他发现了什么，好的是不管他想做什么，他都非常小心地隐藏了行踪。我还在赛的笔记本电脑里，我可以再次监听他，但我们已经失去了那四十五分钟。如果我有一个真正专业的黑客团队，也许我可以突破那些新的防火墙，看看他到底在干什么，但我一个人做不到。”他举起双手表示投降。

“你是说你认为他进入了政府档案？他做到了，他做到

了，他照我说的做了。”

“慢着。只是**有可能**。我们用枪指着他的头，所以是有可能的。但我们不要太激动。”然而，看着萨姆充满希望的脸，贾斯汀抑制不住地笑了，“瞧你，就像抓到了小鸟的猫。”

22小时

● 华盛顿特区，融合中心

埃里卡在赛的办公桌前找到他，他正在用笔记本电脑，对这样的时刻而言，他的心情过分好了。

“是你。”她说。

“你好，亲爱的。”

“你就是那个黑客。你入侵了那些数据库。”

“亲爱的，你怎么会这么想？”

“伯特刚刚打电话给我，说了你做的简报。当然，他以为我已经知道了。你在陷害他们。”

赛把目光从埃里卡身上转向电子屏幕。“这两个人是坏人。非常坏。现在他们做了一件很坏的事。一件穷凶极恶的事。”

她走到屏幕前。“你为什么要这样对他们？为什么？你必须告诉我。你欠我的。”

“他们是罪犯。很明显。”

“我不相信。你也不信。胡说八道。枪支、炸药？都是编造。你会让这些无辜的人受伤的，赛。甚至被杀。你知道吗？

你他妈的是报假警整他们！”

“他们现在确实可能会有危险。”

她感到心都快碎了。“告诉我。这是你的机会。我给你最后一次机会。告诉我一切。为了我。为了迈克尔。其实是为了**你自己**……因为我真的认为你的灵魂岌岌可危。”

她凝视着他的脸，试图从中找出蛛丝马迹，希望他能说出她最想听到的话。赛，哦，赛，说吧，告诉我真相，拯救你那尚可救赎的部分。有那么一瞬间，她以为自己已经触动了他，连接上他们旧日的频率，初次相遇时那个呆头呆脑的男孩，那个她爱上的年轻人，那个直到最近她还完全信任的商业伙伴。

但随后，那个孩子气的表情在她眼前变得严厉，从那张曾在激情、爱恋和钦慕中被亲吻的嘴里，只吐出这句话：“宝贝，休息一下。回家吧。你有点失控了。我爱你。但是回家去吧。”

说完，他离开了房间。

有些事情无可挽回地成为了过去。

我失去了他，我的绿眼睛男孩，失去了，她想，她的目光停留在墙上，注视着一只漂流在浮冰上的孤独的北极熊，就像冰会融化，那只熊注定要死去。然后，她走到他的办公桌前，桌上放着他心爱的、很少离身的笔记本电脑，那是他匆忙逃离她时留下的。

麦洛和达斯汀并不在“虚空”工作。他们有足够的才华，但他们过去有太多的黑客指控（已被封存，后被驳回），再加上对水烟枪和大胡子的嗜好，让其他人很不舒服。所以他们在“虚空”之下的地下室工作，伴着散热风扇的嗡嗡声。为使所有这些技术保持最佳工作温度，散热系统网络所产生的碳排放令人震惊、令人反感。这还仅仅是现场系统。这里处理的数据需要遍布全国的服务器农场，他们刚刚在阿拉斯加建了一个，铺设的布线系统看起来就像展开的大型强子对撞机，只是为了降低散热费用。

麦洛和达斯汀的工作是确保数据到达需要去的地方，并检查系统是否有泄漏和未经授权入侵所产生的数字硫磺臭味。他们的鼻子很灵敏，可以胜任这些工作，所以他们充当了融合的边境巡逻员和执法人员，防止不法分子入侵。从本质上讲，他们是这个魔法王国的吊闸、吊桥和箭槽，是当代的罗森格兰茨和吉尔登斯吞[1]。他们很擅长做这份工作，也获得了丰厚的报酬。

1 Rosencrantz，Guildenstern，《哈姆雷特》中的两个人物，奉国王之命监视哈姆雷特。

然而，他们的大量时间都花在了扯淡上。

达斯汀：“有人刚刚发明了它。”

麦洛：“不可能。”

“一个智能安全套。”

“它——什么，你戴过了？它有连接功能吗？”

“追踪推力速度。上面是这么写的。推力速度。”

“天哪，这些信息真的有人**需要**吗？”麦洛在屏幕上调出了参数，“心率，卡路里消耗，以及性交时的其他数据。无线连接。了不起，这样全家人都能获得实时更新，很好，很好。”

“如果她假装高潮，它会告诉你吗？”

“啊，**现在**有人感兴趣了。这对**你们的**关系是个灾难，哥们。”

这就是埃里卡进入房间时，听到麦洛和达斯汀正在讨论的问题。麦洛一跃而起，主动给了她一个熊抱。“埃里卡！”

达斯汀微笑着，但没有目光接触。达斯汀很害羞。

麦洛仍然带着浓重的波兰口音，尽管代码就像他的母语。“我的天啊。上面发生了什么事？贾斯汀·阿马里这件事？不可能。他看起来很酷。不过他有可爱的文身。”

这两人让埃里卡想起了十年前，那时“世界共享”公司还只有她、赛和雇用的十几个这类技术宅男。回忆让她心痛。

她深吸一口气，把赛的笔记本电脑放在他们面前。

“我需要知道这里发生了什么，伙计们。我们的时间不多。”

麦洛说：“埃里卡……那是谁的电脑？”

她在他们的注视下打开了笔记本电脑，然后输入了一个密码，不是她自己的，但她很熟悉。

21 天

● 81 号公路，“我爱录像带”商店

沃伦离开的那天，萨姆正在厨房的餐桌前看书，房间里弥漫着研磨咖啡的香味，炉子上的高汤冒着热气，火腿骨头慢慢散发出香味。萨姆喜欢做饭。

当他背着旅行包下楼时，她从小说中抬起头来。他从不托运行李，只是随身携带，他的小瓶洗发水已经装在透明塑料袋里，他的旅行笔记本电脑每次回家都会彻底清空，还有他的一次性手机，总是等到在外国机场滑行到停机坪时才装上电池。

“我不想让你走。”她说。他把包放在门边，靠在门框上，看着她，双手插在口袋里。

“你总是有不好的预感，但一直都没事。”

“这次更糟。”

“我们星期二见。”

“你保证？”

他走进房间，伸出双臂。她站起来，与他拥抱，把头靠

在他的胸膛上。

“是的。穿上围裙，给我做些饼干吧。”

她勉强笑着，哼了一声。外面响起了出租车喇叭声。

“小心点。要比平时更小心，拜托了。”

“最小心。”

他捧起她的脸，好好地亲吻了她，然后转身向门口走去。她跟在他身后，到门廊上向他挥手告别。他把包扔进后座，转过身，挥了挥手，她也挥了挥手。就这样。

星期二早上，她烤了饼干。好像是玩笑，又好像不是。沃伦没有回家。午夜时分，她吃光了所有的饼干，然后吐了。生活变成了地狱。

嘈杂的音乐吵醒了她。她从沙发上坐起来，老式 CD 播放器正在播放赫理斯合唱团的《高个子酷女人》[1]。贾斯汀蜷缩在笔记本电脑前，盯着屏幕，身体因紧张而僵硬。

“萨姆！”

“什么？”

1　赫理斯合唱团（The Hollies）是英国流行摇滚乐团，以开创性的独特三声部和声风格而闻名。《高个子酷女人》（*Long Cool Woman*）是 1972 年的热门歌曲，歌词设定了一个类似黑色犯罪电影的场景。

“有什么……有什么事正在发生……”

“什么？”

“赛的笔记本电脑上。墙……我觉得墙倒了。”

21 小时

● 华盛顿特区，融合中心

麦洛和达斯汀把赛的笔记本电脑放在两人中间；他们把它连到自己的机器上，同时工作。在二十多分钟的时间里，他们除了偶尔发出哼哼声之外，没有其他任何反应，但突然间，他们用疑惑的表情看着对方。

埃里卡看了看手机，她让赛的秘书在赛回到大楼时呼叫她。赛要找的第一件东西，他**唯一**会注意到丢失的东西，就是这台笔记本电脑。“伙计们，跟我说。你们到了哪一步了？”

“我们……”麦洛开始说，“好吧，好吧。我们通过了内部防火墙。暴露了 SSL 加密，看起来好像他……好像赛……好像他从犹他州的一个政府服务器上调取了超级海量数据，时间大约是——”

“今天早上九点半？”埃里卡预测。

“准确地说，是九点三十四分。”

埃里卡似乎并不感到特别惊讶。

麦洛问：“我们不会因此惹上麻烦吧？因为你在和两个曾

经去过那儿的人说话。”

“去过好几次，”达斯汀突然发言，“结果都不好。”

“数据现在在哪里？”她问道。

麦洛更加迟疑：“一个服务器……在……好像是……”

“马尼拉。”达斯汀提出。

“马尼拉，”麦洛确认，“我猜他在马尼拉有一个私人服务器？”

“你们能访问它吗？”

“事实上，我们已经访问过了。”

“你们能搜索它吗？那些数据？”

“我们还没试过。我们会有麻烦吗，埃里卡？说实话？”

“这么说吧，如果你们能搜索一下，我会非常感激，而且我会记住的。”

麦洛和达斯汀交换了一下紧张却兴奋的眼神（两人都知道他们就是为这样的时刻而生的），然后麦洛问道：“搜索……什么，确切地说？”

“一个名字：沃伦·克鲁。”

● 81 号公路，“我爱录像带”商店

贾斯汀的手颤抖着，悬在键盘上方。他看起来呆若木鸡。

“我们进去了。”

“进去？进去哪里？”

“在某个私人服务器……在某个地方。他现在没有使用隐身软件。只有他常用的安全墙。我们在跟踪他……可以看到他的键盘输入，知道他在做什么……他去哪里，我们就跟着……搭个便车。”

“那他去哪里？他在做什么？”

“还不确定，但他——好像有八只手。太疯狂了。攻击代码一个接一个。他在进入……什么东西……”

● 华盛顿特区，融合中心

“跟我说！”埃里卡说，“你们发现了什么？”

“我们发现了**一些东西**，”麦洛回答，“但缓存太……他妈的……太庞大了。一个巨大的数据转储库，所有数据都紧密捆绑在一起，令人难以置信。我是说，这是几十万页……几百万页。”

埃里卡想，哦，赛，你都干了什么？但她已经知道了，知道他们在看什么：史上最大的数据库入侵成果。赛做到了，他入侵了中情局著名的资料库，那里储存着数万亿个机密。他迷失了方向，才会允许自己这么做。为了达到什么目的？她也知道了：把两个知道**他的**秘密，可以指控**他**犯下巨大罪行的人诬陷为危险的罪犯。

她的手机响了。赛的秘书！赛在城市那一头的会议取消了。有人感染了新冠。他正在回来的车上。估计到达时间：半小时。半小时？

“我需要你们调出沃伦·克鲁的文件，”她对麦洛和达斯汀说，“你们能只搜索那一个文件吗？只提取一个文件？”

“提取……一个文件？嘿，那得花时间。还要破解其他层。我们还有多长时间？”

“多长时间？需要多长时间？”

“几个小时。”

她看了看手表，又看了看赛的笔记本电脑，它连接在更大的电脑上。她急需把它放回赛的办公桌上。“我们现在能做什么？来吧，伙计们！”

麦洛看着达斯汀，后者找回了自己的声音。“我们有一个选择。”

“选择什么？”

“什么都不提取，或者……”

“或者？”

“全部复制。”

“全部拿走，”达斯汀翻译，“整个**东西**。”

“你们能**做**到吗？全部**复制**？”

“我们只需点击一下就可以下载了，但这个点击非同寻常。”

麦洛将光标移动到位，然后用食指在键盘的回车键上轻轻一挥。“你说了算。但……”

“但？”

“这是大事……”

埃里卡看了看键盘，又看了看手表。“我得把这台笔记本电脑搬回楼上去，伙计们。五分钟前就该送上去。”

“那我们现在就停下来？”麦洛问，“拔掉插头？”

“如果我们全部复制下来，你们稍后能帮我过一遍吗？找到沃伦·克鲁的文件，删除其他内容？”

达斯汀：“我们还需要时间。但可以。”

她点点头。很果断。然后就明确了。“出去。你们两个都是。”她认为，这两个黑客的手不应该参与这个可怕的行动。这是她的决定。她的责任。她必须亲自去做。

年轻人走后，她走向键盘。人生苦短。悔恨绵长。一切都结束了。生命。爱情。生活。她点击。下载……

她脸色苍白，转身打开门，门口是两个更苍白的年轻人。她对两人说：“你们可以进来了。”

19小时

● 81号公路，“我爱录像带”商店

萨姆笨拙地将香烟从头盔上没有面罩的窗口塞进又取出，仔细观察商店橱窗上新贴的海报：沉睡溪音乐节。明天开始。酒吧和小吃摊。不错。音乐、朗读会。哦，我的天。诗歌、哲学、环保讲座。这是另一个美国的证据，另一些美国人，水瓶座时代的孩子们，辍学者，热爱地球的人群，保持着人类原始价值的火种。她很想去那里，去沉睡溪，和凯特琳一起，和沃伦一起，去倾听，去学习，去跳舞，去融入那个遗失的世界，去睡觉，是的，最重要的是去睡觉。但现在这只是一个渺茫的希望。

踩灭香烟。第一百次回过头来，从贾斯汀的肩头看过去。在他们身旁，是一个由链接硬盘组成的工作站，刚从赛的远程下载中复制的所有被窃取的隐私数据还在发烫。

“那里一定有关于沃伦的东西。”她说。

贾斯汀一直在筛选这些庞大的违禁数据，寻找关于他最好朋友的文件。到目前为止，一无所获。

萨姆在这段时间里不停地踱步、坐下、煮咖啡、喝咖啡、问贾斯汀是否还要咖啡，然后又问贾斯汀是否确定他不想再喝咖啡，嘴里还一直嘀咕着：“不管我们怎么看赛·巴克斯特，他都做到了他的承诺：他冒着极大的风险进入档案中寻找沃伦。他说到做到，至少我得为此感激他。对吧？贾斯汀？贾斯汀？”

调查进行了四个半小时后，贾斯汀终于可以总结了。

“我能在这里找到的一切，”他告诉她，“都证实了他们的说法。看起来他们曾经付钱给沃伦，让他写了六篇研究论文，内容涉及东欧的投资机会类。这里没有关于伊朗的内容。我找不到。也没有任何迹象表明，沃伦曾经正式为中情局工作过。也查不到他的行踪。不过他的档案里有一些关于你的活动，你对中情局的指控，关于掩盖真相的说法，他们否认的历史，但没有一份文件表明，中情局除了一直在说实话，还做了其他任何事情。”

“那么他的档案不在下载数据中。”

“有可能。或者他们删除了档案，重写了历史。或者根本就没有档案。”

“你能再看看吗？**一定**有什么东西。除此之外的东西。”

“萨姆。”

“他们在撒谎。我知道他们在撒谎。”

“我一点也不怀疑，但我不知道怎么从里面找到它。”

两人对视时，她的眼泪夺眶而出。

“只有一件事让我有印象……”

“什么？”

“中情局获得了一份宣誓书，来自一个……一个叫安妮·库尔齐克的人。你听说过这个名字吗？一个四十出头的女人，住在雾谷。”

“然后呢？”

“这个女人否认……否认沃伦曾为中情局工作，她断然否认她认识沃伦。”

“所以呢？”

“嗯，是谁问了她？她是个无名小卒。为什么让一个从来不认识沃伦的无名小卒，来出具宣誓书，保证她什么都不知道？”

18 小时

● 华盛顿特区，雾谷，安妮·库尔齐克的住所

现在有一半的可能性，这辆摩托车已经被系统标记了。萨姆骑着摩托车去过华盛顿与赛会面，她知道自己这次出行当真是挑战自己的运气。尽管如此，她还是戴着头盔，骑着摩托车驶进了安妮·库尔齐克居住的街区。这一带有太多的摄像头，多走几步路都要冒风险，更何况她的步履蹒跚。她拐进库尔齐克家的车道，踩下脚撑。

整齐的草坪，有序的花坛，门廊晾衣架上挂着肉色的内衣。应门的女人正在戴耳环，头仰起四十五度，对不请自来的访客流露出极不信任的神情。

"什么事？"

"安妮·库尔齐克？"

"你是送货的吗？"

萨姆感觉到安妮的目光在打量她的摩托车头盔、紧身牛仔裤和靴子。她摘下头盔，主动自我介绍："不，我是萨曼莎·克鲁，沃伦的妻子。"

安妮直起身来，忘了耳环，盯着她看，这种眼神让萨姆立刻确认，她宣誓的证词是谎言。

“我能进去吗？我有重要的话要对你说。”

“我这辈子从没听过那个名字。”

“我知道你认识沃伦。拜托。五分钟。”

安妮让萨姆进门，带她来到客厅。

房间的装饰简朴却很有品位。一切都很整洁。小巧。她是一个独居的女人，但她没有养猫。暂时还没有。

“我告诉你了。我从没听过那个名字。我不知道我们还有什么好谈的。”

“库尔齐克小姐，我相信你是个好人。一个正派的人。”

“你怎么知道？”

“你让我进你家。你让我坐在你的沙发上。我需要你告诉我任何你知道的关于我丈夫的事。我恳求你。”

安妮坐立不安。玻璃茶几上铺着钩针编织的桌巾，她身旁的沙发上有插在毛线上的编织针。萨姆打量着安妮，这个女人，这个陌生人，看起来如此无力，如此乏味，苍白而孤独，但在这一刻，她对她有多么大的力量，可以挫败她的希望，可以创造或毁灭她的世界。

“我看过你的宣誓书。你撒谎了，在宣誓时。”

“我想你现在应该离开。”

“你知道他在哪儿。”

“请吧。离开。否则我就报警了。我不该让你进来的。”

“我看得出来，你也有些想要帮忙。你是怎么认识我丈夫的？你是他的同事吗？”

萨姆可以看到这个女人内心的挣扎，这场长达数年的斗争，直指她对自己的认识，她对自身品行的评价，最终她做出决定，说了一个字：“是。”

“祝福你。”

“我不需要你的祝福。”

“拜托，你能帮帮我吗？你告诉我的一切都将保密。我向你保证。我想救沃伦的命。”

女人交握的手指在膝上紧了紧。“你知道什么？”

“我知道中情局否认他曾为他们工作过。”

“你身上有窃听器吗？你介意把衣服解开吗？”

萨姆答应了——解开衣服，露出赤裸的肩膀、腹部和胸罩，然后再扣上衣服——安妮·库尔齐克打开了数字收音机，然后重新坐下，这次坐在萨姆身边。

“从官方来说，他没有。问题就出在这里。他和我们一起工作，为分析员工作。我当时就是一名分析员。分析员不会雇用间谍。”

“他是间谍？”萨姆心头一跳。

“他是个特工。做研究的。但通常情况下，就像这次，没有什么区别。你知道多少？”

“你就当我什么都不知道，事实也差不多。”

“沃伦在收集关于……关于伊朗人的情报。他对我们分析员很有用，但我们不允许雇用特工出外勤。只有业务人员能去。所以沃伦为我们秘密工作，寻找伊朗政府内部腐败的情报。这是他的专长。发现金钱的踪迹。但他也对伊朗的核计划感兴趣。危险的东西。他通过我们这些分析员获得报酬，非正式的。高层都知道。他的报告在中情局内部广为流传。他们只是不能承认这一点，因为他没有被正式审查和批准。所以当沃伦失踪时，他们更容易说，他们没有关于他下落的信息，他从来都不是中情局的人。事实并非如此，但荒唐的掩盖就是从那时开始的。事情像雪球一样越滚越大。泰国，还有其他事情，突然凭空出现了他去曼谷的证据。那是一个烂摊子。沃伦是它的受害者。至今仍是受害者。他为我们做了很好的工作。”

萨姆泪流满面。安妮起身，拿了一张纸巾给萨姆。

“伊朗人呢？他们为什么不……”

“夸口？说抓了中情局特工？因为沃伦作为秘密筹码更有价值。你必须了解换囚的计算方法——囚犯一直在被交换，大多数情况下完全不引人注意。有时，低价值的囚犯交换了高价值的囚犯，这种交易会让公众感到愤怒。这就是保密的好处。

沃伦是一个复杂的案例。与美国通常关押的囚犯相比，他的价值很低。但伊朗希望用沃伦交换一个价值更高的人，比如一个炸弹制造者，一个被美国政府关押在世界某地的真正无可救药的极端分子，但美国拒绝做这笔交易，**不能**做这笔交易，因为美国甚至不承认沃伦在为他们工作！就这样，几星期、几个月、几年过去了。他成了一个难以解决的问题。”安妮向萨姆俯身，直视她的眼睛，“我不知道这能帮你多少。但我还可以告诉你一件事。当我听到沃伦失踪的消息时，我先是跑到卫生间吐了……然后我联系了他在伊朗的联络人。我收到了一条密码信息。达乌德确信，伊朗人在机场拦住了试图离开德黑兰的沃伦，并把他送进了——一座军事监狱。”

萨姆无法立即回答。军事监狱，间谍，德黑兰，伊朗联络人？哦，沃伦，为什么？为什么不过正常人的生活？为什么你现在不是在修剪草坪，不是停车去买一罐二冲程汽油？

“哪个监狱？”

“我永远也查不出来。”一阵沉默。然后：“但我想伊朗的联络人可能知道。他已经叛逃了。现在住在华盛顿，如果有人知道什么，那可能就是他。他叫达乌德·库扎尼。我只能告诉你这么多。”

17 小时

● 华盛顿特区，华盛顿高地

达乌德·库扎尼的妻子领着萨姆穿过正在播放电视的廉租房客厅，走向房子后部的厨房，那里可以俯瞰一个光秃秃、阴沉沉的院子：她想，政府把叛逃者安置在这样的地方，居住条件实在太差了。一个大腹便便的男人正在煮咖啡，他从炉前转过身来，他的妻子飞快地说着波斯语，向他解释萨姆刚刚在前门用英语告诉她的一切。萨姆本以为会遭到抗拒，但男人的表情却变得柔和，充满同情和悲伤，他的眼睛一直盯着萨姆。最后，男人自己开口说话了。

“欢迎。”

她现在完全是靠愤怒撑着一口气。她真正需要的是一张床，最好是医院里的床。“谢谢。”她答道。

“你愿意和我一起喝杯咖啡吗？”

“好，我愿意。谢谢你。”

男人的妻子示意离开后，他让萨姆坐在厨房里唯一的椅子上。

“请坐。”

她沉入椅子中，手肘搭在胶板台面上，端详着他：渐秃的头发，短袖衬衫绷紧肚子，纽扣撑不住，歪在一边。从气味可知，他喜欢喝浓咖啡。

他开始了独白。“你一定想知道沃伦是否还活着。我相信他还活着。沃伦跟我提起过你很多次。我们在德黑兰共度了许多时光。我们认为自己是非常幸运的男人，爱着自己的妻子，并且意识这一点。这样的福气很难得。”

他把咖啡放在她面前，在自己的咖啡中加入奶油。

“他很无畏。相当无畏。除了其他的事情，他还试图为中情局寻找核项目的情报。我说如果可以，我会帮他。后来，有人告诉我，一个美国人在试图离开机场时被扣留——这种事情到处都是，我知道那一定是沃伦。他们会审问他。在某些时候，他可能会承认自己是中情局的人。如果他承认了，那么他将被发送到一个黑牢，不是囚犯记录在册的正式监狱，而是一个秘密的地方，那里的囚犯是无名的，只有一个数字，不会按官方规矩办事。所以，沃伦如果还活着，就会有一个编号。我只知道这么多。对不起。伊朗人会继续否认扣押了他，把他藏在暗处，也许会像变魔术一样突然把他变出来，一个交易筹码，如果他们需要交换另一个秘密囚犯的话。这是各国不为人知的勾当。而美国似乎并不准备承认错误或牵涉其中，也不准备做任何我们知道的事，去把他带回家。这个政府，上至总统，已经抛弃了沃伦，而中情局似乎会不择手段地阻止任何对其身份的调查。”达乌德转过身，看着窗外他自己的后院，“但这一切都过去了。我现在是美国公民了。我卖的是汽车，而不是秘密。”他喝了口咖啡。

“那个监狱叫什么名字？”

他没有转身面对她。

“我不会出卖你。”

“世界已经变了，”他说，“再也没有秘密。我们都赤身裸体地走在灼热的光线下。”

“名字？”

“在伊斯法罕附近。有可能。就在伊斯法罕南部的一个地方。那是我所知道的一个地方。他可能在那里。”

萨姆重新戴上头盔，在高度紧张疲惫的状态下，蹒跚地走向她的摩托车。她注意到紧贴摩托车后面停着一辆汽车。一辆样子普通的租车，但在这个街区却显得时髦。当萨姆走近她的摩托车时，一个女人从车里钻了出来，向她走过来。

“请不要跑。”

萨姆骑上摩托车，转动钥匙。沃伦，沃伦，沃伦……

女人声音提高了，发出恳请。“萨曼莎。”

她该跑吗？结束了吗？这个女人手里拿着电话，萨曼莎很清楚这些人可以用无人机和汽车快速覆盖一个区域，而且这里也没有地铁站可以混入人群，所以她慢慢下了车。

“我是埃里卡·库根。”

“我知道你是谁。是因为这辆摩托车吗？”

“这里有很多摄像头。不过别担心，我正式否认了它们的重要性。我是说，在融合。我一个人来的。”

“是赛派你来的？”

“不是。赛不会帮你。他从来没有打算帮你。”

“他已经帮了。”

埃里卡摇摇头。“没有，抱歉。”

“是我让他去找沃伦的，这帮了我们。”

“他不是想帮你，萨姆。”

埃里卡说这话时非常肯定，让萨姆无法怀疑。于是，她开始正眼打量这个女人。埃里卡看起来好像她才是一直在逃亡的人，并且已经一周没有睡觉了，在公司套装和精致妆容之下，她仿佛是靠胶带勉强粘起来的。

埃里卡问：“你能给我五分钟时间吗？”当萨姆环顾四周寻找摄像头时，埃里卡又说：“我们在这里没问题。”

萨姆的整个神经系统都在尖叫着要她逃跑。“我怎么知道抓捕小组是不是已经在路上了？”

“二十几分钟前，我就追踪到你进了那所房子。他们还没来吧？如果我想抓你，你早就在我们的越野车后座了。”

萨姆也不得不接受这个事实。

“我首先要知道的是，”埃里卡说，“你们和赛做了什么交易？”

“我们……我们有关于你们的信息，非法销售技术，违反制裁。我们愿意用它来换取沃伦的信息。”

“在这一点上，他不会履行这笔交易。但我会帮你们的。”

“我不相信你。”

萨姆转身离开，但埃里卡抓住了她的胳膊。

“他不仅**不**打算帮你们，还正式指控你和贾斯汀·阿马里对这个国家进行网络攻击……大规模入侵国家安全局数据中心，窃取数百万页机密信息。”

“我们做了。”

“你们**做了**？”

“嗯，我们只是做了他做过的事，我们跟踪了他的笔记本电脑。”

“跟踪了他的笔记本电脑？”

“我们可以进入他的私人笔记本电脑。通过我给他的U盘。所以我们能够跟踪他，在他躲藏时监视他，下载他下载的大量数据。我们有数据只是因为他有数据。”

埃里卡现在理解了。“听我说。你们必须销毁所有数据。全部。你们不能拥有。和这些数据的价值相比，你们的生命算不了什么。赛已经让所有人相信，你们俩都是危险人物，可能有武器。是你们入侵了国家安全局的数据库，是你们在攻击这个国家。现在，美国执法部门正在全力搜捕你们。他们会对你们穷追不舍。你不再是躲避摄像头和露营的人了。归零行动结束了。这是真实的世界。你们正被人持枪追捕。把那些数据删除，否则他根本不用陷害你们。他将是对的。现在，你们是国家的威胁。”

萨姆突然意识到这可能是真的，所有的一切，但她只能想到沃伦，想到伊斯法罕附近关押他的冰冷监狱。

“让我帮你。”埃里卡恳求道。

“你和赛一直在非法出售技术给……”

“不是我。不管你信不信，但这是事实。多亏了贾斯汀，我现在知道他在做什么了，我也想阻止这一切。我想帮你们。帮你，帮你找到沃伦。但我们必须尽快行动。好吗？一切就看接下去的几个小时。在我向有关人员证明这次网络攻击和你们无关之前，你们必须远离危险。”

“你看，如果你真的想帮我，不用担心我的安全。给我沃伦还活着的证据。告诉我那个伊朗监狱的名字，我知道他们把他关在那里。”

“你的安全第一。然后我会尽我所能。你会藏身吗？我听说你很擅长这个。躲在人群中。人多安全。让自己周围都是人。证人。到你不会成为目标和受到伤害的地方去。拿着这个——这是传呼机。没人会追踪它。我可以私下和你联系。”

萨姆怀疑地看着传呼机。现在还有这种东西？她已经习惯于惧怕所有的设备，但她的需求压倒了这种冲动，她收下了它。信任别人：她努力回想那是什么感觉。

16 小时

● 81 号公路，“我爱录像带”商店

踩油门加速，萨姆一口气骑了六十英里回到贾斯汀身边，告诉他她所了解到的一切。他们现在都在被追捕，在当今的美国，这种身份很糟糕。

“她说我们必须销毁我们拿走的所有数据。就现在。所有这些。”她用手指了指成堆的硬盘，像垒起的砖块，存储着罪恶、秘密、错误、罪行、疏漏、丑闻——几十年的价值。

“哦，我敢肯定她是这么说的。”

“我们动手吧，贾斯汀。 这让我们陷入真正的危险之中。”但她看到他的犹豫:“又怎么了？”

“这是证据。是我们需要的证据。为了扳倒巴克斯特。所以她要我们毁掉它。你看到了吧？这个？所有这些……都是核弹。这意味着我们就是核能。他们不喜欢这样。他们不能允许这样。允许我们掌握所有的秘密。”他瞪大眼睛，已经四十八小时没合眼了，“如果我们把这些都引爆了，世界会变成什么样？”

“贾斯汀，求你了。”

“你觉得这会让世界变得更糟，还是更好？这是一个有趣的哲学问题。”

“我根本没在说这个。答应我。”

“我答应你。”

她看到他在这致命的幻想中是多么兴奋，再次充满了贾斯汀·阿马里式的激情。他说：“人们确实需要知道，他们的**政府**掌握了他们哪些信息……知道这种能力的存在，以及它对人们造成的伤害。听着，即使他们把赛关起来，这些机构仍然掌握着他来路不正的数据，而且每天都会找到更好的方法获取更多的数据。这一切将通往何处？**那个**社会将是什么样子？我只是想说，我们需要重启系统。”

这时候，她从他身边走开，用手指戳了戳硬盘，情绪激烈地提高声音。“删除它。马上。贾斯汀，我不知道怎么做。你必须这么做。”

“太迟了。”

“什么叫太迟了？”

“我已经有一份拷贝了。实际上，是两份拷贝。把我们所有的东西转移到了两个不同国家的远程服务器上保存，我只要把 IP 地址贴出来，就炸了。”

“炸？炸什么？什么炸了？”

“数据炸弹。史上最大的数据泄露。这是对我们的保护，这是我们的筹码，只是为了确保他们做正确的事。这个小宝贝会让维基解密看起来像《傻瓜时报》的周中八卦专栏。”

她用手捋了捋头发，能感觉到头发丝上有他革命热情的静电，还感觉到他扣动扳机的手指痒痒的，想要发射他现在拥有的武器。

“这不是我们的协议，贾斯汀。这是关于沃伦的。还记得吗？这始终是关于沃伦和赛·巴克斯特的事。不是炸毁整个世界。埃里卡会帮我们找到他的确切位置，并且扳倒赛。我们只需要再躲避几个小时，直到她告诉我们已经没有危险了。然后我们就赢了。”

“赢什么？奖金？”

“只要她说安全了，我们就可以离开这里。我们知道沃伦在哪，他出了什么事。这很重要。对我来说。”她的眼中噙着泪水，“他在伊朗的一个黑牢。我们会找到他的。我们成功了。我知道他还活着。现在，我们可以带着我们所知道的一切去找新闻界，揭露关于沃伦的谎言，揭露赛，迫使政府采取行动。我们赢了，这就是我的意思。现在，请销毁那些数据。否则会害死我们的。”

他掂量了一下，然后耸了耸肩。“如果这是你想要的，好吧。”

“贾斯汀。动手吧。全部删除，包括你保存的拷贝。现在就动手。”

在萨姆的注视下，贾斯汀再次坐到电脑前，动作迟疑，在敲下一连串指令后，他告诉萨姆清除工作已经开始，他抹去了硬盘上所有大数据，不到十分钟，这个特殊的核武库就变回了一堆没用的无形砖块。直到这时，萨姆才感到那只扼住她喉咙的幽灵之手松开了。

“很好。”她叹息道，这时她口袋深处的东西发出了嘟嘟声。传呼机。埃里卡的传呼机。

“那是什么鬼东西？”

“埃里卡给的。”

“天哪，萨姆！”

传呼机缓慢地滚动一条信息：马上离开。他们正赶去音像店。

“他们来了，”她告诉贾斯汀，“他们知道我们在哪里。我们得离开。”

“他妈的埃里卡·库根？她来告诉我们现在该做什么？”

“你全都删除了吗？”

“是的。”

“全部？”

贾斯汀没有马上回应，而是看向硬盘和电脑，萨姆恳求道："怎么了？怎么了？"

"他们赢了。最后，他们赢了。他们总是赢。"

"我们得走了！"

就这样，贾斯汀拿起他们的两部一次性手机，跟着她出了门。

14 小时

● 华盛顿特区，融合中心

赛绕着音像店的后院走了一圈。当然，不是在现实中。他戴着 VR 头盔，怒火中烧，不得不阻止自己去踢翻幽灵家具、幻影般的残留物、披萨盒、开心果壳、可乐瓶，但与此同时，在一堆可以存储大量数据的废弃硬盘中，他看到了热腾腾的证据，足以证实他强加给这两人的超级罪行。是的，从表面上看，贾斯汀·阿马里和萨曼莎·克鲁的确是网络恐怖分子，而这些被遗弃的技术完全支持了他对他们的构陷：即使他自己动手，也不可能把他们的藏身之处布置得更好了。

“您想怎么处理这些硬盘？”现场的一名队员问他。

“把它们送回融合。确保删除硬盘上的所有内容。立即。全部。”

说完，他就离开了，被送回自己的办公室，他发现埃里卡坐在他的椅子上，穿着她的外套。她的右手放在他的笔记本电脑上。

“他们有一份拷贝。”她告诉他。

“他们？什么拷贝？”

“贾斯汀和萨曼莎。他们破坏了你的笔记本电脑。在森林里的时候。当你插入凯特琳·戴的U盘时。间谍软件。他们跟踪了你。**他们**在监视**你**。一直以来。”

“我不相信你。”

她隔着玻璃桌把他的笔记本电脑推给他。“检查一下。”

“你怎么知道的？”

“他们就在那里。当你非法下载国家安全局和中情局的文件时。你猜怎么着？他们得到了一份拷贝。你给了他们访问权限。他们得到了你得到的一切。偷走了你偷走的每一份文件。”

他花了一点时间来处理这个消息，不过很快就处理完了，甚至看起来对这个消息很满意。“那么……我是对的。他们**的确**威胁了国家安全。”

“那是因为你给了他们机会。”

“他们窃取了国家机密，埃里卡。现在必须阻止他们。”

“只是在**你**窃取了国家机密之后。只是**因为**你窃取了国家机密。”

“但我对国家不构成威胁。”

“你对别人说去吧。”

“他们勒索我，我是他们计划的一部分。你肯定看得出来吧？他们是恐怖分子。”

“他们现在掌握着中情局所知道的关于你的一切。”她的眼神冷漠，举止更冷漠，“还有我。还有‘世界共享’。还有开曼群岛。还有向俄罗斯非法销售的间谍软件。天知道还有什么。贾斯汀和萨曼莎全都知道了。简而言之，一切都结束了。你毁了一切。”

“什么都没结束。事实上，他们复制了文件，那就最好了。他们只是成功地让自己成为头号公敌和二号公敌，成为众矢之的。压力在他们身上，宝贝，不是我们。没有什么被毁了。他们现在说的、做的、掌握的信息，都不会对我们产生负面影响。这真是一个令人难以置信的好消息。我们脱身了。”

她盯着他，摇了摇头。“在你这副样子的时候，迈克尔常对你说一句话。还记得吗？”

“什么？”

“去你的吧。”

说完这句话，她就走了。

他坐在办公桌后面，看着笔记本电脑，略微回想了一下自己在插入U盘时犯的错误——这个错误现在带来了意想不到的回报，他产生了一个新的想法，这是他极度活跃的大脑从未产生过的想法：今天可能会以贾斯汀·阿马里和萨曼莎·克鲁被装进裹尸袋而结束，既壮观，又惊人，那该多么美妙啊。

2 小时

● 西弗吉尼亚州，伯克利泉郊区

这个计划有点违反直觉，但也许正是它的优势所在，计划是这样的：在埃里卡·库根传来消息，告诉他们执法人员已经按兵不动，他们也不会面临致命武力威胁之前，他们将躲藏在他们能找到的数量最大的携带手机的人群之中。他们的理论是，如果执法人员希望他们死，那么他们最好的保护就是**其他人**——换句话说，目击者，就是由拍摄上传 Instagram 的手机组成的一支防卫力量，如果真的到了那一步，这支防卫力量将确保任何逮捕行动都必须是和平的。

就这样，他们开着音像店老板的旧卡车，车身两侧还刷着“我爱录像带”，驶向沉睡溪音乐节（有一万两千人付费参加），音乐节在波托马克河附近的一个私人营地举行，距离伯克利泉大约九十分钟车程，也就是一百英里。

她看向窗外。湛湛晴空。万里无云的早晨。附近有其他汽车经过。透过两车的车窗，她看到一个年轻女人，肯定是和他们去同一个地方，她无忧无虑，头发上插着鲜花，对生活充满希望，她还唱着无声的歌曲，让她的心更加雀跃。萨姆虽然仍心有余悸，但她也意识到自己身上出现了新的东西：她从某种刺激中感到兴奋，也许只有在你知道有人想要夺走你的生命时才会出现这种感觉。既然你的生命可能比你想象的还要有限，那么每一刻都显得更加珍贵。活下去：这就是她现在要做的。就像这里的每个人一样。注意安全，无论如何都要活下去。在荒野中躲藏了那么久之后，他们现在要依附于其他人。只有在安全的情况下，在音乐和这些充满希望的人中间，他们才能自首。任务完成。

当汽车减速准备排队通过前方的音乐节大门时，萨姆降下车窗，从路旁一位戴着选美皇后式斜绶带的音乐节工作人员手中接过一份活动日程表，然后大声向贾斯汀介绍景点：酒吧和食品摊位、商店和工匠的探索区域、可持续绿地、新意识中心、用于朗读会和研讨会的圆顶帐篷、音乐、艺术、诗歌、脸部彩绘、呼吸工作坊。他们开始笑了，这些天来的第一次。

“凯特琳一定会爱死这里。”萨姆说。

她瞥了贾斯汀一眼，看到他嘴角勾起蒙娜丽莎的弧度。

“听起来像是她设计的，”他回答，“新意识中心？我们要钻研意识的难题，最后搞清楚我们到底是谁。”

“嗯，这个怎么样？”她说，“他们把联合国的《世界人权宣言》打印出来了……想听听其中一条吗？”

“当然。”

“任何人的私生活、家庭、住宅和通信不得任意干涉，他的荣誉和名誉不得加以攻击。人人有权享受法律保护，以免受这种干涉或攻击。”

“那就解决了。那我们就没事了。想想看，我担心了这么久。”

说着，他伸出手，掌心向上，放在她腿上。她低头看，惊讶于被触碰——她内心有什么东西突然跃动，然后，她对身边这个全心奉献的男人产生了一种不为人知的感情，她把手掌朝下放在他的手上。他们的手指缠绕，紧握。他们没有看对方。没有必要。他们已经对视过很多次了。但现在，一个新的电路产生了，它不会对沃伦造成伤害，也并非全然无辜：一种完全私密的电流，像密码一样独特。

“停车后，我们要做的第一件事是什么？”她轻声提议。

“什么？”

“在脸上涂油彩。”

1 小时

● 华盛顿特区，融合中心

赛戴着耳机，正要结束通话。

索尼娅·杜瓦尔突然出现在门口。平板电脑，超短裙，高跟鞋，脸颊红扑扑的，好消息让她容光焕发。

他点点头，示意她关上门，然后挂断电话。

“贾斯汀的服务器，”她告诉他，“我们全都找到了。他使用的是位于阿姆斯特丹一个数据存储设施内未列入名单的云服务器。我们攻击了它，进入其中，清除了所有东西，大量的东西。”

“所有东西？”

“里面有今天下午存储的大量新资料。几百万个新文件。”

“清除了？”

“完全清除。我们现在完全控制了服务器。”

“文件被清除前有人看过吗？”

她摇摇头。“当然没有。我完全按照你说的做了。”

“那你就阻止了他。你刚刚解除了一个恐怖分子的武装。

你做到了，索尼娅。非常成功。不可思议。”

她点点头，笑了。

他问道：“拯救你的国家免受巨大损失，感觉如何？”

她目光炯炯。咽了咽口水。“感觉很棒。”

他微笑：“只是很棒吗？”

她说出了自己的使命宣言：“我希望我所做的每一件事都能达到极致。”

然后他走近她。“可以吗？”

她点点头。他拥抱了她。她把头靠在他的胸膛上，他闻了闻她的洗发水味道，吻了吻她的头顶。

“干得好，”他说，“现在，让我们继续工作吧。”

当她离开时——那背部的弧线，紧绷的裙子，起伏的臀部——他感到一阵美妙的悸动。然后，他的目光落在一幅迷人的景象上：一只白色的数字鸽子从森林巨人长长的侧枝上展翅飞翔。扑扇，扑扇，扑扇，飞走了，直到最后一个携带图像的像素闪烁，变成绿色。他想，我爱埃里卡，毫无疑问，永远爱她。但这很有趣。

就在这时，他的耳机里传来拉克希米·帕特尔的声音：“巴克斯特先生？我们找到他们了。”

他迅速下到控制层。

“显示画面。”他下达指示，俨然站在企业号星舰舰桥上的舰长模样。

伯特在那里。埃里卡也从她的办公室走了出来。

大屏幕上神奇地出现了一个航拍镜头：从华盛顿往西北方向的 9 号公路上，一辆福特坦途车行驶在缓慢的车流中，庞大的机器正在完美和谐地工作——跟踪、标记、制图，实时学习如何预测人类行为中可怕的无序状态。

“是他们？”

“贾斯汀以前为卡车主人工作过。关联是音像店。”

以音像店为半径，他们得以从该地区的闭路电视覆盖范围中找到线索，从而记录和识别车辆及其行驶方向。图像此刻出现在大屏幕上，这都得益于一架已部署好的无人机。

“美杜莎在目标上空。”

“我们也调出一架掠食者吧，”赛命令道，“伯特？你们没问题吧？”

现在轮到伯特·沃克打电话了，这是一次任务控制 / 战情室实时通话，事关国家安全的关键问题。他看看赛，回头看了看屏幕，又看看赛，再看了看默默盯着他等待的所有“虚空”员工，然后才点头表示同意。

“你们听到他的意见了，”赛转述，“给我一个预计到达时间。”

“掠食者已待命。”

新增的武装无人机让赛非常高兴。掠食者是个好东西。配备激光和地狱火导弹，一个必要的工具。拍摄逃犯的照片固然很好，但真正能阻止这些恐怖分子的行动，必要时消灭他们，并从融合的控制室下达命令，这才是力量，恃强凌弱的力量，极权主义的力量，而这正是现在所需要的。也许有些老派，但这就是真正的黄金时代的美国力量，坏人连怎么被打都不知道。掌控这种力量、掌控复仇和正义的是融合。

“地面小组，我们在哪里？”

“交通堵塞。特区小组二十分钟后到达。”

更多画面显示，特区抓捕小组车队鸣着警笛，八辆黑色越野车在高速公路的路肩上疾驰。

“目标正在排队等候参加音乐节。”

“音乐节在哪里？”赛问。

“沉睡溪。”

“我们通知音乐节安保了吗？”

“长官，他们所有入口处都收到了对这辆车的描述。”

“音乐节安保有武器吗？”

“有，长官。”

“给我接负责安保的人。他们需要知道他们所面临的威胁的确切级别。”

回到办公室，电话转接给了他。他戴上耳机，向某位安保负责人传达了一个令人警醒的消息：在与这些武装逃犯打交道时，一定要格外小心，他们应该召集更多的当地执法人员，甚至是国民警卫队，不过他很快就得到了保证，音乐节自有的强大的武装安保人员已经被重新分配，集中在融合所确定的卡车入口处。

1小时

● 西弗吉尼亚州，伯克利泉郊区，9号公路

“该死。”贾斯汀小声咒骂，在驶向音乐节大门的拥挤车队中缓慢前行，安全警戒线外大约有二十辆车。前方，警车顶部红白蓝警灯依次闪烁，清晰可见。“情况不妙。”

萨姆也发现了同样的问题。“我们该怎么办？”

埃里卡的传呼机随即从她口袋里发出哔哔声。她迅速读取消息：他们在你们上空。和平投降。她读给贾斯汀听。“就是这样。一定是警报解除了。我们现在必须投降。准备好了吗？就这样。没事。投降一定是安全的。她告诉我们是安全的。”

“让我想想。等一下。”

“什么？”

“等等。”

“想什么？埃里卡说投降。我们必须相信她。我们下车，走到音乐节安保那里去自首吧。结束了。贾斯汀？**结束了**。”

贾斯汀向前倾身，仰望万里无云的天空。“好。”他回答，

然后点击越野车仪表盘上的全球定位系统，查看他们的具体位置。

“好什么？”

“好。”他重复着，点击着屏幕。

但就在萨姆向上提车门把手时，贾斯汀猛地一打方向盘，把萨姆从侧面甩向他，他一脚踩上油门，八缸引擎发出轰鸣，以令人眩晕的速度驶回了他们刚刚蜗行的那条路。

“你在干什么？！”

“我不知道。希望是正确的事。”

时速已经达到六十英里了。

“我们是……？？”

七十。

“你相信……？？”

八十……随即，超过九十英里，现在他对萨姆的不断抗议置若罔闻，一架直升机出现在头顶的天空中，螺旋桨搅动空气，前方远处可以看到越来越多闪烁的灯光，警笛声呜呜作响——他第二次猛打方向盘，冲进了树林，汽车在凹凸不平没有铺装的道路上颠簸跳跃，高速穿过一片密集的树丛，直到从另一侧驶出进入宽阔的田野，他再次向地平线驶去，每一个动作都被可见和不可见的物体追踪。

萨姆惊慌失措，向前倾身，看到上方的直升机，她拼命想结束这一切，伸手去拉手刹，却被他抢先一步。他的右臂，他的抓力，实在太强大了，而且毫不松懈。她望着他的脸寻求答案，他的侧影定格在某个目的地，他神秘的平静让她震惊，仿佛他早就做好了准备，早就知道事情会这样发展。

“告诉我！”她在轰鸣的引擎声中喊道，“告诉我这是做什么！”

“我得揭露他们所有人。整个交易。”

他们前方的田野已到尽头，身后只有龙卷风般的尘土，萨姆做好了迎接冲击的准备，贾斯汀选择冲破铁丝网而不是冲撞铁门，然后越野车急转——拖曳着木头和铁丝——上了另一条向东行驶的双车道柏油路。

“前面有条隧道，”他说，“你要下车。你带着那部手机吗？”

“你在说什么？”

“我在音像店给你的那部手机。你带着那部手机吗？”

“是。”

“那就准备好。你下车。”

“别这样。”

正如他和 GPS 预测的那样，前方是一条隧道。“听我说。听我说好吗？我连接了我们的手机。打开你手机上的浏览器，就会进入一个直播。然后你就会看到我看到的东西。明白吗？

你会成为我的目击证人。我们可以保持联系。”

“我不下车。”

“你下车！”

隧道很快就到了。

“我不会离开你的。”萨姆的胸口塞满了恐惧。抓住他的手臂，摇晃他。

“我们得快点，”他坚定而充满激情地对她说，“否则他们会知道我停车了。准备好了吗？打开你的车门。”

当他们到达立交桥提供的狭窄掩体时，她听到身后的警笛声越来越大。上方是直升机。他们飞速进入隧道，然后一切都消失在黑暗的包围中，直到她的眼睛重新适应。

“萨姆，打开你的车门！开门！”

她的手迟疑地再次找到门把手，顺从地提起来，但她还在摇头。门开了一条缝。“你要做什么？”

“别关机。准备好。”

在短短的隧道里，贾斯汀猛踩刹车。“走！走！”

被他推了一把，她在黑暗中落地，手里拿着电话，闻着汽油味，听到一阵轰鸣声，她痛苦地看着……看着……看着越野车在隧道明亮的出口处变成一个小小的剪影，然后消失了。

她几乎看不见，也没有时间思考，只听到尾随的警笛声越来越大，变成刺耳的尖叫。她才将自己紧贴在一个黑暗的凹处，立刻就有一辆、两辆、三辆、四辆追逐的巡逻车从她身边掠过。一直等到它们远去，连声音都消失的时候，她才开始摸索着，沿着隧道向光圈走去。

走出隧道，她越过一道屏障，然后用尽最后的力气爬上远离公路的林间斜坡，向立交桥上爬去，在第二队巡逻车——一辆、两辆、三辆、四辆——以一百英里的时速从她身下呼啸而过时，她停下来躲在茂密的植被掩护下。

● 9号公路，一个小山顶

当她爬到高处时，心脏仿佛要跳出胸腔。她瘫倒在一棵枝繁叶茂的树下，打开手机，开启直播。他正在按照约定进行直播，一边开车一边拍摄一切……

小屏幕上闪烁的图像描绘了一个宏大场面：越野车前方的道路完全被扇形排列的警车完全封死，封锁线正在高速逼近，看起来摄影师兼司机想直接撞上去，她惊恐而无助地对着手机喊了一声："贾斯汀！"然后卡车自杀式的冲锋才仁慈地放慢速度，渐渐停了下来。

随后镜头一转，她看到了贾斯汀的脸，他仍然出奇地放松，他的使命感让他克服了对处境的恐惧，他对她说："你不能说我没努力。”

接着，她看到了贾斯汀后方的视野，从他的后窗可以看到一队排列整齐的警车，切断了他后退逃跑的路。他们已经锁定了他；他被抓住了。

我很感激，她想，因为至少你现在安全了，我狂野的朋友。我们的疯狂之旅结束了。

● 9号公路，警方路障

前方的所有车辆车门都开着。门后，警察蹲伏着，举起枪，直指贾斯汀。当贾斯汀看到他们（这些警察，他们的致命武器）时，她也通过手机看到了他们，仿佛枪口同样对准了她。为了对抗这些武器，贾斯汀将手机对准了他们，将这一刻变成了一场在线直播，观众除了萨姆，天知道还有多少其他人。

当贾斯汀走向他的抓捕者时，他们的警告声也随之响起："别动！""扔掉手机！别动！""放下手机。""扔掉手机，否则我们就开枪了！扔掉手机，趴下，脸朝下！"

但如果他放弃唯一的保护措施，那他就该死了，死得透透的，因为正是这部手机，只有这部手机，才能让逮捕他的人老实。

"放下手机！马上放下电话！"

“我在拍你们！”贾斯汀大声喊道。

他的内心一直都知道事情会发展到这个地步，他独自面对警察的武器，他们叫他住手，否则就会开枪。但至少他做得够多了，但愿差不多能给萨姆一个继续战斗的机会，并且摧毁这整个纸牌屋。

“最后警告！放下手机！”

“我在拍你们！你们的行为正在直播！”

如果**直播**这个词对警官们有任何意义，那也丝毫没有令他们安静下来。

“放下手机！放下手机！现在！马上！”

“全世界都在看着！”

“马上！放下手机！”

但他不会放弃唯一的优势。他喊了回去：“我投降！我投降！”然后举起双臂，走近蓄势待发、目标明确的警察，警车车灯无声闪烁，狙击手摆好了架势。

然后，一声枪响预示着终结的开始：子弹击中了贾斯汀的右大腿。他双腿一软，痛呼一声，接着跪倒在公路上。血从弹孔涌出。

他再次喊道：“我投降！”

但另一枪响起，击中了他的右肩。贾斯汀发出一声呻吟，手机掉落在地。今天这里不会有逮捕。

他无视警察的警告，用没受伤的手捡起手机，举到自己异常平静的脸前，对着屏幕说："你来决定。"

说完这句，他的拇指在溅满鲜血的屏幕上轻轻一扫，发出一条预设信息和服务器链接，消逝在以太网，如果世界上还有公正可言，但愿它能传送给萨姆，如果她能履行自己必要的角色，那么这将引发一系列早已计划好的毁灭性事件。咻的一声，发送。

● 9号公路，一个小山顶

萨姆尖叫起来。她扔掉了贾斯汀给她的手机，就好像她自己中弹了一样，就好像她在屏幕外听到的枪声正在进入她的身体，这是一次毫不留情的攻击。但她并没有受伤，也没有中弹，所有可怕的事情，世界上正在发生的可怕的事情，都是她通过掉落的手机听到的。

当手机传来信息的声音时，她祈祷：活着，活着，亲爱的上帝，活着！这是一个古老的祈祷词，用过很多次，大多是为沃伦祈祷，现在是为贾斯汀。

几秒钟过去了，没有其它声音传来，当她无法忍耐，想要确定祈祷是否得到了回应时，她再次拿起手机，发现视频链接已被切断。她失去了他，失去了她的朋友，原本应该是贾斯汀的生命传输，如今只剩下一个最后的谜团。

一条信息。来自贾斯汀。四个字：你来决定。然后是另一个网站的链接。链接的名字：托米丽司。

● 华盛顿特区，融合中心

赛看到贾斯汀·阿马里受伤的身体复活了，他重新站了起来，神奇地反抗着自己的命运，但这只是幻觉，下一瞬间，他被更多子弹击中，每一发都如同重拳的力道。他的四肢抽搐，就像一个醉酒的木偶，最后倒在了深红色的血泊中。

肾上腺素极度飙升，还陶醉在贾斯汀 / 萨曼莎情境的高潮中，赛又开始思考了。倒下一个，还有一个。就是这样。没有什么更复杂的，没有深思也没有后悔。一个倒下，还有一个。但这种玩家的情绪并没有带来预期的解脱。当他站在钢架的扶手前，俯视着下面目瞪口呆、鸦雀无声的工作人员——他们一直在关注着大屏幕上的实时恐怖秀，媲美电影的实时美式火力，这时他听到了判决的声音：**凶手**。指控者？**他自己**。一想到自己要对这起惨痛的死亡事件负直接责任，他终于忍不住了。也许他自己的生命也将随之毁灭。如果他的花招被发现，他就会有大麻烦，可怕的麻烦，致命的麻烦。当他看到大屏幕上出现新画面，自己的抓捕小组终于到达现场，并通过他们的车载摄像头，传来了福特坦途车内没有萨曼莎·克鲁的消息时，他心中的恐慌油然而生，而且不断增强。这位女士不仅**没有**中弹，还活蹦乱跳地再次逃脱了追捕。

这可不妙。

当他看着卡车被搜查的画面，并从其它屏幕上看到安全部队向前推进，手持武器瞄准贾斯汀·阿马里的尸体时，他试图安慰自己——贾斯汀是这次行动的大脑，至少他已经死了。**他**是个不受控制的人，是我无法与之讨价还价的人，而另一方面，**她**仍然会不惜一切代价，查明她的丈夫是否还活着，以及他被关押在伊朗哪个地方。她这样一根筋，如果我能帮她的话，我相信她会为我守口如瓶。她自己想出了交易条件：用她的沉默换取信息！很简单的交换。她的主意，不是我的。所以如果我能找到她，我就能延续并深化这个协议。我**会**帮助她。这就是解决办法！通过正常途径，与中情局合作，反正他已经删除了被窃取的文件，以及贾斯汀的拷贝。力挽狂澜。世界上最大的秘密数据库再次恢复了安全。因此，新任务，简单的任务，和旧任务一模一样：找到这个女人，这个骗子，这个狡猾、鲁莽、天赋异禀的逃犯，要抢在其他人之前找到，确保弗吉尼亚环球科技公司的一切都不会曝光。

一切都会好起来的，是的，没问题，他试图说服自己。但这些陈词滥调并不能完全安慰或说服他。他内心的恐慌丝毫未减，甚至开始增长。这个女人**可以**毁了他。她很聪明。知道很多事情，有他的电子邮件。她会知道是他主动下载的！她知道！她知道！她知道！现在，她的同谋，她的帮手，她的朋友死了。她会想要报仇。她已经在计划了。真是轮回的疯狂！在恐慌发作时，他看着大屏幕，开始感到发热。他做了什么？他究竟用他建造的一切，用他自身所成就的一切做了什么？他犯了一个可怕的错误。他不可能让这一切付诸东流。难道融合还找不到一个女人，把她从人堆里挖出来，和她达成协议，获得一个皆大欢喜的结局吗？

埃里卡在哪里？他需要埃里卡。赛从扶手处后退几步，“虚空”的墙壁似乎在微微跳动，那个指责的字眼再次占据了他的思绪：**凶手**。不，不，不，他争辩。是警察开的枪。他们做了决定。贾斯汀应该放下手机。但他的念头又回来了：他们会抓住我的，我会暴露的。有足够的信息能让他们找到我。埃里卡在哪里？她应该在这里！

回到办公室，他瘫坐在椅子上，喝了一口水，眼睛盯着那面神奇的墙壁：阳光下的南美热带雨林、热带鸟类、巨型水果。也许他应该离开这个国家一段时间？归零。但是，你能去哪里而不被发现呢？如今又有谁能真正逃脱？

见鬼，他到底是怎么了？他几乎不能呼吸，心跳也不正常。为什么会有这种感觉？就因为贾斯汀·阿马里死了，而萨曼莎·克鲁没死？不，刚刚发生的事情已经发生了，就这样——那个家伙本可以和平投降——而赛做过的一切，他正在做的一切，他们所能证明他做的一切，只是为了确保他这个备受诽谤、饱经争议的祖国能够再安全一天。

有好几秒钟，他只能瞪着自己的笔记本电脑，这台被破坏的机器，在他的桌上却被贾斯汀侵犯并幽灵般地拥有、背叛一切的不忠的武器。打开盖子，屏幕光照亮了他的脸。赛的隐私状态基本得到了恢复，但在萨曼莎被抓获并封口之前，他将继续感到自己赤身裸体，不着寸缕，被剥夺了全部私密空间。

就在这种状态下，一个声音从敞开的门外传来，打断了他的思绪。

“下午好。”

门口站着副局长伯特·沃克，脸色凝重。然后，他身后出现了埃里卡，十五年来他的职业生涯和床笫之欢的分享者。

赛回头看了看他的笔记本电脑，但没有动手键入任何信息。当他再次抬头时，他看到的不是伯特，而是埃里卡，她悲伤的面容向他传递了一条隐秘的线索，从中他可以揣摩谜题，辨别谜底，拼凑出未来的拼图，他曾经相信自己是未来的使者——直到这一刻为止。

往下一层，从一个月开始倒计时的时钟，现在只剩下几秒钟，一个数字一个数字地滑向最后的零点。当到达零点时，麻木的工作人员并没有太大反应，没有掌声，甚至几乎没有人关注。大屏幕上闪烁着一个象征着集体失败的“0”，责备着每一个人，因为在它旁边的大屏幕上，零10号坚毅的头像依然亮着，成为被俘者画廊中唯一的杰出逃犯。

未来之一

这样的故事本该花费数周时间来搭建，因为其中有太多可移动的部分，但他们在三小时之内就组装了大部分内容。无论如何，这是第一部。后续还会发生更多的事，实际持续了几个月的时间，在此期间，人们将就中情局和“世界共享”合作的秘密项目融合提出严肃的质疑，质疑归零 Beta 版测试的明智性，质疑中央情报局隐藏的国内野心，以及质疑赛·巴克斯特和其他硅谷精英作为私人信息守护者的可信度。但就目前而言，各地记者争先恐后，要抢在“世界共享”和政府的律师之前报道这一早期篇章，而律师们对此缄口不言。

中情局特别助理贾斯汀·阿马里被杀时没有携带武器……

严重质疑警方杀人……

谁是贾斯汀·阿马里？据我们所知……

赛·巴克斯特身上的绳索不断收紧，像有绞盘在卷绕。他不愿多言，在枪杀发生一个月后，摄影师在华盛顿拍到他坐上一辆等候的汽车，去接受参议院商业、科学和运输委员会的质询，他在那里坐了三天，眼睛圆睁，防御性很强，有很多事情他都记不起来了，但他承诺调查，保证配合，宣誓效忠美国，回避所有批评。

要求司法部调查巴克斯特的新呼吁……

对“世界共享”不当处理用户个人信息的联邦调查陷入僵局……

巴克斯特指责政府“妖魔化”社交媒体……

司法部证实巴克斯特与贾斯汀·阿马里被杀案无关……

公众对赛的不信任持续升温，要求他为这起杀戮事件承担刑事责任，人们认为枪杀案与融合和归零计划直接相关，但当政府宣布放弃对巴克斯特和“世界共享”的调查后，这些压力化为乌有。作为这家科技巨头的创始人、首席执行官、董事会成员和最大股东，赛向批评者承诺，他将“重新定位”公司，专注于“以隐私为中心”的运营。

联邦贸易委员经考虑后放弃调查“世界共享”的销售……

“世界共享”和联邦贸易委员会之间找到了“公平和适当的解决方案”……

政府确认大胆的融合项目：让美国更安全……

巴克斯特订购了价值五亿美元的超音速巡洋舰，配备直升机升降坪和……

就这样，在监管互联网，对控制互联网的私人利益集团的权力进行遏制方面，最近这一次努力一无所获。“世界共享”的股价不仅回升，还创下历史新高，赛·巴克斯特渡过了迄今最严峻的职业和声誉难关，基本上毫发无伤，还获得了幸存者的额外筹码。他与他的新欢、世界共享公司员工索尼娅·杜瓦尔一起参加巴黎时装周，在曼哈顿豪掷六千二百万美元买下顶层公寓。与此同时，互联网也在以它唯一可能的方式悄然演化，就像宇宙一样，由尚未完全理解的力量驱动，不断扩张，永远充满新的元素、作用力和反作用力，其增长超越指数，其系统只与人类本身的复杂性相称。阻止或减缓这种扩张的最后机会，是在它诞生的那一刻。在那之后，它永远只能被人们怀着无力的敬畏感去凝视、接受和观察，就像星星，就像地球的自转，就像满月下打开的牡蛎，让人一瞥珍珠的光芒。

未来之二

● 弗吉尼亚州，汉普顿，兰利空军基地

这是一个全新的世界，即使并非全新，也与沃伦·克鲁记忆中三年半前离开的那个世界大相径庭。

走下军用飞机的金属舷梯时，他眯着眼抵挡光线——现在所有的光对他来说都像一种折磨。他把每一步都视为胜利，每一步都让他更接近那熟悉的美国机场跑道，所以，当他终于抵达时，也就是踏上美国土地的那一刻，他停顿了一下，转身对他这次飞行的陪同人员钱宁·布福特中士说声“甜蜜的家园”，然后俯身到地上，认真地亲吻了那神圣的碎石路面。

当沃伦重新站起来时，布福特正在微笑。“好久不见了，是吧，墨菲？”

“太久太久了。”

布福特中士咧嘴笑着，他只知道沃伦叫“墨菲”，因为在阿布扎比的达夫拉空军基地时，他们随手在他的绿色飞行服上贴了名牌，现在才换上便装。只要不是数字，沃伦根本不在乎

别人怎么称呼他。

他走得很慢。为什么？她想知道，但害怕弄清楚原因。他瘦弱的双腿长期未使用，长久被虐待，似乎失去了从前的力量。但也可能是因为每走一步，他胸中的焦虑就增加一分，这或许只是某种创伤后应激障碍的表现，又或许只是因为再次见到她而忐忑不安，期盼他俩都没有改变太多。

当他走近时，她注意到他身上的平民装太宽大了，牛仔裤、T恤、飞行员夹克。

他来了。近了。更近了……上帝啊，沃伦！四年！四年了。亲爱的，你看起来满面病容。我几乎认不出那个在路边向我挥手告别，然后坐上出租车消失的男人了。花白的头发。胡子。她不忍心去想他所经历的恐怖，他所忍受的羞辱与恶意。

但无论如何，他还是在这里了，回到美国的土地上，成为一个自由人，因为她神出鬼没的行动、贾斯汀的天才和自我牺牲，终于引起了政府最高层对沃伦困境的关注。至少关注了一段时间。埃里卡·库根也帮了忙。他们充分利用融合的能力——从分析卫星照片到筛查互联网流量和通话，再到使用间谍软件，奇迹般地进入了伊朗的国家计算机系统，探照灯落在伊斯法罕南部的一所伊朗黑牢，那里关押着一名拥有美国公民身份的不明囚犯。通过增强的卫星摄影，甚至利用监狱自身安全摄像头的隐秘手段，证实了1205号囚犯确实是沃伦·克鲁。从那时起，伯特·沃克的帮助激发了政治意志，迫使伊朗承认已经显而易见的事实，这让白宫别无选择，最终接受了一项（极不平等的）换囚提议：用一名伊朗恐怖阴谋策划者交换穷困潦倒、支离破碎的沃伦。萨姆的政府终于做了它第一天就能做且应该做的事：正确的事。

他看起来老了十岁。也许不止十岁。过去的四年造成了哪些更深的伤害？她自己也发生了巨大的变化，变化的方式多样而深刻，她有了新的一面，内心的创伤可能会给她今后的生活带来许多麻烦，但这与他因屈辱和创伤而发生的变化相比，根本不值一提。他们两个人都经历了太多的生活、太多的挣扎，不可能在重逢时毫发无损。两个人都会有很多新的面向，彼此不会知道，难以认识，也无法真正理解。各自都有新的魔鬼需要对抗。比如，她如何才能真正表达出对贾斯汀之死的愧疚？每一个清醒的时刻，那份愧疚都困扰着她。她该如何隐藏对这个社会的愤怒？这个社会让赛·巴克斯特为所欲为，随后又为他开脱，让他全身而退。她的这份愤怒——源于贾斯汀的愤怒——在她的心中非但没有消退，反而茁壮成长。贾斯汀的牺牲——她试图通过心灵感应向沃伦解释——绝不能付诸东流。不能。也许只有你，亲爱的沃伦，才能完全理解这一切。只有你。只有你才能理解并支持我将要采取的行动，如果我的勇气还能坚持的话。你同意吗？因为我要征求你的同意。你会怎么说，你会怎么回答，在如此长久的分离之后？

沃伦的护送人员停下脚步，让他独自走完最后几步，直到最后——奇迹出现了——他在她的怀里，她在他的怀里。她闭上眼睛，脑袋靠着他的胸膛。这样比较轻松。闭上眼睛意味着他俩可以同时出现在任何地方。如果他们愿意，他们甚至可以再次成为陌生人，在朋友家的派对上第一次见面，随着范·莫里森的音乐起舞，塑料酒杯在灯火通明的舞池里晃动，他们有说不完的话。也可以是在湖边的房子里，在婚后最初喘不过气来的时刻，他们难舍难分。他们也可以是在世界上任何一个机场里缠绵的情侣，脱离一切背景，只是两个紧紧相拥的人。胸口紧贴着胸口，他受创的心和她的心一起怦怦跳动。

他将她推开一些，仔细地、长久地端详着她。她配合地将一缕头发拨到耳后。她回望他的脸，打量着他，打量着这些日子留下的创伤，也打量着那些未曾改变的东西，直到她微笑起来，所有的陌生都消弭在熟悉之中，消弭在记忆之中，仿佛在说，重要的是，唯一重要的是，他们在一起，他们再次拥有了时间。

“所以，”她低声说，透过微笑，透过泪水，“是什么拖住了你？”

他们聊了大半夜，直到他闭上眼睛，被无尽的疲惫带入梦乡。

但在此之前，他们设法告诉对方尽可能多的故事，因为他们认为对方可以承受；试探性地接吻，评估和感受对方的变化。他承认自己感到苍老。一具残骸。他用“系统性毁灭”来形容自己。他哆嗦。他的头发花白，神经衰弱。他问她，他还是他自己吗？她告诉他，他当然还是他。她给了他一个吻，他崩溃了，然后在她怀里啜泣。

就她而言，她需要他理解她现在的心境，以及导致她走到今天这一步的思考过程……

首先，她做了自首的决定。

贾斯汀被杀后，她又躲了一整天，但随后开始与埃里卡·库根秘密会谈，后者向她保证不会伤害她。让她成为烈士不符合任何人的利益。

因此，在中情局、联邦调查局和美国司法部长的同意下，融合公司向她提供了完全豁免权，以换取她的全面合作，这就是所谓的“数据门”事件。她对巴克斯特和他的电子邮件以及他与俄罗斯等国的秘密交易只字不提，因此获得了自由。坟墓里的贾斯汀·阿马里将独自承担非法入侵美国国家安全局的全部责任，归根结蒂，由于执法部门的迅速行动（和致命的精准），这次入侵并没有对国家安全造成明显的损害。他们赢了。

他们总是赢。

因此，她得以回到原来的生活，甚至恢复了在波士顿综合医院急诊室的工作，也有更多机会见到凯特琳·戴，前所未有地依赖她的建议、她的友谊、她的疯狂、她的机智和她的汤。与此同时，为了换取萨姆的沉默与合作，最高层下达了命令，最终使得沃伦被找到并送回。

但在这个男人进入梦乡之前，她没有告诉他的是，她下一步想做什么。

她推迟做出最终决定，直到沃伦安全回家，因为只有他获救回国，她才能知道自己的真实想法。但是，在聊了半夜，尽其所能向他解释了她的心境之后，她更清楚自己下一步要做什么了吗?

在厨房里，在家里，这个亲爱的家，当窗外的晨光把云彩染成粉红色，她想：如果我这么做了——我相信我必须这么做，那我将再次成为罪犯。而且是个**重大**罪犯。人人喊打。如果我被抓了——为什么最终不会被抓呢?——我将付出巨大的代价。如果我按计划行事，换句话说，如果我完全按照贾斯汀临终恳求我的那样——*你来决定*——去完成他启动的任务，那么我可能再也找不到回家的路了。

这就是选择。严酷。凶残。一面是沃伦——终于找回的丈夫，找回的家；另一面是混乱的生活，忍饥挨饿，东躲西藏，失眠的夜晚和缩减的白天——她磨练已久的“归零”。

但她已下定决心。事实上，她此刻并没有纠结于自己的决定。沃伦不知道她的具体计划，但就像一直以来那样，当她有所隐瞒时，他能感觉到，他已经告诉她，这里发生的巨大错误是不能容忍的。他这么对她说。贾斯汀的被害和巴克斯特的免罪是不能容忍的。他的话是个暗号吗？他是一个在成年后始终以伸张正义为己任的男人，她希望他会理解她将要做的事。她站在厨房里，穿着全天候外套和登山靴，背上已经绑好了一个装满必需品的背包，她停顿了一下，不是因为动摇，只是为了哀悼她刚刚决定告别的生活，至少是暂时告别。

早餐桌上有两部一次性手机。一部是给沃伦的。她拿起另一部，这个小型信息引爆器，她刚刚为它装上了生命的电池。是时候了。是的，终于，是时候了。

她用拇指点了几下，一个信息收件箱弹了出来，里面是贾斯汀早就准备好的一个链接——链接的名字源于一位伊朗女王，为了应对一次重大背叛，她率领军队抵御了一位腐化的国王的进攻。

她的拇指停顿在小巧的屏幕上，一旦点击，就会把贾斯汀复制的赛·巴克斯特黑客数据的巨型备份发布到全世界。只需轻轻一点，就会发布史上最大规模的机密数据——几乎所有做错事的人的所有信息。而赛·巴克斯特就埋藏在这个已受惩罚和未受惩罚的目录中。因为她不知道如何提取这一份文件——见鬼，她只是个护士——所以她放出全部文件。

正如贾斯汀所知，这种全国性耻辱的浪潮，突然的公开披露，伪君子曝光，二十年、三十年、五十年来苦心经营的信誉因一个头条新闻而倾覆，可能会以重要方式重绘公共生活，迎来一个羞耻、震惊、难以置信、悔恨和道歉的季节，诉讼和辞职的季节，在全国市政广场上进行声誉处决，被迫低头认错的季节。谁知道呢？它甚至可能实现贾斯汀的终极梦想：系统重启。她猜，这一切都有可能，但她的目标还是赛·巴克斯特。

在这个关键时刻，她死去的朋友的话又回到她耳边：*他们赢了。最后，他们赢了。他们总是赢。*

是啊，她想，也许吧，然后大声地对着空气，或许是对着贾斯汀，对着睡着的沃伦，对着她自己补充道："直到他们不再赢。"

轻轻点击。

咻的一声。

完成。就这样，她紧了紧背包带，走出后门，轻轻关上门，几乎没有发出声响。

离去。

Anthony McCarten

Going Zero

图字：09－2022－158号

图书在版编目（CIP）数据

归零/（新西兰）安东尼·麦卡滕
(Anthony McCarten)著；陈恬译.--上海：上海译文
出版社，2025.8.--ISBN 978－7－5327－9798－1
Ⅰ. I612.45
中国国家版本馆CIP数据核字第2025DQ5004号

归零	Anthony McCarten	出版统筹	赵武平
	[新西兰] 安东尼·麦卡滕　著	责任编辑	邹　滢
		装帧设计	张擎天
Going Zero	陈　恬　译	版式设计	山　川

上海译文出版社有限公司出版、发行
网址：www.yiwen.com.cn
201101 上海市闵行区号景路159弄B座
上海颛辉印刷厂有限公司印刷

开本787×1092　1/32　印张13.25　插页3　字数156,000
2025年8月第1版　2025年8月第1次印刷

ISBN 978－7－5327－9798－1
定价：79.00元